LOCUS

LOCUS

LOCUS

LOCUS

RECREATION

R54
永無天日 *UNDER THE NEVER SKY*

作者：維若妮卡・羅西 Veronica Rossi
譯者：張定綺
責任編輯：江怡瑩　美術編輯：顏一立
校對：呂佳真
法律顧問：全理法律事務所董安丹律師
出版者：大塊文化出版股份有限公司
台北市10550南京東路四段25號11樓
www.locuspublishing.com

讀者服務專線：0800-006689
TEL：(02) 87123898　FAX：(02) 87123897
郵撥帳號：18955675　戶名：大塊文化出版股份有限公司

總經銷：大和書報圖書股份有限公司　地址：新北市新莊區五工五路2號
TEL：(02) 89902588　FAX：(02) 22901658
排版：辰皓國際出版製作有限公司 製版：瑞豐實業股份有限公司
初版一刷：2013年12月

定價：新台幣 280 元　特價：新台幣 99 元
Printed in Taiwan

永無天日

UNDER THE NEVER SKY

維若妮卡·羅西 Veronica Rossi 著　張定綺 譯

獻給 Luca 及 Rocky

譯者說明

本書中的人名，一部分沒有照習慣的方式音譯，而是採用意譯，或發音與意譯混合的方式呈現，在此略做說明。

《永無天日》的背景是未來的地球，當時人類不知製造了什麼樣的可怕災難，只有少數倖存，總數可能不到一百萬。災難過後，有一層濃密的雲霧包圍著地球，終日不散，看不見藍天。濃霧裡有閃電火焰，蓄積能量到一定程度，就像雨一般墜落地面，毀滅房舍、農作物、牲畜、人類。這層雲霧書中稱作Aether，一般譯作「以太」，但由於它具有閃電在雲層中迸發，以及將烈焰灑落大地的特徵，我譯作「流火」。《詩經》中形容夏季日頭赤炎炎，說是「七月流火」，相形之下，本書中的流火更具體，只不過它危害最烈的季節卻是冬季。

一小群菁英分子在災難發生之初，建造了若干密閉城市，把自然界的攻擊阻擋在外，居民仍能享受安全而舒適的生活。密閉城市保存過去的文明與科技之餘，也培養大批科學家研究如何延長人壽，改良基因，使人類能繼續征服惡劣的環境。未能進入密閉城市的人，只好在外界逐漸退化，流火使他們幾乎無法務農，無法定居，生活型態變得相當原始。

無分密閉城市或外界部落，由於每個聚落裡的人數都不多，所有的成年人都彼此認識，所以除了密閉城市裡的高級主管，一般人都有名無姓。密閉城市的人傾向採用與我們這時代差不多的西方傳統名字，外界居民則偏好用自然物命名，例如谷、溪、礁、熊、隼，或許意味著他們與歷史文化漸行漸遠，也或許是融入自然。為了保存這方面的差異，我把外界人的名字都盡可能意譯，有時為了對照上的方便，會保留原來發音的一部分，所以就出現「維谷」（Vale發音維爾，意義是山谷）、「羅吼」（Roar發音羅爾、意義是吼叫）、「李礁」（Reef發音李夫，意義是礁石）這樣的名字。

女主角詠歎調的名字是個例外。她生長在密閉城市，母親卻為她取了一個不傳統的名字。詠歎調非但不存在於自然界，也沒有實體，而是一種歌曲；西洋歌劇中的歌唱部分幾乎都屬於詠歎調的形式。小女孩詠歎調自幼受聲樂訓練，把詠歎調唱得出神入化，這不僅是她取悅母親的方式，後來在她到外界求生時，也提供很大的幫助。把她的名字直譯為詠歎調，有助行文流暢。

另一個重要角色馬龍的名字也要在此一提。Marron原為法語單字，指美洲的逃亡奴隸（源自西班牙文cimarrón），從十六世紀開始，中、南美洲的黑奴有一部分逃亡，集結成山寨，擁有防禦力量，並能生產食物，自給自足，在白種人的虎視眈眈下，生存到二十世紀才逐漸被同化。這種部落一方面對來自非洲不同區域的異族黑種人兼容並蓄，一方面在白種人不斷圍剿下努力維持原鄉的生活方式，形成獨特的文化。我們從馬龍這個人和他的城寨，也看到類似的特質，名字有助於我們理解這個角色，只可惜不能直接用翻譯表達。

本書譯者張定綺

1 詠歎調

他們把密閉城市圍牆外的世界叫做「死亡工廠」。那兒有一百萬種死法。詠歎調從沒想要來離那兒這麼近的地方。

她咬緊下唇，看著面前沈重的鐵門。顯示屏上閃爍著紅字：農業六區—禁止進入。

農六只是個提供補給的圓頂館，詠歎調告訴自己。夢幻城的食物、飲水、氧氣——凡是與外界隔離的密閉城市需要的東西——靠數十個類似的圓頂館供應。農六在最近一場風暴中受損，但損害應該很輕微。應該如此。

「或許我們該回頭。」佩絲莉說。她跟詠歎調並肩站在氣密室裡，緊張地抓著自己的一撮紅色長髮扭來扭去。

三個男孩蹲在門旁的儀表板前面設法干擾訊號，這樣他們出去的時候才不會引發警報。詠歎調只裝作沒聽見他們沒完沒了的爭執。

「來吧，佩絲莉。有什麼大不了的？」

詠歎調本來想用開玩笑的語氣，但發出來的聲音卻尖銳得出乎意料，她只好再補上幾聲乾笑。結果就有點歇斯底里的味道。

「受損的圓頂館裡會發生什麼事？」佩絲莉豎起纖細的手指頭點數：「我們的皮膚會爛掉。

我們可能被鎖在外面。流火風暴會把我們變成人形火炬。然後食人族就會把我們當早餐吃掉。」

「不過就是夢幻城的一部分。」詠歎調說。

「禁止進入的部分。」

「小佩，妳可以不去。」

「妳也一樣。」佩絲莉道，但她錯了。

過去五天來，詠歎調一直在擔心母親。她為什麼不聯絡？不論醫學研究佔去魯明娜多少精力，她不曾錯失過一次每日的例行探視。如果詠歎調要找到答案，就必須設法進入那個圓頂館。

「我第一百遍——不對，第一千遍——告訴妳，農六很安全。」索倫沒有從儀表板上回過頭來。「妳以為我想死在今晚？」

他說得對。索倫是個很愛自己、不會拿生命冒險的人。詠歎調的目光停留在他肌肉發達的背上。索倫是夢幻城保安頭子的兒子。只有享受特權的人才能擁有他那種體格。他甚至有一身充分曝曬過陽光的膚色，試想他們全體都沒見過太陽，這種優惠因而顯得很可笑。此外他還是個破解密碼的天才。

禍頭子和應聲蟲在他身邊旁觀。這對兄弟到哪兒都跟著索倫。他通常有幾百個跟班，但那是在虛擬世界的時候。今晚擁擠的氣密室裡只有他們五個。只有五個人在幹違法的勾當。

索倫站起身，臉上閃過一抹自負的微笑。「我得跟父親討論一下他的保安系統。」

「你搞定了？」詠歎調問道。

索倫聳聳肩。「這還需要懷疑嗎？現在是最精彩的部分。關掉系統。」

「且慢。」佩絲莉說：「我還以為你只是要干擾我們的智慧眼罩而已。」

「已經干擾了，但那無法給我們足夠的時間。必須整個關掉。」

詠歎調舉起手指在智慧眼罩前面揮一下。她一向把那個透明裝置戴在左眼上，它也一直開著。智慧眼罩會把他們帶到虛擬世界，他們大部分時間都待在那片虛幻空間裡。

「如果我們不趕快回去，迦勒會宰了我們。」佩絲莉道。

詠歎調翻個白眼。「妳哥跟他的主題之夜。」通常她都跟著佩絲莉和她哥哥迦勒，從他們最喜歡的第二聊天室出發，到不同的虛擬世界漫遊。過去一個月來，迦勒規劃他們每晚都要有個主題。今晚的主題是「暴飲暴食」，始於羅馬區，他們大吃烤野豬和燴龍蝦，然後到神話世界去參觀牛頭人身怪進食。「我倒很慶幸我們在食人魚上場前離開。」

多虧有智慧眼罩，詠歎調才能跟遠在幾百哩外、一個名叫極樂城的密閉城市做研究的母親每天保持聯絡。距離本來倒也無所謂，直到五天前，兩座城市的連線忽然斷了。

「我們打算在外面待多久？」詠歎調問道。她只需要跟索倫獨處幾分鐘。只要從他那兒問到一點極樂城的現況就夠了。

禍頭子臉上綻開一個笑容：「足夠在真實世界開個派對！」

應聲蟲拂開遮住眼睛的頭髮：「足夠開個有血有肉的派對！」

應聲蟲的本名叫席歐，但幾乎沒有人記得。他的綽號太適合他了。

「我們可以關掉一小時。」索倫對她擠擠眼睛。「別擔心，事後我會幫妳打開的。」

詠歎調強迫自己笑一聲，低啞而充滿挑逗：「最好是這樣。」

佩絲莉懷疑地看她一眼。她不知道詠歎調的盤算。極樂城出事了，詠歎調知道索倫可以從他父親那兒得到消息。

索倫扭動寬闊的肩膀，像一個正要走上擂台的拳擊手。「開始了，故障出現啦。坐穩嘍。即將關機，三秒、兩秒——」

從耳內深處傳來的刺耳鈴聲嚇了詠歎調一跳。視野前方一道紅色的牆轟然倒塌。針刺般熱辣辣的痛覺從左眼蔓延到頭皮上。痛楚集中在她頭顱的最下方，然後沿脊椎往下竄，在四肢爆發。她聽見一個男孩喘口氣，不知所措地咒罵一聲。紅牆消失的速度就跟來時一樣快。

她眨了幾下眼睛，有點茫然。她最喜歡的幾個虛擬世界的圖像都不見了，智慧眼罩螢幕的訊息列和在下方緩慢移動的即時新聞也消失了。只剩下隔著一層軟膜，看起來黯淡無光的氣密門。她低頭看自己腳上的灰色靴子。中階灰，這顏色幾乎覆蓋了夢幻城所有的表面。灰色還可能顯得更沒生氣嗎？

雖然跟這麼多人擠在小空間裡，卻有種寂寞悄悄湧上她心頭。她無法相信人類曾經以這種方式生活——就只有真實世界。但外界的野蠻人仍然過著這樣的生活。

「成功了。」索倫道：「關掉了！我們只剩下血肉之軀！」

禍頭子跳上跳下。「我們好像野蠻人！」

應聲蟲嚷道：「我們是野蠻人！我們是外界人！」

佩絲莉不斷眨著眼睛。詠歎調很想說些安慰她的話，但禍頭子和應聲蟲在這麼小的空間裡怪吼怪叫，害她沒法子專心。

索倫旋轉門上的手動開關。氣密室立刻嘶的一聲，釋出一陣涼風。詠歎調低頭望去，驚訝地發現佩絲莉緊緊握住她的手。索倫把門拉開前，她只有片刻時間想到，母親離開後，自己已經好幾個月沒有碰觸過任何人了。

「終於自由了。」索倫說，隨即走進黑暗。

藉著氣密室投出的一道光柱，她看見地上鋪著跟夢幻城各處一模一樣的光滑地板，只不過這兒的地板上有一層灰。索倫的腳印留下一條進入黝暗的軌跡。

萬一這個圓頂館不安全怎麼辦？萬一農六潛伏著外來的危險？死亡工廠裡有一百萬種死法。拂過她臉頰的微風裡，有一百萬種疾病的細菌在游泳。忽然連呼吸都像在自殺。

詠歎調聽見索倫的方向傳來像是鍵盤發出的嗶嗶聲。一連串響亮的喀答聲，一排排燈光亮起。出現一個洞穴似的空間。農作物向外延伸，排列得像線條般整齊。高聳的天花板上有交錯的管子和梁柱。她沒有看見大洞或任何其他破損的痕跡。這個地板髒兮兮的圓頂館莊嚴肅靜，只不過缺乏照顧而已。

索倫跳到門口，手扶門框。

「如果今晚成為你們這輩子最精彩的夜晚，都怪我好了。」

食物生長在高度齊腰的塑膠墩上。一排又一排正在腐爛的水果和蔬菜環繞著她，向四面八方無盡伸展。就跟密閉城市裡每樣東西一樣，它們的基因為了提高效率而重新設計過。這些植物沒有葉子，不需要土壤，幾乎不需要水就能生長。

詠歎調摘下一顆枯萎的桃子，輕輕捏一下，柔軟的果肉就被捏爛了，嚇了她一跳。虛擬世界裡還可以看到食物生長，在建有紅色穀倉的農場上或豔陽高照的田野裡模擬生長。她記得智慧眼罩的最新宣傳口號，比真的更好。現在看來確實如此。農六的真實食物看起來就像還沒接受抗老化治療的老人。

男孩們把最初十分鐘用於沿著走道追逐和在農作物上跳躍。後來又變成一種索倫稱之為「打爛球」的遊戲，主要就是把蔬果扔到別人身上。詠歎調玩了一會兒，但索倫老是把她當目標，扔得又太用力。

她跟佩絲莉一塊兒躲起來，藏在一排植物後面，這時索倫又換了一種遊戲。他叫禍頭子和應聲蟲像即將被槍斃的犯人般站在圍牆前面，然後拿一大堆葡萄柚砸這對難兄難弟，他們只會站在那兒咯咯笑。

「別再丟柚子了！」禍頭子大喊：「我們招供！」

應聲蟲學禍頭子一樣舉起雙手。「我們認輸，水果殺神！我們招了！」

一般人總是聽索倫擺布。他對所有最好的虛擬世界都擁有優先使用權。甚至有一個虛擬世界以他的名字命名，索倫十八。那是上個月索倫滿十八歲生日時，他的父親為他創造的。歪倒綠瓶子樂團舉行特別演唱會，演唱最後一曲時，體育館淹滿海水，所有的人都變成了人魚。即使在什麼事都可能發生的虛擬世界裡，那也是一場令人嘆為觀止的派對。它帶起一波水底演唱會的熱潮。索倫使尾鰭成為性感象徵。

詠歎調從不在放學後跟他廝混。索倫在運動和格鬥的虛擬世界裡稱王，一般人也都到那種地方競賽、爭排行。但她通常只跟佩絲莉和迦勒窩在藝術和音樂的虛擬世界裡。

「看這個髒兮兮的東西。」佩絲莉揉著褲子上沾到的一塊橘子痕跡說：「弄不掉了。」

「這叫做污漬。」詠歎調說。

「污漬有什麼用？」

「沒有用。所以虛擬世界裡不會有這玩意兒。」詠歎調仔細打量她最要好的朋友。佩絲莉的臉皺成一團，眉毛壓著智慧眼罩的邊緣。「妳還好吧？」

佩絲莉舉起手，在智慧眼罩前面搖晃。「我討厭這樣。什麼都看不見，妳知道嗎？所有的人都在哪兒？為什麼我的聲音聽起來假假的？」

「我們都一樣。就像吞下了一支揚聲筒。」

佩絲莉挑起一邊眉毛。「一支什麼？」

「一種角錐形的東西，從前的人用它來讓聲音響亮點兒。那是麥克風發明前的事。」

「聽起來超落伍的。」佩絲莉道。她轉過身來，挺起肩膀，面對詠歎調：「妳打算告訴我這是怎麼回事嗎？我們幹嘛跟索倫鬼混啊？」

現在智慧眼罩關掉了，詠歎調意識到自己該告訴佩絲莉她勾搭索倫的動機。「我要知道魯明娜的狀況。我知道索倫有辦法從他父親那兒得到情報。他可能已經知道些什麼。」

佩絲莉的臉色柔和下來。「說不定只是連線壞了。妳很快就會聽到她的消息。」

「過去連線要壞也只壞幾個小時。從來沒有這麼久。」

佩絲莉嘆口氣，往背後的塑膠土墩上一靠。「前幾天晚上妳唱歌給他聽，我簡直無法相信。

妳真該看看迦勒的表情。他還以為妳從妳媽那兒偷拿了什麼藥吃。」

詠歎調笑了笑。她通常把自己的聲音當作祕密，只屬於她和她母親。但幾天前，在一個夜總會的虛擬世界裡，她對索倫唱了一首風騷撩人的民謠。不消幾分鐘，那個虛擬世界的容量就達到上限，成千上百個人等著聽她再唱歌。詠歎調離開了，而且正如她所預期，從此索倫就開始追求她了。他一提出今晚這個點子，她便立刻抓住機會。

「我必須引起他的興趣。」她拍掉膝蓋上的一顆種子。「這場水果大戰一結束，我會找他談。然後我們就離開這兒。」

「現在就叫他停戰。跟他說，我們覺得很無聊……而且事實就是。」

「不行，佩絲莉。」詠歎調說。索倫不是那種會讓人家逼他做任何事的人。「我來處理。」

索倫縱上她們面前的土墩，嚇得她們一塊兒跳起來。他手拿一顆鱷梨，手臂向後彎。一身灰衣沾滿果汁和果泥。「怎麼回事？妳們為什麼坐在這兒不動？」

「我們覺得爛水果大戰很無聊。」佩絲莉道。

詠歎調皺起眉頭，等著看索倫如何回應。他交叉手臂，左右扭動下顎，低頭看著她們。

「那或許妳該離開。且慢，我差點忘了。妳不能離開。我看妳只好繼續無聊下去了，佩絲莉。」

詠歎調看一眼氣密門。他什麼時候把門關上的？她這才發現，開門和重新設定智慧眼罩的密碼都在索倫的掌握之中。「你不能把我們困在這兒，索倫。」

「行動先於反動。」

「他說什麼呀？」佩絲莉問道。

「索倫！來一下。」禍頭子喊道：「你得看看這個！」

「女士們，別處需要我。」

他跑開前把鱷梨往空中一扔。詠歎調不假思索地接住。它在她手中裂開，成為一灘滑膩的綠色醬汁。

「他的意思是說，我們來不及了，小佩。他已經把我們鎖在外面了。」

詠歎調還是檢查了一下氣密門。屏幕沒有反應。她看著紅色的緊急開關。它直接跟主機連線。如果按下去，夢幻城的警衛會來救他們。但這麼一來，他們也會因為強行外出而受罰，說不定會被削減使用虛擬世界的權利，而且也喪失了跟索倫打聽她母親消息的機會。

「我們再等一下。他們很快就得回去的。」

佩絲莉把頭髮撩到一邊肩膀上。「好吧。不過我能不能再握妳的手？那樣感覺比較像在虛擬世界裡。」

詠歎調瞪著她最要好的朋友伸出的手。佩絲莉的手指微微痙攣了一下。她牽起她的手，但兩人一塊兒往圓頂館另一頭走去時，她必須克制把手縮回來的衝動。那兒的三個男孩已經穿過一扇詠歎調先前沒注意到的門。又有一串燈開亮。一瞬間，她還以為智慧眼罩恢復了功能，她看到的是一種虛擬世界。前方出現一片青翠優美的樹林。但她抬頭望去，看到樹梢上熟悉的白色天花板，以及縱橫交錯的燈光和管線，隨即明瞭，這是一片巨大的室內植物園。

禍頭子說：「我找到的。看我多厲害？」

應聲蟲頭一扭，把遮住眼睛的一頭亂髮甩開。「厲害啊，兄弟。這不是真的。我是說，這真是真的。哇，你知道我意思。」

他們一起看著索倫。「完美。」他說，目光非常專注。他脫下上衣，扔到一旁，跑進樹林。不一會兒，禍頭子和應聲蟲便有樣學樣，跟了過去。

「我們不進去，對吧？」佩絲莉問道。

「不會那樣子進去。」

「詠歎調，認真點。」

「小佩，看看這地方。」爛水果是一回事，但這樹林真的很吸引人。「我們應該去看看。」

樹下感覺清涼陰暗。詠歎調用空著的那隻手撫摸樹幹，感覺那粗糙的紋理。模擬樹皮不會這麼粗硬，好像隨時會夾住她的皮膚。她用手捏碎一片枯葉，捏得滿手扎人的碎片。她觀察上方樹葉與樹枝交織的圖案，想像那幾個男孩若安靜下來，說不定可以聽見樹木呼吸的聲音。

她們往樹林深處走，詠歎調找尋索倫的下落，希望有機會跟他交談，同時努力不去在意佩絲莉潮濕溫暖的手。從前在虛擬世界需要接觸的時候，她也曾跟佩絲莉牽過手。但那時的觸感溫柔，不像現在這麼緊抓不放。

男孩們在樹林裡互相追逐。他們找到樹枝，像長矛般拿在手裡，又把泥土抹在臉部和胸口，假裝是野蠻人，就像住在城市外的那種人。

「索倫！」他衝過她身旁時，詠歎調喊他。他停下來，揮舞長矛，對她怒吠威脅。她嚇得往後一縮。索倫哈哈大笑，又跑掉了。

佩絲莉拉住她。「他們讓我害怕。」

「我知道。他們總是很可怕。」

「不是那些男孩，是這些樹。感覺就像它們會倒下來壓住我們。」

詠歎調抬頭望。這些樹的感覺雖然很不一樣，她卻沒想到這一點。「好吧，我們回去在氣密門旁邊等。」她說道，開始往回走。過了幾分鐘，她發現她們又回到一片剛才已經走過的空地。這麼令人無法置信的事，差點讓她笑出來。她們在樹林裡迷路了。她放開佩絲莉的手，在長褲上擦把汗。

「我們在繞圈子。就在這兒等那些男孩經過吧。別擔心，小佩。這兒還是夢幻城。看？」她指著樹葉上方的天花板，隨即但願自己沒做這種事。上方的燈光變暗了，閃爍了一會兒，然後又恢復。

「告訴我剛才什麼事也沒發生。」佩絲莉說道。

「我們要離開了。這是個蠢點子。」這兒難道就是農六受損的地方？

「禍頭子，過來！」索倫喊道。詠歎調猛轉過身，瞥見他曬黑的身體在樹木間跑過。她咬緊嘴唇。這是她的機會。如果趕快追上去，就可以跟他說話。可是她得把佩絲莉一個人丟在這兒。

佩絲莉給她一個軟弱的微笑。「詠歎調，去吧，跟他說話去。但快點回來。」

「我保證。」

她找到索倫的時候，他正抱著一堆樹枝。

「我們要生火。」他道。

詠歎調愣住了。「你在開玩笑吧。你不會真的……對吧？」

「我們是外界人。外界人要生火。」

「但我們還在裡面。不行，索倫。這不是虛擬世界。」

「沒錯。我們要趁這個機會看到真正的火。」

「索倫，這是禁止的。」虛擬世界裡的火是一種橘色和黃色的波動光線，散發出暖意。但她從密閉城市歷年的安全演習知道，真正的火並非如此。「你可能會污染我們的空氣。說不定還會把夢幻城燒掉。」

索倫走過來，她閉上嘴。他額頭上有小水珠凝結，並且流下他的臉和胸膛，在濕泥上留下明顯的痕跡。他在流汗。之前她從沒見過汗。

他靠過來：「在這裡我高興做什麼就做什麼。我可以做任何事。」

「我知道你可以。我們都可以。是嗎？」

索倫頓了一下。「是的。」

來了。她的機會。她小心選擇用字。「你知道很多事，不是嗎？像是讓我們到這兒來的密碼……我們不應該知道的事。」

「當然。」

詠歎調露出微笑，繞過他抱在手中的樹枝，向他靠近。她踮起腳尖，引他說悄悄話。「那麼，告訴我一個祕密。告訴我一件我們不應該知道的事。」

「像是什麼？」

燈光又開始閃爍。詠歎調的心一緊。「告訴我極樂城發生了什麼事。」她說道，努力把口氣裝得很自然。

索倫退後一步，慢慢搖著頭，瞇起眼睛。「妳想知道妳母親的事，不是嗎？這就是妳來這兒的目的？妳一直在耍我？」

詠歎調不能再撒謊。「告訴我連線為什麼中斷。我必須知道她是否安好。」

索倫的眼光落到她嘴唇上。「晚一點，也許我會讓妳說服我。」他說。他挺起肩膀，將那捆樹枝高高舉起。「現在是我發現火的時刻。」

詠歎調急忙趕回那片空地去找佩絲莉。她發現禍頭子和應聲蟲也在那兒。這對兄弟已在空地中間砌了一堆樹枝和落葉。佩絲莉一看見詠歎調就跑過來。

「妳一走，他們就開始搞這東西。他們要生火。」

「我知道。我們走。」夢幻城住了六千人。她不能讓索倫拿這一切去冒險。

詠歎調聽見樹枝嘩啦掉落，然後有個東西擊中她肩膀。她尖叫一聲，索倫撥轉她身體，面對著他。

「誰也不准離開，我以為我已經說得很清楚。」

她看著抓住她肩膀的那隻手，只覺兩腿發軟。「放開我，索倫。我們不想扯上這件事。」

「來不及了。」他手指扣進她肉裡，一陣劇痛穿過她手臂，她慘叫一聲。禍頭子放下正要拖過來的大樹幹，回過頭來張望。應聲蟲也停下腳步，眼睛瞪得極其之大。光線把他們的皮膚映得閃閃發亮。他們也在流汗。

「要是妳走了，我就跟父親說，都是妳出的主意。智慧眼罩關掉以後，就是妳的話對證我的話。妳認為他會相信誰？」

「你瘋了。」

索倫放開她。「閉嘴，坐下。」他冷然一笑：「好好欣賞。」

詠歎調和佩絲莉坐在樹林的邊緣，努力克制搓揉疼痛肩膀的慾望。在虛擬世界裡，從馬背上跌下來會痛，扭傷腳踝也會痛。但那種痛只是一種效果，加進來好讓遊戲更刺激。在虛擬世界裡，沒有人會真的受傷。現在的感覺不一樣。痛楚好像沒有極限，會永遠這麼痛下去似的。

禍頭子和應聲蟲一趟又一趟往樹林裡跑，運回更多枯枝和樹葉。索倫指揮他們在這裡添一點，那裡加一些，汗水從他鼻子上滴下來。詠歎調看著那些燈光，至少它們很穩定。

她真是無法相信，怎麼會讓自己——還有佩絲莉——落入這種處境。她知道進入農六代表冒險，但她沒想到會是這樣。她從來都不想加入索倫的小圈子，雖然她一直對他感興趣。詠歎調喜歡找尋他形象裡的破綻。別人哈哈大笑的時候，他盯著他們看的那種表情，好像不知道笑是怎麼一回事。他說了什麼自以為聰明絕頂的話之後，掀起上唇的模樣。還有他偶爾瞥她的那種眼光，好像知道她沒被他騙過似的。

現在她知道吸引她的是什麼了。透過那些破綻，她看到一個截然不同的人。到了外面這種地方，沒有夢幻城的警衛在旁監視，他才能讓本性盡情流露。

「我要把我們弄出這裡。」她悄聲道。

佩絲莉裸露在外的眼睛噙著淚水：「噓。他會聽見妳。」

詠歎調注意到腳下樹葉碎裂的聲音，她很好奇這些樹最後一次澆水是什麼時候。她看著柴堆逐漸增加到一呎高、兩呎高。最後，柴堆的高度將近三呎時，索倫宣布準備好了。

他從靴子裡取出一個電池包和一些電線，交給禍頭子。

詠歎調不敢相信目睹的這一幕。「你有預謀？你本來就要到這裡來放火？」

索倫對她微笑，掀起嘴唇道：「我還打算做別的事呢。」

詠歎調倒抽一口涼氣。他一定是在開玩笑。他只是想嚇她罷了，因為她騙了他，但她是不得已的呀。

男孩圍在一起，只聽索倫嘟囔著「這麼做試試看」、「另外一頭，笨蛋」，以及「我來就好了」，然後他們往後一跳，閃避樹葉上騰起的火焰。

「喔，哇！」他們同聲喊道：「火！」

2 詠歎調

魔法。

就是這個字眼浮上詠歎調的心頭。一個古老的字眼，來自幻象還讓人覺得神奇莫測的時代。早在虛擬世界把魔法變得稀鬆平常之前。

她靠近一點，被火焰的黃金和琥珀色澤吸引。還有它變化多端的形狀。煙霧的氣味比她聞過的任何味道都更濃郁。它讓她手臂上的皮膚繃緊，然後她看見著火的樹葉如何捲曲、黑化、消失。

這是不對的。

詠歎調抬頭望去。索倫站著動也不動，瞪大眼睛。他像是著了魔，就跟佩絲莉和那對兄弟一樣。他們好像看見了火，卻又沒有真正看見。

「夠了。」她說，「我們應該把它關掉……弄點水啊什麼的。」沒有人動彈。「索倫，它開始蔓延了。」

「再加點柴。」

「再加?樹都是木頭。火會燒到樹上去!」

她還來不及把話說完，應聲蟲和禍頭子已經跑掉了。

佩絲莉抓住她衣袖，把她從燃燒的柴堆前面拉開。「詠歎調，別說了，否則他會再傷害妳。」

「如果我們不採取行動，這整個地方會被燒掉。」

她回頭望去，索倫站得離火太近。火焰幾乎跟他的人一樣高。現在火會發出聲音，劈哩啪啦外加一種低沈的隆隆聲。「去拿樹枝！」他對兩兄弟喊道：「樹枝會讓火燒得更大。」

詠歎調不知道該怎麼辦。想到攔阻他們，肩膀上的疼痛就變得更劇烈，警告她接下來可能再發生什麼事。應聲蟲和禍頭子捧著滿懷樹枝跑回來。他們把樹枝扔進火堆，掀起一大片火星飛上樹梢。熱風洶湧上騰，吹過她臉頰。

「我們要趕快跑，佩絲莉。」她低聲道：「預備……跑。」

這天晚上第三次，詠歎調握緊佩絲莉的手。她不能讓佩絲莉落在後面。她在樹叢間穿梭，兩腿不斷輪流挪動，盡可能跑直線。她不知道男孩們從什麼時候開始追逐她們，但她聽見背後傳來索倫的聲音。

「找到她們！」他喊道：「分散開來！」

然後詠歎調聽見一聲悲嘯，她不由得停下腳步。索倫嚎叫得像一頭狼。佩絲莉緊緊摀住嘴巴，不讓自己發出哭聲。禍頭子和應聲蟲也跟著叫起來，狂野哀慟的怪吼在樹林裡洋溢成一片。他們是怎麼了？詠歎調又開始跑，用力拖著佩絲莉，使她腳步踉蹌。

「來吧，佩絲莉！快到了！」她們應該距通往農業館的入口不遠。到了那兒，她要打開警報器。然後躲起來，等警衛趕來。

頭頂的燈光再次閃爍。這次它們沒再恢復照明，黑暗就像某種堅固的實體，對詠歎調砰然闔攏。她全身一僵。佩絲莉撞上她的背，驚呼一聲。她倆盲目地翻倒在地，手腳碰撞在一起。詠歎調掙扎著站起來，用力眨眼，判斷方向。但不管是睜開眼或閉上眼，看到的都一樣。

佩絲莉的手指在她臉上摸索：「詠歎調！是妳嗎？」

「是啊，是我。」她悄聲道：「安靜，否則他們會聽見！」

「拿火來！」索倫喊道：「拿些火過來，這樣才看得見！」

「他們會怎麼對付我們？」佩絲莉問道。

「我不知道。但我不會為了知道答案而讓他們接近。」

她身旁的佩絲莉忽然繃緊。「妳看見了嗎？」

她看見了。一支火把從遠處向她們迂迴靠近。詠歎調聽出了索倫神氣活現的腳步聲。他的位置比她預期的遠，但她知道這沒有影響。她和佩絲莉只能俯身潛行，摸索前進。即使她們知道該走哪個方向，移動個幾呎也無濟於事。

第二支火把出現了。

詠歎調摸索著想找石塊或樹枝。樹葉在她手中四分五裂。她對著袖子輕咳一聲。每次呼吸都讓她的肺收縮得更緊。她本來只擔心索倫和火，但現在發現煙可能帶來更大的危險。

火把很快穿過黑暗，逐漸逼近。她但願母親不曾離開，但願自己不曾對索倫唱歌，但這麼想幫不上她的忙。她必須採取一些做得到的行動。她集中精神思索。也許她可以重新設定智慧眼罩，對外呼救。她像以前一樣伸手去摸控制鍵，即使在思維中，她也覺得好像在黑暗裡摸索。一個永遠不會關掉的東西要如何重新啟動？

眼看著火把圍攏上來，火光越發明亮，劈啪聲越發響亮，感覺佩絲莉在身旁發抖，都對她集中精神毫無幫助，但這是她唯一的希望。最後她終於覺得大腦深處傳來一聲輕響，智慧眼罩的視窗上出現字跡，藍字浮現在煙霧瀰漫的樹林裡。

重新啟動？

是！她下令。

詠歎調全身緊繃，一顆顆灼熱的釘子沿著她的頭皮往脊椎敲打下去。成排的符號出現，她輕舒一口氣。她重新開機了，但每樣東西看起來都好奇怪。介面上所有的按鍵都變成了通用碼，位置也不對。還有那是什麼？她看見螢幕上有個標示為「歌鳥」的訊息圖示，那是母親給她的暱稱。魯明娜傳訊息給她！但檔案儲存離線，暫時幫不上她的忙。她必須跟某個人連上線才行。

詠歎調試著直接聯繫魯明娜。她的螢幕上閃現：連線失敗，接著是一串錯誤代碼。她試著找尋迦勒和接下來想到的十個朋友，沒有一次成功，她沒能跟虛擬世界連上線。她做最後一次嘗試。也許她的智慧眼罩還在記錄。

重播，她下令。

智慧眼罩視窗左上角的重播小方塊裡出現佩絲莉的臉。看不清佩絲莉的臉，只看見驚慌的輪廓和映在她智慧眼罩上的火光。她背後有一團慢慢接近的繚繞煙霧。「他們來了！」佩絲莉驚惶失措地悄聲說。錄影就此結束。

詠歎調命令自己的智慧眼罩再次記錄。不論發生什麼，不論索倫和那對兄弟要做什麼，她都會有證據。

燈光重新亮起。被刺眼的光線照得瞇起眼睛的詠歎調，看見索倫掃視這塊區域，禍頭子和應聲蟲站在他兩旁，像一群狼。他們看到她和佩絲莉，立刻眼睛一亮。她跳起身，再次拉起佩絲莉。詠歎調奔跑，把佩絲莉拉得很緊，跌跌撞撞地跨過樹根，從鉤住她頭髮的樹枝中間硬衝過去。男孩們大呼小叫，喊聲在詠歎調耳中震響。他們的腳步聲緊跟在後。

佩絲莉的手掙脫了詠歎調的掌握，詠歎調在她跌倒時猛轉過身。只見佩絲莉的頭髮披散在樹葉上，她伸出手對詠歎調尖叫。索倫半個人壓在她身上，雙手緊抱著她的腿。

詠歎調來不及思考，用力一腳踢中索倫頭部。他悶哼一聲，倒向一旁。佩絲莉掙脫他的掌握，但索倫再次撲上來。

「放開她！」詠歎調上前一步，但這次他已有準備。他飛快出手，抓住詠歎調的腳踝。

「快跑，佩絲莉！」詠歎調喊道。

她掙扎著想脫身，但索倫不肯放手。他站起身，緊緊抓住她的上臂。樹葉和泥土黏在他臉上和胸口。在他身後，濃煙形成灰色的波浪穿過林間，速度忽快忽慢。詠歎調低頭看去，索倫的手是她兩倍大，就像他身體其他部分一樣長滿肌肉。

「妳感覺不到嗎，詠歎調？」

「感覺什麼？」

「這個。」他緊緊捏住她手臂，讓她慘叫出聲。「每件事。」他眼神飄來飄去，沒有固定在任何東西上。

「不要，索倫。求求你。」

禍頭子跑過來，抓著火把，氣喘吁吁。

「救我，禍頭子！」她喊道。他甚至沒看她一眼。

「去抓佩絲莉。」索倫道，禍頭子一聽便離開了。「現在只有妳和我了。」他說，騰出一隻手去摸她的頭髮。

「別碰我。我在記錄這一切。你如果傷害我，所有的人都會看見！」

她還沒意識到發生了什麼事就撞上了地面。他整個體重壓在她身上，害她無法呼吸。她張大口，掙扎著吸氣時，他低頭怒瞪她。然後他的注意力轉移到她的左眼。詠歎調知道他要做什麼，但她手臂被他兩腿夾住，動彈不得。她閉上眼睛，他手指掐入她的皮膚，沿著邊緣把智慧眼罩挖出來，她尖聲大叫。詠歎調的頭猛然抬起，又砰一聲落回地面。

痛啊。好像大腦被掏了出來。在她上方，索倫的臉泛紅而顯得模糊。熱呼呼的東西沿著她臉頰流下來，湧進她的耳朵。疼痛緩和，變成一抽一抽的痛楚，跟她的心跳同一節奏。

「你瘋了。」一個聲音跟她一樣的人說。

索倫的手緊緊扼住她的脖子。「這就是真實。告訴我妳感覺得到。」

詠歎調還是吸不到足夠的空氣。一陣陣痛楚刺進她的眼睛。她逐漸渙散，就像智慧眼罩一樣斷了電。這時索倫忽然抬起頭——望向別處——且鬆開手。他咒罵一聲，接著他令人窒息的笨重身體也離開了。

詠歎調撐著手臂跪起，耳際湧現的刺耳尖叫令她咬緊牙關。她什麼也看不見。她抹一把眼睛，想除掉那片模糊，站起身時，兩腿欽欽發抖。在咆哮的烈焰中，她看到一個陌生人走進空地。他沒穿上衣，但絕不會被誤認成禍頭子或應聲蟲。

他是一個真正的野蠻人。

這個外界人的身體幾乎跟他的皮革長褲一般黑，滿頭金髮亂得活像女妖的蛇髮，兩條手臂纏滿刺青，他有動物一樣會反光的眼睛，眼睛裸露在外，兩隻都一樣。

他走上前時，掛在身側的長刀映著烈火閃閃發光。

3 游隼

定居者的女孩瞪著阿游，血沿著她蒼白的臉流下來。她挪動幾步，想閃避他，但阿游知道她站不了多久，瞳孔渙散成那樣，絕無可能。再走一步，她的腿終於撐不住，倒了下去。

男的那個站在她軟癱的身體後面，他用那雙怪眼打量阿游，一隻正常，另一隻貼著所有定居者都戴的那種透明眼罩。其他人叫他索倫。

「外界人？」他說：「你怎麼進來的？」

那是跟阿游相同的語言，但比較粗糲，本來應該柔和的地方充滿鋒芒。阿游緩緩吸了口氣。瀰漫這塊空地上的濃煙，掩蓋不住這個定居者的怒火。嗜血的慾望發出一種人獸共有的、焦臭的紅色氣味。

「我們進來的時候你也進來了。」索倫放聲笑道。「我解除系統防衛，你就進來了。」

阿游把刀轉了一圈，重新握緊。這個定居者難道不知道火燒過來了嗎？「趕快離開，否則會燒死，定居者。」

索倫聽見阿游說話，吃了一驚，然後咧開嘴，露出方正、雪白的牙齒。「你是真的。我無法相信。」他毫不懼怕，上前一步，好像手中持刀的是他而不是阿游。「要是能離開，野蠻人，我早就這麼做了。」

阿游站著高一個頭，但索倫的體重超過他很多。他的骨骼深埋在肌肉底下。阿游很少看到體格這麼魁梧的人。外面沒有足夠的食物可以把人養得這麼壯，不像這兒。

「你就要死了，地鼠。」阿游道。

「地鼠？錯了，野蠻人。密閉城市大部分都在地面之上，我們既不會年紀輕輕就死掉，也不會受傷。我們甚至破壞不了任何東西。」索倫低頭看一眼那個女孩，再望向阿游，他忽然停下腳步。一切都發生得極快，驀然停止的能量使他腳下一震。某件事讓他改變了心意。

索倫的眼神在他身上一閃而過。阿游深深吸一口氣。木頭的煙，燃燒的塑膠，火勢更猛烈了。他再吸一口氣，聞到了意料中的氣味。另一個定居者正從後方接近。他原先看到三個男性——索倫和另外兩個。那兩人是一起從他背後掩來，或只有一個？阿游再吸一口氣，無法判斷，煙味太濃了。

索倫的目光落到阿游手中的刀上。「你很會使刀，是嗎？」

「還好。」

「你殺過人嗎？我敢打賭你殺過。」

他在爭取時間，好讓阿游身後的不論什麼人靠得更近一點。

「從來沒殺過地鼠。」阿游道：「還沒有。」

索倫微笑，然後撲過來。阿游知道另一個人也會立刻撲上來，他轉過身，只看見一個定居者，距離比他預期的遠，手握著一根金屬棒跑過來。阿游把刀擲過去，方向正確，刀鋒結結實實插進那名定居者的肚子。

索倫從背後發動攻勢。阿游轉身時已做好準備。那記拳頭來自側面，打中阿游的臉頰，地面彷彿躍起又後退。阿游趁索倫撲過身旁時將他一把抱住，用力推壓，卻無法推倒索倫。這隻地鼠簡直是石頭做的。

阿游的腎臟部位又挨了一拳，悶哼一聲，等待痛楚來襲，但這記攻擊並不像該有的那麼痛。索倫又揮來一拳。阿游聽見自己大笑。這個定居者空有一身蠻力，卻不懂得運用。

他退開一步，發出第一拳，拳頭擊中那枚透明眼罩。索倫整個人靜止，脖子上的青筋像藤蔓般突起。阿游毫不猶豫，他把全身的力量放在下一拳。那定居者下巴的骨頭喀嚓一聲裂開，索倫重重倒下，整個人慢慢蜷縮起來，像一隻垂死的蜘蛛。

血從他牙縫裡流出來，他整個下顎歪向一邊，但他的目光不曾有片刻離開阿游。

阿游咒罵一聲，退向一旁。這與他闖進來的企圖大相逕庭。「我警告過你了，地鼠。」

燈光又熄滅了。煙霧一團團在樹木中間流動，映著火光泛紅。他向另一名男性走去，取回他的刀。那名定居者看到他便開始哭泣，血從傷口湧出。阿游把刀拔出來時，不敢正視他的眼睛。

他走回那女孩身旁。她的頭髮呈扇形散開，又黑又亮，像烏鴉的羽毛。阿游看到她的眼罩掉在她肩膀旁邊的樹葉上。他伸手輕觸，那塊皮觸手清涼，絲滑的觸感類似蘑菇，外觀像水母，分量卻出乎意料地沈重。他把它裝進袋子，然後像扛大型獵物般把那女孩扛上肩頭，一手抱緊她雙腿，保持穩定。

現在所有的感官都幫不上忙。煙霧已經掩蓋了所有的氣味，遮蔽了所有的視線，讓他摸不清方向。地面上也沒有高低起落提供他指引。不論往哪個方向看去，都只見濃煙烈焰擋道。

他趁火焰吸氣時移動。火焰吐氣時，噴出陣陣熱浪，灼痛他的腿和手臂，他就停下。淚水湧上眼睛，視物更加困難。他蹣跚前進，被煙燻得腳步顛躓，彷彿喝醉了一般。終於他找到一條有新鮮空氣的管道，開始狂奔。那個定居者女孩的頭在他背上晃動。

阿游來到圓頂館的外牆，沿著它走，某處總會有個出口，但花費的時間超出他的預期。總算找到他先前進來的同一扇門，走進一個鐵鑄的房間。這時每一次呼吸的感覺都像有餘燼在他肺裡點燃。

他放下女孩，關上門。接著好一陣子，他只能咳著嗽來回踱步，直到把鼻子裡的痛楚都宣泄出來。他抹一把眼睛，手臂上留下一道血和煤煙的混合物。弓和箭囊仍在他原先留置它們的牆腳。弓的弧度與這個房間完美的線條對照，顯得十分僵硬。

阿游搖搖欲墜，他跪下來，好好打量一番定居者女孩。她的眼睛已經不再流血了，體格纖細，很瘦，黑色的眉毛，粉紅的嘴唇，皮膚像牛奶一樣光滑。他憑直覺知道，他倆年齡相近，但這樣的皮膚讓他沒有把握。他曾藏身一棵樹上觀察她。她盯著樹葉看的表情多麼驚訝。他幾乎不需要鼻子就能知道她的心情，她每種情緒變化都顯現在臉上。

阿游把她脖子上的黑髮拂開，湊得更近一點。他的鼻子被煙霧麻痺了，所以必須這麼做。他深深吸一口氣。她的身體不像其他定居者的氣味那麼濃郁，但還是令人厭惡。血是熱的，然而有種腐敗的臭味。他出於好奇，再吸一口，好在她還處於深度昏迷，沒有發怒。

他很想帶她一起離開，但定居者一到外面就會死。這個房間是她活過這場大火最好的機會。他本來還打算去查看另一個女孩的下落，但已經沒機會做這件事了。

他站起身。「經過了這麼多之後，妳最好能活下去，小地鼠。」他說。

然後他走進另一個房間，回身關好門，這個房間被流火擊中而受損。阿游俯身半蹲，穿過坍塌的黑暗空間。路越走越窄，最後他只好從散落的水泥和扭曲的鋼筋上爬過去，把弓和袋子放在前面推，直到重返他的世界。

他挺直身軀，仰面向夜空吸一口長氣，把清潔的空氣迎入燒焦的肺。警報聲打破岑寂，先是自瓦礫堆中隱約傳來，隨即在他周圍狂吼，響亮到讓他覺得那聲音在他胸腔裡震動。阿游把袋子和箭囊往肩頭一掄，拿起弓，邁開大步，乘著黎明前的清涼全速奔跑。

一小時後，定居者的堡壘已化為遠方的一個小土堆，他坐下來，讓轟然作響的腦袋略事休息。現在是早晨，盾谷裡已熱起來了，沿著這片乾旱的長條形地帶往北走兩天，就可抵達他的家園。他讓頭垂下，靠在前臂上。

煙味附著在他的頭髮和皮膚上，每次呼吸他都聞到。定居者的煙跟他們的不一樣。它聞起來像熔化的鋼鐵，還有燒起來比火更熱的化學藥品。他的左頰抽痛，但跟鼻子裡那個痛楚的主要來源比起來不算什麼。他大腿上的肌肉抽搐，好像還在奔跑，逃離那個警報聲。

闖進定居者的堡壘已經夠壞了。光憑這一點，哥哥就可能把他逐出家門，但他還跟地鼠發生糾紛，至少殺死了他們一個人。其他部落都跟定居者有衝突，唯獨潮族能跟他們相安無事。阿游不知道自己是否改變了這一點。

他探手取下皮袋翻找，手指碰到一個清涼柔滑的物件。阿游咒罵一聲。他忘了把那女孩的眼罩留下。他把它取出，托在掌心端詳。它映著流火的藍光，像一大顆水滴。

他一鑽進那片樹林，就聽見地鼠的說話聲。他們笑聲的回音從耕作區傳來。他悄悄爬過去觀察他們，看到那麼多食物丟著任它腐爛，真是大吃一驚。他本來打算過一會兒就離開，但緊接著他對那女孩感到好奇。索倫從她臉上硬把眼罩扯下來時，他再也無法袖手旁觀，雖然她不過是一隻地鼠。

阿游把眼罩放回袋子裡，盤算著等到春季貿易客來臨時把它賣掉。定居者的裝備都可以賣到好價格，況且他族人需要的東西多得很，尤其是他的姪子鷹爪。阿游繼續往袋裡掏摸，在他的上衣、背心、水囊底下，終於找到了他要的東西。

蘋果皮的光澤比眼罩晦暗得多。阿游用大拇指沿著它的弧度輕輕撫摸，這是他在耕作區撿來的。他跟蹤地鼠時唯一想到要拿的東西。他把蘋果湊到鼻子上，吸入它的香氣，湧起滿口唾液。

這是件愚蠢的禮物，甚至不構成闖入的藉口。

根本就不夠。

4 游隼

將近午夜時分，阿游大步走進潮族的村子，他已出外四天。他在中央一片空場上站定，呼吸家的鹹水味。大海在西邊，相距足足三十分鐘的步程，但漁夫把打魚這一行的氣味散播得到處都是。阿游伸手抓抓頭髮，剛游完泳，他身上還是濕的。今晚的他聞起來也有點兒像漁夫。

阿游調整一下肩上的弓和箭囊。今天他沒有扛回獵物，也沒有理由循往例到廚房去，所以他就站在原地，把熟記心中的一切重新打量一遍。用歲月打磨成渾圓的石塊砌成的住宅。海風雨水侵蝕的木門和護窗板。這個村子雖然飽經滄桑，看起來仍很牢固。就像一條破土而出長、在地面上的樹根。

他比較喜歡村子在深夜寂靜中的這副樣貌。冬天即將來臨，食物卻嚴重短缺。阿游自幼習慣白晝充滿焦慮的氣氛。但天黑以後，情緒的陰霾消散，留下的氣味比較祥和。逐漸冷卻的大地像花朵一般向天空敞開。夜行動物的體味留下各種他可以輕易追蹤的軌跡。

就連他的眼睛也偏愛這時刻。輪廓變得更清晰，動作更一目了然。靠著眼和鼻，他自認有夜間活動的天賦。

他吸進最後一口戶外的空氣，打起精神，踏進哥哥的家。眼光先掃過火爐前的木頭桌子和兩張破舊的皮椅，然後抬高，望向架在屋梁上的閣樓，最後看著室內唯一的一間臥室緊閉的門，鬆弛下來。維谷沒醒著。大哥想必陪著兒子鷹爪一塊兒睡了。

阿游向桌子靠過去，緩緩吸氣。這兒瀰漫著濃郁而沈重的憂傷，跟房間裡繽紛的色彩很不協調。彷彿有一片灰濛濛的愁雲慘霧，從他視野的邊緣壓迫過來。阿游聞到奄奄一息的餘燼冒出的煙，和木桌上陶壺裡樂斯酒的刺鼻味道。大嫂蜜拉去世已一個月。她的氣味已淡去，幾乎聞不到了。

他伸出一根手指，摸摸藍色水壺的邊緣。前一個春天，他看著蜜拉在壺把畫上黃色的花朵。到處都是蜜拉的手澤：她捏製的陶碗陶盤，她編織的地毯，裝滿她手繪珠子的玻璃罐。她是個靈視者，天生異於常人的視力，就像大多數的靈視者一樣，蜜拉很在意事物的外貌。臨終之前，她躺在床上，雙手不能再紡織、繪畫或捏塑陶土，就講一個又一個用她喜歡的色彩填滿的故事。

阿游把身體靠在桌上，忽然覺得虛弱又疲倦，非常思念蜜拉。他沒有傷心的權利，失去妻子的大哥和失去母親的姪兒受的傷都比他深。但她也是他的親人。

他轉向臥室的門，很想看一眼鷹爪。但是根據空空如也的水壺判斷，維谷一定喝了酒。現在跟哥哥打交道有太多風險。

好一會兒，他容許自己設想會發生什麼事，挑戰維谷血主的地位。滿足一種跟口渴一樣實際的需求。如果潮族由他來領導，他會做些變革：冒哥哥刻意規避的危險，部落不能一直這樣藏身角落。尤其獵物稀少，冬季的流火風暴又一年比一年兇猛。傳聞有更安全的地帶，有永遠是藍色的天空，但阿游不怎麼相信。他只知道潮族需要一個會採取行動的血主——哥哥卻不願改變。

阿游低頭看自己破舊的皮靴。他在這兒，站著不動，一點也不比維谷高明。他咒罵一聲，搖搖頭。把皮袋扔到閣樓上，然後脫掉靴子，爬上去，躺在那兒瞪著屋椽。夢想自己無論如何都不會付諸實現的事很愚蠢，他會在事態發展到那種地步之前就離開。

他還沒閉上眼，就聽見門咿呀一聲，梯子輕震。眼睛一花，鷹爪黑色的小身影便從最上一層梯級飛撲過來，鑽進毯子裡，然後就像石頭一樣靜止不動。阿游爬到鷹爪另一側，擋在他和梯子之間。這兒空間很擠，他不想讓姪兒在睡夢中跌下去。

「怎麼我們打獵的時候都不見你動作這麼快？」他逗他。

沒有回應。毯子下一點動靜都沒有。自從母親去世後，鷹爪就經常很長一段時間都默不作聲，但他從不曾不跟阿游說話。想到他們上次共處時發生了什麼事，阿游對姪子的沈默倒也不訝異。他犯了一個錯誤，最近他犯的錯真是太多了。

「我猜你不想知道我帶了什麼給你。」鷹爪沒上鉤。「真可惜，」等了一會兒，阿游又道：「你一定會喜歡。」

「我知道。」鷹爪七歲大的聲音閃耀著自豪。「貝殼。」

「不是貝殼，不過方向正確，我確實去游過泳。」回家前，阿游花了一個小時，用一把一把的沙子清除皮膚和頭髮上的氣味。他不得不這麼做，只消一絲絲氣味，哥哥就會知道他去了哪兒。維谷嚴禁他們逛到定居者那兒去。

「你為什麼躲起來，鷹爪？出來嘛。」他掀起毯子，鷹爪的氣味撲鼻而來。阿游全身一震，握緊雙拳，喉頭一陣哽咽。鷹爪身上的惡臭跟蜜拉病勢沈重時太相似。他寧願相信這是個錯誤，他寧願相信鷹爪很健康，會長到又添一歲。但氣味不會撒謊。

一般認為靈嗅者有過人的力量。異能者——天賦一種特別敏銳的感官——人數不多。但即使在異能者當中，阿游也因為同時擁有兩種特別靈敏的感官而出類拔萃。靈視者的視力造就他成為優秀的弓箭手。也唯有阿游這麼厲害的靈嗅者，才能從呼吸中辨別絕望與恐懼。這本領用來偵察敵人很有用，但用在自家人身上，卻更像一種詛咒。蜜拉的病情惡化已經夠他難受了，現在又輪到鷹爪，阿游因為獲知這消息而開始痛恨自己的鼻子。

他強迫自己面對姪子。樓下的火光映在屋椽上，微弱的橘紅色光線勾勒出鷹爪臉頰的弧度，照亮了他睫毛的尖端。阿游看著垂死的姪子，竟想不出一句值得說的話。鷹爪對他所有的感受早已一清二楚，他知道阿游如果能跟他交換處境，一定不會猶豫。

「我知道情況更壞了。」鷹爪道：「有時候我的腿會發麻……有時候我身上的氣味不好，但痛得不厲害。」他把臉埋進毯子裡。「我知道你會生氣。」

「鷹爪，我沒——我不是生你的氣。」

阿游吸了幾口氣，緩和胸中繃緊的感覺，他自己的怒火，加上姪子的罪惡感，使得思路難以釐清。他知道愛是怎麼回事。他愛他的姊姊麗薇，還有蜜拉，他記得將近一年前他也愛維谷。但對鷹爪的感覺，愛只是其中的一部分。鷹爪悲傷，阿游就像塊石頭般墜落。他煩惱，阿游會調整步伐。他快樂，令阿游翱翔天際。動靜之間，鷹爪的需求通通變成阿游的一部分。

靈嗅者稱之為收服。緊密的連結使阿游的生活變得很單純，一切都以鷹爪為優先考量。過去七年來，他們經常在屋子裡嬉鬧。教鷹爪走路、游泳，教他追蹤獵物、射箭、清理獵物，這都很容易。鷹爪喜歡阿游做的每一件事。但自從蜜拉生病之後，一切都不再單純。他維護不了鷹爪的健康與快樂。但他知道只要他盡可能陪在鷹爪身旁，對鷹爪就有幫助。

「是什麼？」鷹爪問。

「什麼什麼？」

「你帶給我的東西。」

「哦，那個。」蘋果。他很想告訴鷹爪，但部落裡有聽覺跟他的嗅覺一樣敏銳的靈聽者。還有維谷，他是個更大的麻煩。阿游不能冒險讓維谷聞到。再過幾星期就要入冬了，今年所有的貿易都已結束。維谷一定會質疑阿游從哪兒弄來的蘋果。他跟哥哥的爭執已經夠多了，實在沒必要再起爭端。

「得等到明天。」他必須到村外幾哩路的地方才能把蘋果交給鷹爪。目前它就只好繼續用一張破舊的塑膠布包著，深藏在袋子裡，跟定居者的眼罩放在一起。

「好東西嗎？」

阿游把手臂交叉在腦後。「真是的，阿爪，真不敢相信你會問我這種問題。」

鷹爪低聲咯咯笑。「你聞起來像一片滿身大汗的海帶，阿游叔叔。」

「滿身大汗的海帶？」

「是啊，而且還在岩石上晾了幾天。」

阿游笑起來，推一下他的肋骨。「謝了，吱吱。」

鷹爪回推一把。「不客氣，呱呱。」

他們躺了一會兒，在沈默中同步呼吸。透過木板的裂縫，阿游看見一抹流火在空中盤旋。若是天氣平靜，這就像置身在波浪底下，看流火在頭頂翻滾撲騰。否則它就化為洶湧激流，怒濤中迸發刺眼的藍光。火與水同時從天而降。冬季本來就是流火風暴肆虐的季節，但這幾年災難都提早來臨，持續的時間也更長。今年已發生過幾次風暴，最近那場差點吞噬了整個部落的羊，羊群放牧得離村子太遠，來不及趕回安全的處所。維谷說這只是暫時現象，很快就會緩和。但阿游不以為然。

鷹爪在他身旁動了一下。阿游知道他沒睡著。他姪兒的情緒變得窒悶陰沈，最後就像一根帶子勒住阿游的心。他吞了一口口水，喉嚨沙啞作痛。「怎麼回事，鷹爪？」

「我還以為你就這麼走了。我還以為你跟我爹鬧翻，就此流浪去了。」

阿游慢慢吁出一口氣。四天前的夜裡，他跟維谷坐在下面的桌前，把個酒瓶傳來傳去。好幾個月來，他們第一次像兄弟般交談。談蜜拉的死，還有鷹爪。就連維谷交易來的最好藥物也不再生效。兩人嘴裡不說，心裡卻都有數。鷹爪能熬過這個冬天已是萬幸。

維谷開始口齒不清，阿游就知道該離開了。樂斯酒會讓阿游變得溫和，在維谷身上卻適得其反。他會變得暴躁不講理，就像他們的父親。但阿游留下來，因為維谷在說話，他也有話要說。後來阿游提議全村遷離，搬到更安全的地方去。這麼說很蠢。他知道會有什麼下場，每次都一樣：爭吵。氣頭上口不擇言。這次維谷什麼也沒說，他只伸出手，迎面打了阿游一記耳光。巴掌聲很響，讓他覺得既熟悉又害怕。

他還了手，純然是反射動作，拳頭命中維谷的鼻子，兩人在桌上扭打成一團。接下來他只知道，鷹爪站在臥室門口，惺忪的睡眼裡有很大的驚嚇。阿游從維谷看到鷹爪。一模一樣嚴肅的兩雙綠眼睛都瞪著阿游。質疑他怎麼可以把一個新近喪妻的鰥夫打得滿臉鼻血？而且是在他的家裡，當著他垂死兒子的面？

滿懷愧怍又怒氣未消的阿游就這麼走了，他直奔定居者的堡壘。也許維谷找不到醫治鷹爪的藥，但他聽過地鼠的傳聞。所以他闖了進去，瘋狂而急切地想做對一件事。現在他弄到了一個蘋果和一個毫無用途的定居者眼罩。

阿游把鷹爪拉過來。「是我蠢，阿爪，我沒有好好考慮。那天晚上的事根本不該發生。但我確實要離開。」

他早就該離開。回來就必須跟維谷見面。發生過那種事之後，他不知道他們是否還可以相處。但阿游不能讓他揮拳擊中維谷的臉那一幕成為鷹爪對他最後的記憶。

「你要去哪？」鷹爪問道。

「我想試試……也許我可以……」他吞嚥口水。說話很難，即使在鷹爪面前。「很快。睡吧，爪兒，我在這兒。」

鷹爪把臉埋進阿游胸口。阿游定睛望著流火，聽任鷹爪的眼淚打濕他的上衣。透過上面的裂縫，他看見藍色的氣流盤旋不去，一波波翻騰起落，好像不確定該選擇哪個方向。有人說，異能者的血管裡有流火竄動，供應他們熱能，賦予他們敏銳的感官。這只是傳說，但阿游知道它是真的。大部分時候，他覺得自己跟流火沒什麼不同。

等了很長一段時間，鷹爪在阿游臂彎裡變得沈重。他肩膀已經被鷹爪的腦袋壓得發麻，但他繼續讓姪子依靠著熟睡。

阿游夢見自己又回到定居者的大火裡，追逐那女孩。她在他前方奔跑，穿過濃煙和烈焰。他看不見她的臉，只認得那頭黑如鴉羽的長髮，認得她身上討厭的氣味。他在她身後追趕。雖然他不知道緣故，但他必須找到她。夢沒有邏輯可言，就是非那麼做不可。

阿游醒來時，汗濕了衣服，兩條腿都在抽筋。雖然他很想揉開疼痛的肌肉，但某種直覺讓他靜止不動。微塵在黝暗的閣樓裡迴旋，在他想像中，氣味也該是這種型態，總在空中擾攘不息。樓下的地板隨著他哥哥的動作發出呻吟。給爐子添柴，重新把火生旺。阿游偷窺他擱在腳邊的袋子，希望那層舊塑膠布能讓維谷聞不到裡面東西的味道。

樓梯嘎吱作響，維谷要爬上來。鷹爪蜷縮在阿游身旁，一個小拳頭抵在下巴旁邊，滿頭褐髮已被汗水濕透。嘎吱聲停了。

維谷就在他背後呼吸，那聲音在靜寂中非常響亮。阿游聞不出維谷生氣。他們兄弟之間，鼻子會略過所有修飾偽裝，所有情緒都宛如自己的。但阿游想像有股紅色的怨懟氣息。

他看見一把刀從上空劈來。驚慌而不知所措的瞬間，他很驚訝哥哥竟然要以這種方式殺死他。向血主挑戰應該當著全體部落的面公開為之，做事要遵守一定的規矩。但這件事是在餐桌上起的頭，從一開始就錯了。不論阿游是離開、死去或獲勝，鷹爪都會傷心。

下一個瞬間，阿游發覺那不是刀，只是維谷的手，伸過去摸鷹爪。維谷把手放在兒子額頭上，停留了一下，替鷹爪拂開潮濕的頭髮，然後走下樓梯，穿過下面的房間。前門打開時，強光湧進閣樓，門隨即關上，把房子留在寂靜裡。

5 詠歎調

詠歎調在一個全然陌生的房間裡醒來。她皺起眉頭，用手指壓住抽搐的太陽穴。她手臂上有笨重的布料發出窸窣聲，低頭望去，她從脖子到腳都罩在一件白色衣服裡。她在寬鬆的手套裡扭動手指。她穿的是誰的衣服？

她認出這是治療衣，不禁倒抽一口氣。魯明娜曾跟她提過這種有醫療作用的衣服。她怎麼可能生病？夢幻城的無菌環境消滅了所有的疾病。像她母親那樣的遺傳工程師保障每個人身體健康。但現在她覺得不舒服。她小心翼翼地把頭轉向左，轉向右，就連最小的動作也會引起劇烈的疼痛。

她慢慢坐起身，臂彎上一陣抽痛讓她輕呼一聲。她衣服的手臂處有個補靪，伸出一根裝滿清澈液體的管子，鑽進那張床厚重的基座。她的頭一陣陣抽痛，舌頭黏在上顎。

她急切發出信號。*魯明娜，出事了。我不知道這是怎麼回事。媽？妳在哪？*

這房間有一整面牆做成鐵製的櫃台，上面有個二度空間的舊式螢幕，像是古早以前使用的那種。詠歎調看見上面有好幾組線條，是她的衣服傳送過去的生命跡象。

為什麼魯明娜這麼久還不回應？

時間和地點，她向智慧眼罩要求，卻什麼也沒出現。她的智慧螢幕在哪裡？

佩絲莉？迦勒？你們在哪？

詠歎調嘗試去海灘的虛擬世界漫遊，這是她最喜歡的一區。但截然不同的畫面掠過眼前，她全身一僵。燃燒的樹木，波浪般移動的煙霧，瞪大眼、驚恐的佩絲莉，索倫壓在她身上。

她伸手去摸左眼，卻戳到自己的眼睛，不禁全身一震，眨眨眼睛。除了無用的眼球之外，什麼也沒有。正當她攤開手掌，摀住裸露的眼睛時，一名穿醫生袍的瘦削男子走進房間來。

「哈囉，詠歎調，妳醒了。」

「華德大夫。」她道，暫時鬆了口氣。華德是她母親的同事，沈默寡言的第五代，嚴肅的四方臉。雖然單親的孩子很普遍，但幾年前詠歎調還猜測過華德可能是她父親。華德和魯明娜很像，態度保守，對工作非常投入。但詠歎調問起時，魯明娜答道，**我們倆相依為命，詠歎調。我們就只需要這麼多。**

「小心。」華德說：「妳眉毛上有道撕裂傷，還沒有完全癒合，好在那是最嚴重的傷勢。檢查沒發現別的傷害，沒有感染，肺也沒危險。以妳的遭遇而言，真是很難得。」

詠歎調沒有拿開手，她知道自己看起來一定很可怕。「我的智慧眼罩呢？我不能進入虛擬世界。我被困在這裡，無依無靠。」她咬緊嘴唇，不讓自己喋喋不休。

「妳的眼罩似乎遺失在農六圓頂館，現在正在搜索它的下落。我已經替妳訂製了一副新的，應該再過幾小時就會完成。目前呢，我可以增加鎮靜劑的分量——」

「不。」她連忙說道：「不要鎮靜劑。」她終於明白自己的思路為什麼這麼混亂，好像重要的東西移動了位置或根本就遺失了。「我母親呢？」

「魯明娜在極樂城。連線損壞已經一星期了。」

詠歎調瞪著他。監視器發出嗶嗶聲，顯示她心跳次數到達顛峰。她怎麼忘記了呢？她就是為了魯明娜才到農六去的。但魯明娜怎麼還是聯絡不上呢？她記得重新啟動智慧眼罩的時候看到過「歌鳥」檔案。

「不對吧。」她說：「我媽曾經寄給我一則訊息。」

華德的眉毛糾在一起。「有嗎？妳怎麼知道是她寄的？」

「檔名叫做『歌鳥』。只有魯明娜這麼叫我。」

「妳看過內容了嗎？」

「還沒，我沒有機會。佩絲莉呢？」

華德先慢慢吸一口氣才開口。「詠歎調，很抱歉告訴妳這件事，只有妳跟索倫活下來。我知道妳跟佩絲莉很親近。」

詠歎調緊緊握住床沿。「你說什麼？」她聽見自己問：「你意思是說佩絲莉死了嗎？」不可能。沒有人十七歲就死了的。他們輕易就能活到一百多歲。

監視器嗶嗶叫。這次的聲音很響而且持續不停。

華德在說話。「你們離開了安全區……智慧眼罩喪失功能……我們回應的時候……」

她只聽見嗶嗶嗶嗶。

華德停止說話，望著醫療監視器。畫面顯示上升的線條和不斷增加的數字，她胸腔裡有種崩潰的感覺。

「很抱歉，詠歎調。」他道。治療衣變硬，沿著她的四肢膨脹起來，一股寒意從她的手臂湧進來。她低頭看去，藍色液體穿過管子蜿蜒鑽進她的治療衣，進入她體內。他透過智慧眼罩下令增加鎮靜劑。華德上前一步。「趁還沒有昏迷，先躺下。」

詠歎調很想叫他走遠一點，但她嘴唇變得麻木，嘴巴裡的舌頭也沈重無力。房間向一側傾斜，嗶嗶聲忽然放慢了速度。詠歎調往後一翻，砰一聲倒在床墊上。

華德大夫出現在她上方，表情很焦慮。「真抱歉。」他又說一遍。「目前這樣對妳最好。」然後他離開了，很大聲地把門關上。

詠歎調想移動，但她四肢沈重，好像被什麼東西拉扯，被磁鐵吸住。她必須全神貫注，才能把手放到臉上。她嚇著了自己，認不出手指上套著手套，也不適應左眼空蕩蕩的感覺。

她讓手落下，反正也控制不了。她的手臂滑到病床外。她看得見，卻不能把它收回來。

她閉上眼睛。魯明娜出了什麼事？佩絲莉又怎麼了？滿腦子嗡嗡嗡的聲音，好像頭殼深處裝了一根音叉。很快她就連自己為什麼傷心都不記得了。

她不知道過了多少時間，華德大夫再度出現。沒有了智慧眼罩，詠歎調覺得自己什麼也不知道。

「抱歉我不得不給妳打鎮靜劑。」他頓了一下，等她發話。但她自顧瞪著頭頂的燈光，讓它在她視野中燒出好些黑點。「他們準備開始調查了。」

調查。如今她是罪犯嗎？身上的治療衣鬆弛下來。華德走過來，清一下喉嚨。他從她手臂上拆下針頭時，詠歎調瑟縮了一下。疼痛她可以忍受，卻受不了被他的手碰觸的感覺。他一退後，她就坐直上身，心思翻騰，頭有點昏。

「跟我來。」他對她說：「執政官準備好了。」

「執政官？」他們是夢幻城最有權威的人，控制密閉城市生活的每個層面。「包括黑斯執政官？索倫的父親？」

華德大夫點點頭。「五人團當中他跟這件事的關係最密切。他是保安主管。」

「我不能見他！都是索倫的錯。火是他放的！」

「詠歎調，噓。拜託妳別說了。」

有一會兒，他們互瞪著。詠歎調喉頭乾澀，勉強吞了口口水。「我不能說出真相，是嗎？」

「妳撒謊也沒什麼好處，」華德道：「他們有辦法取得真相。」

她無法相信自己聽到的話。

「來吧。再拖下去，他們會因為妳讓他們久候而定妳的罪。」

華德大夫領她穿過的走廊都彎彎曲曲，她看不見前面有些什麼。治療衣使她走路時不得不打開手臂和雙腳，加以全身肌肉僵硬，自覺像具殭屍，拖著腳步跟在他後面。

她注意到牆面上有裂縫和鏽水留下的痕跡。夢幻城已矗立了將近三百年，但在此之前，她從未注意到歲月的痕跡。她一輩子都住在位居夢幻城中央、巨大而完美的中樞圓頂裡。幾乎所有活動都在那兒運作，有四十個樓層提供住家、就學、休閒與用餐。詠歎調在中樞圓頂從來沒看到過一條裂縫，雖然她也沒花那個心思去刻意搜尋。

整個的設計都盡可能單調，為的是把虛擬世界的使用率發揮到最大。真實世界的每樣東西都保持平淡無奇，甚至居民的衣著也一律是灰色。現在她跟在華德大夫身後，才開始好奇，密閉城市有多少其他部分也已老化損壞。

華德在一扇沒有標記的門外面停下腳步。「我們待會兒見。」聽來像一個問句。

詠歎調走進房間時，看見的不是夢幻城的五位執政官。他們公開演講時總是一起露面，五個人在一間古色古香的虛擬議事堂裡發言。桌子後面只坐著一個人。

索倫的父親。黑斯執政官。

「坐下，詠歎調。」黑斯執政官指著他對面的金屬椅說。

她坐下來，低著頭，讓頭髮遮住裸露的眼睛。這房間是個鐵鑄的箱子，牆上有點點凹痕，散發出濃郁的漂白水氣味。

「等一下。」黑斯執政官說，眼神穿過她望著前方。

詠歎調交叉手臂，藏起顫抖的雙手。他很可能在智慧螢幕上翻閱火災的報告，也可能正在跟一位專家討論偵訊策略。

索倫的父親是十二代，已經一百多歲了。她猜索倫應該長得像父親，兩人都長相端正，身體健壯。但他們乍看並不相似。抗老化治療使黑斯執政官的皮膚像嬰兒般單薄柔嫩，索倫的日曬膚色卻使他顯得比較老氣。但就如同所有百歲以上的人一樣，從眼睛看得出黑斯執政官的真實年齡，他雙眼凹陷，像橄欖核一樣黯淡無光。

詠歎調的目光轉移到她身旁的椅子。它不該空著，她的母親應該坐在上面，而不是遠在數百哩外。詠歎調一直試著去了解魯明娜對工作的熱誠。那不容易，因為她對母親的工作所知幾乎等於零。「那是機密。」每次詠歎調問起，魯明娜都這麼說。「我能說的妳都已經知道了。它屬於遺傳學的領域，很重要的工作，但不及妳重要。」

現在叫詠歎調怎麼相信她？詠歎調需要她的時候，她在哪裡？

黑斯執政官的注意力像聚焦鏡般集中在她身上。他還沒說話，但她知道他在觀察她。他用指甲敲敲鋼製桌面。「我們開始吧。」他終於說道。

「不是應該所有的執政官都在場嗎？」

「羅伊斯執政官、麥德倫執政官、塔爾昆執政官在主持典禮。他們稍後會看我們的對話。楊格執政官跟我們在一起。」

詠歎調看著他的智慧眼罩，再次意識到自己左半邊臉欠缺的重量。「他沒跟我在一起。」

「是的，沒錯。妳吃了不少苦，不是嗎？恐怕我兒子要對發生這種事負一部分責任。索倫天生喜歡打破規範。這年頭這種個性會惹麻煩，但有朝一日他會很有用。」

詠歎調等到她確定自己聲音穩定了才開口。「你跟他談過了？」

「只在虛擬世界裡。」黑斯執政官道。「他會有一段時間不能大聲說話。他下巴的新骨頭還有待生長，他臉上大部分的皮膚也需要再生。他的外貌不能再恢復原狀，但他活了下來。他很幸運……但不及妳幸運。」

詠歎調低頭看桌面。金屬上有很長、很深的刮痕。她不願去想像索倫破了相、滿臉疤痕的模樣。她根本不要想像他的任何模樣。

「夢幻城一個多世紀來都沒有安全破壞的問題。一群第二代可以帶來流火風暴和野蠻人這麼長時間都沒能造成的破壞，實在是件荒唐又驚人的事。」他頓了一下。「妳可知道，你們差點就毀滅整個密閉城市嗎？」

她點點頭，迴避他的目光。她知道縱火是多麼危險的事，但她並沒有坐視災難發生。當然她應該更早採取行動。若非她太害怕索倫，說不定能救佩絲莉一命。

詠歎調眼光變得模糊。

佩絲莉死了。

這怎麼可能？

「農六的攝影機故障，你們的智慧眼罩又關掉了，我們陷於相當原始的處境，只能從你們的陳述中得知那天晚上的經過。」他向前靠過來，椅子在地板上發出輕微的摩擦聲。「我要妳告訴我，那個圓頂裡究竟發生了什麼事。」

她抬眼望去，在他冷漠的注視中尋找線索。他們有沒有找到她的智慧眼罩？黑斯知不知道她做了錄影。「索倫告訴你什麼？」她問道。

黑斯執政官的嘴唇抿出一個微笑。「那是機密，跟妳的證詞一樣。調查結束前什麼也不會透露。妳準備好了就開始說。」

她用戴著手套的手指描畫桌上的刮痕。她要如何告訴黑斯執政官，他的兒子變成多麼可怕的怪物？她需要那副智慧眼罩。若是沒有它，隨便索倫怎麼掰，他們都會相信。索倫早在農業圓頂館裡說過了。

「我們越早解決這問題，妳就越快可以離開。」黑斯道：「妳需要時間哀悼，我們也一樣。我們把這星期剩下幾天的學校課程和非必要的工作都取消，展開療傷止痛。我已吩咐妳的朋友迦勒為佩絲莉安排一場追悼會。」他頓了一下。「我可以想像妳有多麼急於見妳母親。」

她全身一緊，抬頭望去。「我母親？華德說連線還沒修好。」

黑斯不屑地搖搖頭。「華德不隸屬我的小組。魯明娜很擔心妳。我已經安排好，只等我們談完，妳就會見到她。」

寬慰的眼淚在她垂下的眼皮裡打轉，她終於可以確定魯明娜安然無恙了。她可能趁詠歡調在農六的時候，試圖跟她聯絡卻未能成功，所以留言給她。「你什麼時候跟她談過？為什麼連線損壞這麼久？」

「這兒受偵訊的人不是我，詠歡調。妳講妳的故事。從頭開始。」

她告訴他，他們的智慧眼罩如何被關掉，講得很慢，但是從描述打爛球及縱火開始，她越來越有自信。每說一個字，她就更接近見到魯明娜的那一刻。但說到男孩們追捕她和佩絲莉時，她開始支吾，說話變得斷斷續續。「他——索倫——扯掉我的智慧眼罩以後，我猜，我就失去知覺了。我不記得後來發生了什麼事。」

黑斯執政官手臂撐在桌面上。「索倫為什麼那麼做？」

「我不知道。得問他。」

黑斯停滯的眼神往她的眼睛裡鑽。其他執政官在透過他發問嗎？「他說是妳主張要去的。妳想取得妳母親的資訊。」

「是他的主意！」詠歎調頭痛欲裂，整個人縮成一團。鎮靜劑。疼痛。傷心。她不知道哪一種最痛。「索倫要一場真正的冒險，他去的時候就帶了生火的工具。我完全是因為以為他可以告訴我一些極樂城的情形才去的。」

「那麼我們找到妳的時候，妳怎麼會在城外的氣密室裡？」

「是這樣嗎？我不知道。我告訴過你，我昏過去了。」

「當時有其他人跟你們在一起嗎？」

「其他人？」她道。禁止入內的圓頂裡還會有誰？詠歎調全身緊繃，模糊的畫面出現在眼前。那種事當真發生過？「有人……一個外界人。」

「外界人。」黑斯執政官的聲音不帶一絲情緒。「妳認為外界人怎麼會剛好在你們進入農六的時候出現在那兒，就在索倫使系統失效的同時？」

「你在指控我把野蠻人放進夢幻城？」

「我只是提出一個問題。為什麼只有妳被送到安全的氣密室？為什麼妳沒受到攻擊？」

「你兒子攻擊我！」

「冷靜一點，詠歎調。這些問題都是標準程序，沒有要惹妳生氣的意思。我們必須收集證據。」

她瞪著黑斯執政官的智慧眼罩，想像自己是面對著楊格執政官說話。「如果你們要證據，」她堅決地說：「就去找到我的智慧眼罩，你們會看到實際發生的事。」

黑斯執政官瞪大眼睛，露出驚訝的表情，但他很快恢復正常。「所以妳確實留下了記錄。用停止作用的智慧眼罩做到這一點，很不簡單。聰明的女孩，就像妳母親。」他用手指敲了幾下桌面。「已經有人去搜尋妳的智慧眼罩，我們會找到它。妳記錄了什麼？」

「就是我告訴你的，你兒子發狂了。」

他往椅背上一靠，交叉雙臂。「這讓我的處境很為難，不是嗎？不過妳放心，一切都會秉公處理。我的職責就是保障密閉城市的安全，這比什麼都重要。謝謝妳，詠歎調，妳幫了很大的忙。妳能忍受幾小時的路程嗎？妳母親急著要見妳。」

「你是說我可以去極樂城？」

「是的。我已經安排好交通工具在等著。魯明娜堅持要親眼看到妳，確定妳受到適當的照顧。她很有說服力，不是嗎？」

詠歎調點點頭，忍住滿懷的笑意。她可以想像他們如何脣槍舌劍。魯明娜有科學家的耐心。除非獲得想要的結果，否則絕不罷休。「我很好。我可以去。」其實她離「很好」還差得遠，但只要能盡快回到魯明娜的身旁，她不惜偽裝。

「很好。」黑斯執政官站起身。兩名穿夢幻城警衛藍色制服的男人進入房間，他們令人望而生畏的龐大體型頓時使這兒顯得很擁擠，另外還有兩個人守在外面。他們瞪著她臉上本來該戴著智慧眼罩的部位。詠歎調打定主意，沒必要繼續遮掩裸露的眼睛。她克制著關節和肌肉的一陣陣疼痛，從桌前站起身。

「好好照顧她。」黑斯執政官對警衛說。「祝妳早日康復，詠歎調。」

「謝謝你，黑斯執政官。」

他微笑道：「不用謝我。妳經歷了這麼多，這是我起碼能做的。」

6 游隼

第二天近午時分，阿游把皮袋和弓搭在肩上，跟鷹爪一塊兒走到戶外。漁夫和農夫在廣場上忙碌。人太多了，混雜在一起，好像一天的工作已經結束。阿游伸手按住鷹爪的肩膀，示意他止步。

「我們受到攻擊嗎？」鷹爪問。

「不是。」阿游答道。飄過來的氣味裡夾帶的驚慌不足以構成一場攻擊。「一定是流火。」藍色的渦旋比前一天晚上明亮得多。阿游看見它們在濃密的雨雲上方翻攪。「大概是你父親把所有的人都叫回來了。」

「看起來沒那麼嚴重嘛。」

「是啊。」阿游道。他跟所有強大的靈嗅者一樣，有預測流火風暴的能力。鼻梁後側輕微的刺痛告訴他，必須天色變得更惡劣才構成真正的威脅。但維谷是決計不肯拿潮族的安危冒險的。

受咕嚕作響的胃驅策，阿游拉著鷹爪往炊事房走。他注意到姪兒總把重心放在右腳，跛得不算厲害，幾乎看不出來。但是當一群男孩大呼小叫跑來，掀起漫天灰沙，鷹爪停下了腳步。男孩們從他們面前衝過去，都是些結實的小夥子，長得瘦是因為勞動和飲食菲薄，與疾病無關。幾個月前，鷹爪在這群人當中是帶頭的。

阿游把姪兒掄上肩頭，讓他頭下腳上，裝出玩得很開心的模樣。鷹爪哈哈大笑，但阿游知道這也都是裝出來的。他知道鷹爪恨不得跟他的朋友一塊兒奔跑，恨不得恢復從前的腳力。

陰涼而光線迷濛的炊事房裡，瀰漫著洋蔥和木柴的煙味，這是村子裡最大的一棟建築。他們在這兒吃飯。冬季的幾個月裡，維谷會在這兒開會。半邊是八張有摺疊式支架的大桌，最後面是維谷的主桌，搭在墊高的石頭平台上。另半邊是廚灶，半人高的矮牆後面有成排的鐵爐，還有幾張已經很多年不曾堆滿足夠食物的工作檯。

每天的收穫都會送到這兒來，不論來自農田或大海，再加上阿游和其他獵人打到的一些獵物。所有食物都送到這兒來，由所有家庭分享。潮族村算是很幸運，他們的山谷裡有條地下河穿過，灌溉因此相當方便。但一旦流火風暴來襲，大片土地將會灼焦，那就全世界的水源也救不了了。今年，受摧殘的田地長出來的收成根本不夠裝滿過冬的糧倉。多虧阿游的姊姊麗薇，整個部落才不至於挨餓。

四頭母牛，八隻山羊，兩打雞，十袋穀物，五包曬乾的香草。這不過是麗薇跟一位北方血主成婚，帶給潮族的部分禮物。「我很貴啊。」麗薇離開那天開玩笑道，但阿游和他最要好的朋友羅吼都笑不出來。一半的聘金已經拿到，他們預期另一半隨時會送達，只等麗薇去到她準丈夫的身旁。不久他們就會需要這些物資，得趁冬季肆虐之前拿到。

阿游一眼就看到，後面一張桌子上，有一群靈聽者在那兒竊竊私語。阿游搖搖頭。這些耳朵總在講悄悄話。不久他便看到一波綠光閃爍，像柏樹葉一樣讓人精神一振。這是他們興奮情緒的呈現。可能是有誰聽見他跟維谷打架。

阿游把鷹爪放在磚砌的矮牆上，把他的頭髮揉亂。「今天帶隻黃鼠狼給妳，小溪。我盡了全力了，妳知道現在外頭的狀況。」

正在切洋蔥的小溪抬頭一笑。她把他的一顆箭頭拴在皮繩上當作項鍊，吸引他往下望。她今天很好看。小溪總是很好看。她瞇起明亮的藍眼睛，對阿游的臉看了一會兒，然後對鷹爪擠擠眼。

「他是個可愛的小東西，不過滋味挺好的。」她對掛在火上的一口大鍋偏一下腦袋。「扔進去吧。」

「小溪，我可不是黃鼠狼呀！」阿游攔腰抱起鷹爪，逗得他咯咯笑。

「慢著，阿游。」小溪邊拿碗來給他們盛粥，邊說道：「不如先把他養肥一點，再煮來吃吧。」

他和鷹爪照例選了門旁邊那張桌子，這樣阿游最容易嗅到門外吹來的風。萬一維谷突然現身，他可以早做戒備。阿游注意到維谷最得力的手下懷倫和阿熊都坐在靈聽者那一桌。換言之，維谷可能獨自去打獵了。

阿游大口吞嚥麥粥，免得那味道停留在嘴巴裡。凡是靈嗅者，味覺都很靈敏，這未必是什麼好事。淡而無味的糊粥吸收了殘留在木碗裡的其他食物的味道，把鹹魚、羊奶、蘿蔔等等噁心的餘味留在他舌頭上。他回去再要一碗，因為他知道小溪會給，而且食物總歸是食物。吃完以後，他往後一靠，雙臂交叉，覺得還有一點餓，以及因為犧牲姊姊的幸福來填飽自己肚皮而產生的不止一點點的罪惡感。

鷹爪把麥粥攪拌了一會兒，用湯匙撥成一小堆一小堆。他東張西望，就是不看自己的碗。阿游看到姪子這麼心不在焉，不由得心痛。

「咱們要去打獵，是吧？」阿游問道。打獵是一個把鷹爪帶出村子的好藉口。阿游想拿那顆蘋果給他，蘋果是鷹爪的最愛。每當貿易商拿蘋果來，維谷總會設法偷偷買幾顆給鷹爪。

鷹爪停下攪拌。「但是有流火。」

「我會負責避開它。來吧，爪兒。就出去一會兒嘛。」

鷹爪吸吸鼻子，湊過來，低聲道：「我不許再離開村子。我爸說的。」

阿游皺起眉頭：「他什麼時候說過這話？」

「嗯……你離開的第二天。」

阿游按捺住心頭怒火，不想讓姪子察覺自己在生氣。維谷怎麼可以不讓他去打獵？鷹爪最愛打獵了。「在他知道之前，我們就回來了。」

「阿游叔叔……」

阿游回過頭，沿著鷹爪的視線望向最後面那一桌。「怎麼，你覺得那群耳報神聽見我說話？」他問，其實他知道，他們已經聽見了。阿游低聲給靈聽者幾個建議。叫他們與其偷聽別人聊天，倒不如回家關起門來做某些事。他的建議惹來幾個惡狠狠的白眼。

「看啊，鷹爪，你說得對，他們確實聽得見。我早該想到的，我在這兒就聞得到懷倫，你說那股臭味是不是從他嘴巴冒出來的。」

鷹爪咧嘴一笑。他掉了幾顆乳牙，這一笑倒像一根雜色玉米棒。「聞起來倒像是從下面出來的。」

阿游仰天大笑。

「閉嘴，阿游。」懷倫喊道：「你聽見他說的了，他不可以出去。你要維谷知道你幹了什麼嗎？」

「隨你便，懷倫。告不告訴維谷都可以。看你要跟我們哪一個為敵？」

阿游知道答案。維谷的懲罰方式無非就是口糧減半、戶外勞役、增加冬季夜班巡邏的次數。隨便哪一種都很悲慘，但對懷倫這種死要面子的人而言，都比挨阿游一頓痛打來得好受。所以當全體靈聽者起立，向他衝來時，阿游猛然站起，差點踢翻了板凳。他站在兩張桌子中間，把鷹爪密實地擋在身後。

一馬當先的懷倫停在幾步外。「阿游，你這有勇無謀的大笨蛋，外面出事了。」

阿游花了幾分鐘才弄懂，他們其實是聽見外面有動靜，打算出去。他退到一旁，讓靈聽者蜂擁而出，食堂裡的其他人也連忙跟出去。

阿游回到鷹爪身旁。這孩子的碗打翻了，麥粥從桌上一個木節的孔裡滴到地上。「我還以為……」他瞪著老舊的木板：「你知道我怎麼以為。」

鷹爪比誰都清楚阿游的脾氣有多火爆。他本來就容易衝動，但情況有惡化的趨勢。最近，只要有打架的機會，阿游總會設法參一腳。好像他體內的流火正在集結，像暴風雨一樣，一年比一年兇猛。他覺得他的身體好像有自己的意志，總在期待，準備迎接一場獨一無二，能讓他徹底滿足的戰鬥。

但他不能打。挑戰血主時，失敗者不死也會被趕出去。阿游無法想像讓鷹爪失去父親，他也不可能把自己的哥哥和生病的姪兒趕進曠野裡去。出了部落就是個無法無天的世界，唯一法則就是弱肉強食。

所以別無選擇，必須他離開。出外流亡是他能為鷹爪做的最好的事。唯有這樣，鷹爪才能留下，在營區裡平安度過他剩餘的生命。這也代表他永遠沒有機會用他所知最好的方式幫助潮族。

外面的空地上圍滿了人。午後的空氣裡洋溢著興奮的情緒，每個人都很亢奮，沒有恐懼。幾十個聲音在說話，他什麼也聽不清，但靈聽者顯然聽到了什麼值得他們衝出來的消息。阿游看到阿熊穿過人群，後面跟了一串人。懷倫和另外幾個人跟著他，走到村子外面。

「阿游！上這兒來！」

小溪站在炊事房的瓦片屋頂上向他招手。看到她在上面，他並不意外。他沿著堆在牆邊的農產品板條箱往上爬，並且把鷹爪也拉上去。

從屋頂上可以把充作潮族村東側邊界的山丘看得很清楚。褐色與綠色的農田交錯，在沿著地下河流生長的樹木兩旁一路伸展出去。阿游也看見早春被流火龍捲風命中的焦黑土地。

「就在那兒。」小溪說。

他朝她手指的方向望去。他跟小溪一樣是靈視者，白天看得比大多數人都遠，但他真正的強項是在黑暗中視物。他不認識別個像他一樣的靈視者，所以盡量不拿自己的能力在外招搖。

阿游搖搖頭，看不清遠方有什麼東西。「妳知道我晚上比較厲害。」

小溪拋來一個挑逗的微笑。「我當然知道。」

他對她咧咧嘴，想不出該說什麼，只好說：「走著瞧。」

她笑了起來，犀利的藍眼睛再次望向遠方。她是個優秀的靈視者，自從她妹妹克拉拉失蹤之後，就是部落的第一把好手。克拉拉失蹤已一年多了，但小溪還沒有放棄她會回家的希望。現在阿游就嗅到她的希望，接著又聞到它在失望中凋萎。

「是維谷。」她說：「他帶回來一個大東西，看起來像一頭雄鹿。」

原來是他哥哥打獵回來，不是別的部落為了食物來打劫。阿游應該鬆一口氣才是，但他並沒有。

小溪向他走過來，眼睛盯著他淤青的臉頰。「看起來好像很痛，游。」她用一根手指輕輕劃過他的臉，輕得完全不覺得痛。她身上的幽香傳來，讓他情不自禁把她拉近身旁。

部落裡大多數的女孩都不願意接近他。他明白，她們顧慮他待在潮族前途難卜。但小溪不一樣。不止一次，他倆單獨躺在溫暖的夏日草地裡，她會湊在他耳畔悄聲提議他們就此做固定伴侶。他喜歡小溪，但這種事不可能實現。有朝一日，他會選擇另一個靈嗅者為伴，以配合他最強大的感官。但小溪始終不肯放棄。他也無所謂。

「所以你當真跟維谷鬧翻了？」她說。

阿游緩緩吁一口氣。有靈聽者在，就沒有祕密。「不是維谷起的頭。」

小溪露出好像不相信他的微笑。「大家都在下面，阿游。這是向他挑戰的好時機。」

他退後一步，把一聲咒罵吞回肚裡。她不是靈嗅者，所以永遠不會明白被收服的感覺。不論他多麼想成為血主，他都不會傷害鷹爪。

「看見他了！」鷹爪站在屋頂的邊緣說。

阿游衝到他身旁。維谷正穿過環繞營區的泥土地，近到每個人都看得見他。他個頭很高，跟阿游一樣，但比他年長七歲，已具備男人的體魄。掛在他脖子上的血主項鍊在天光下閃閃發亮。靈嗅者標記纏繞在維谷的二頭肌上。每邊手臂上各一條，單獨一條，顯得無比自豪，不像阿游臂上糾纏了兩條嫌擠。維谷的命名符號在他心臟位置的皮膚上切出一條線，上升而後下降，就像他們的山谷。他把滿頭黑髮朝後掠，讓阿游清楚看到他的眼神，照例那麼沈穩而鎮定。維谷身後，他的獵物放在一個用樹枝和繩索做的擔架上。

那頭公鹿看來十足超過兩百磅。牠的頭被拗向後方，免得巨大的鹿角拖在地上。這是一頭犄角上總共有十個杈角的公鹿。一隻大傢伙。

下方的鼓開始擊出低沈的節奏。其他樂器隨即跟上，演奏獵人之歌。每次阿游聽見這首曲子，心跳都會加速。

人群向維谷跑去。從他手中接過擔架。送上飲水，讚美他。這麼大一頭鹿可以把所有的人都餵飽。這麼大的野獸象徵難得的豐收。對即將來臨的冬季，還有下一個生長季，都是大好的預兆。因為如此，維谷才要把全族人都召回營區來。他要每個人都來看他帶著獵物回家。

阿游低頭看自己顫抖的雙手。那頭雄鹿本來應該是他的獵物；用擔架把牠扛回來的人，本來應該是他。他無法相信維谷的好運。為什麼阿游追蹤了一整年一無所獲，維谷卻能打回這麼一頭大公鹿？阿游知道自己是更好的獵人。他咬牙切齒，試圖把接踵而來的念頭拋在一旁，卻辦不到。他也會做更好的血主。

「阿游叔叔？」鷹爪抬頭望著他，瘦弱的胸膛起伏不已。阿游看到自己內心所有的妒火呈現在姪兒專注的臉上，跟鷹爪的恐懼糾纏在一起。他吸入兩者揉合而成的絕望，心知自己根本就不該回來。

7 詠歎調

詠歎調跟著警衛穿過曲折的走道。她一心想脫離現實，那兒東西會生鏽破裂。那兒的人會死於火災。她恨不得戴上新的智慧眼罩，立刻遁入虛擬世界，化身千萬，逃之夭夭。那樣她就可以馬上離開這兒，到別的地方去。

她注意到走廊裡有更多警衛，經過的時候，也瞥見好些個像是餐廳和會議室的房間。她認識他們大多數人的面孔，但他們是陌生人。他們不是跟她在虛擬世界裡廝混的那批人。

警衛帶她穿過一個標示「防禦與外部修理二號」的氣密室，進到運輸中心，這兒的空間比她見過的任何地方都大。成排的浮力船，就是她在虛擬世界看過的那種會發出藍色霓光的圓形載具，這種輕巧的飛行機外觀就像半蹲著準備起飛的昆蟲。上空飄浮著一條條藍色光柱標示的空中跑道。遠處一群警衛爆發出笑聲，在發電機的嗡嗡聲中，笑聲顯得微弱而模糊。她一輩子都住在距這個飛機庫步行可到的地方。這一切都在夢幻城進行，但她卻一無所知。

遠方一艘浮力船亮起閃爍的藍光。這時她才意識到，自己真的要離開了。她從來沒想到要離開夢幻城。這個密閉城市就是她的家，但它已經變得不一樣。她看到它腐爛的水果和生鏽的牆壁。她看到會讓她心靈一片空白、四肢像鐵錨般沈重的機器。索倫還在，但佩絲莉已經不在了。沒有了佩絲莉，她怎麼還能像從前一樣過活？她不能，她必須離開。更重要的是，她需要她的母親。魯明娜會有辦法讓事情回歸正常。

她淚眼模糊，尾隨著警衛走向一艘飛行機。她在虛擬世界看過這種純為速度製造的交通工具。詠歎調爬上金屬階梯，在頂端遲疑了一下。她什麼時候會再回來？

「繼續走。」戴黑手套的警衛說。艙內小得令人意外，以黯淡的藍光照明，座位設在兩側。

「坐這兒。」那男人說。她坐在他指定的位置，笨拙地摸索粗大的安全帶，穿著醫療衣，她的手指發揮不了作用。她應該要求換一套灰制服，但她不想浪費時間，唯恐黑斯改變心意。

男人從她手中接過安全帶，用一連串按釦固定。然後他跟另外五個人坐在對面。他們用她幾乎完全聽不懂的軍事術語核對座標，艙門發出一種像是驚呼的聲音關閉好後，他們就沈默下來。飛船隆隆隆活了起來，船身不斷震動，像一百萬隻蜜蜂嗡嗡叫。靠近駕駛艙有個櫃子，裡面不知什麼東西搖晃，發出一種金屬碰撞的聲音。那噪音讓她的頭又痛了起來。一種讓人不舒服的化學藥品怪味湧進嘴裡。

「旅程要多久？」她問。

「不久。」幫她繫安全帶的男人答道。他閉上眼睛。其他警衛也大都這麼做。他們一向這麼做?或只是不想正視她左眼上那塊空白?

起飛時一震,她猛然往椅背上一靠,然後就只能隨著機身前進東倒西歪。沒有窗戶,看不見外面,詠歎調只能豎起耳朵聆聽。外面的情況如何?他們離開機庫了嗎?已經到外面了嗎?

她吞下舌頭上的苦澀。她想喝水,安全帶扣得太緊,壓得她不能好好呼吸。她開始頭暈,好像缺氧。詠歎調在心裡溫習聲樂樂譜,努力克服製造頭痛的刺耳高音。樂譜一向能讓她冷靜下來。

飛行機比她預期早很多就放慢了速度。半小時?詠歎調知道自己對時間的估計不正確,但絕對沒有過很久。她才不過練習到D調。

警衛按下他們灰制服手腕上的鍵盤,戴上頭盔,迅速的行動顯示他們訓練有素。他們的護目鏡發出柔和的光,把智慧眼罩照得很清澈。詠歎調環顧艙內。為什麼不也給她一頂頭盔?

戴黑手套的男人站起身,解開她的安全帶。她終於可以好好吸一口氣,但感覺還不夠,有種奇怪的無重力感。

「我們到了嗎?」她問。她沒有降落的感覺。飛船仍發出嗡嗡的噪音。

警衛的聲音從頭盔的揚聲器裡傳出。「妳到了。」

飛行機的門打開,射進一片強光。熱氣湧進艙內。詠歎調拼命眨眼,強迫自己的眼睛適應。她沒看見機庫,也沒有看到任何像極樂城的東西。空蕩蕩的地面一直延伸到地平線,放眼望去都是沙漠,再沒別的。她不懂,也無法接受眼前的這一幕。

一隻手箝住她的手腕。她尖叫著往後退縮：「放開我！」她抓住安全帶，用全身力量抓著不放。

有力的手落在她肩上，擠壓她的肌肉，強迫她鬆開安全帶。不消片刻，他們就把她拖到機艙邊緣。她低頭看著自己只包著布的雙腳。它們離金屬艙緣只有幾吋。再往下一段距離，她看見乾裂的紅色地面。

「求求你！我什麼也沒做！」

一名警衛走到她背後。她只瞥了他一眼，後腰就挨了一腳，於是她跌入空中，栽了下去。

跌到地面時，她咬緊雙唇。痛楚刺進她的膝蓋和手肘，她的太陽穴撞到地上。她壓抑住一聲慘叫，因為發出任何聲音——甚至包括呼吸——都會帶來死亡。詠歎調抬起頭，瞪著自己攤開在鏽紅色泥土上的十指。

她碰觸了外界，她進入了死亡工廠。

她轉過身，看著飛行機關上艙門，再看那群警衛最後一眼。還有另一架飛行機懸浮在它側旁，兩架機器都像藍色珍珠般閃閃發光。它們滑翔離開，嗡嗡的聲音搖撼著她四周的空氣，掀起一片紅色的塵雲，快速掠過廣漠的平原。

詠歎調的肺抽搐緊縮，迫切需要氧氣。她用袖子摀住口鼻，再也克制不住吸氣的需求，她同時吸氣又呼氣，不小心就噎住了，她努力恢復呼吸時，眼睛裡嗆出淚水。她看著飛船融入遠方，記住它們消失的方向。當她再也看不見它們，就坐下來對著沙漠發呆。四面八方都一樣荒涼貧瘠，全然的寂靜，她連自己吞口水的聲音都聽得見。

黑斯執政官騙了她。

他撒謊。她原本以為，調查結束時自己會受到某些懲罰，但不是這樣的。她這才想到，楊格執政官根本沒有透過黑斯的智慧眼罩監看她接受訊問。她是跟黑斯獨處。他很可能會在報告裡說，她跟佩絲莉、應聲蟲和禍頭子一起死在農六了。黑斯會把那整個晚上的計畫推到她頭上，還會責怪她放縱野蠻人進來。如此一來，他就能把所有棘手難題都跟她一塊兒扔掉了。

她站起身，一陣暈眩上湧，兩條腿抖個不停。地面的熱氣穿透她的醫療衣，烤熱了她的腳底板。彷彿接到了信號，衣服裡對她的背部和腹部吹出一陣涼風，她差點笑了出來。醫療衣還在調節她的體溫。

她抬起頭，天空裡有朵朵濃密的烏雲。她在雲縫裡看到流火，真正的流火。氣流在雲上流動，看起來好美，就像困在流動液體裡的閃電，在某些地方薄得像一層紗，在別處卻匯聚成強大而明亮的洪流。這次的流火看起來還不至於造成世界末日，但在大聯合時期卻差點毀滅世界。

流火出現之初，有長達六十年的時間，它以持續的烈焰不斷灼焦土地，但它對人類真正的打擊還在於造成突變的效應。新的疾癘很快就演化成功，到處肆虐。瘟疫滅絕了大片人口。她的祖先就是靠密閉城市庇護、生存下來的少數幸運兒。

如今她已失去了這種庇護。

詠歎調知道自己無法在污染的世界裡求生，她不是為這目的而設計的。死亡只是遲早的事。

她在雲層中找到一塊特別明亮的區域，光線穿透出來，形成金色的光暈。那光線來自太陽。她說不定有機會看到真正的太陽。她不得不克制想到能看見太陽，眼淚就要奪眶而出的衝動。因為有誰會知道？看到如此不可思議的景象，她能跟誰說？

她朝飛行機消失的方向走去，雖然明知這麼做毫無意義。難道她以為黑斯執政官會改變心意？但還有什麼地方可去？她用陌生的腳走在像長頸鹿花紋的土地上。

只不過走了十來步，她又開始咳嗽。過沒不久，她就頭昏得站不住了。排斥這個世界的不僅是她的肺，她的眼睛流淚，鼻子淌鼻水，喉嚨火燒般疼痛，嘴裡滿是熱燙的唾液。

她跟所有其他人一樣，聽過很多死亡工廠的故事。有一百萬種死法。她聽說過跟人一樣聰明的狼群，會把人活生生撕成碎片的成群烏鴉，還有像攫食者一般猙獰的流火風暴。但在她看來，死亡工廠裡最恐怖的死法就是孤伶伶地腐朽。

8 游隼

阿游看著哥哥大踏步走到空地上。維谷停下腳步，抬起頭，嗅著風向。他手中握著雄鹿的角，好大一雙纏結的角，粗得像小樹一樣。了不起，阿游不能否認。維谷在人群中搜索，看到了阿游，也看到站在他身旁的鷹爪。

哥哥走上前時，阿游察覺到十多樣東西。深藏在他袋子裡的定居者的儀器和蘋果，兩者都用塑膠包著。他插在臀上的刀，搭在背後的弓和箭。他也注意到群眾變得安靜，慢慢在他四周圍成一個圈。他意識到鷹爪在他身旁踟躕、後退。他還嗅到憤怒。幾十股鮮明的氣味，就像上空的流火般，使空氣變得火爆。

「哈囉，兒子。」維谷看一眼他的兒子，渴望地說。阿游從他眼神中看見他的痛，也看見維谷鼻子周圍的浮腫，但他不知道其他人會不會注意到。

鷹爪舉起手，算是回應，但仍躲在後面。他不願在父親面前示弱。他多麼傷心，因為悲痛，也因為疾病。阿游也曾一度瑟縮在維谷身後，閃躲他們的父親。但靈嗅者躲不掉彼此，氣味會傳送出去。

維谷舉起鹿角。「送給你，鷹爪。選一隻角，我們用它做新刀的刀柄。你喜歡嗎？」

鷹爪聳聳肩膀。「好啊。」

阿游看一眼鷹爪腰帶上那把刀。那是阿游的舊刀片。他小時候在刀柄上刻了羽毛花紋，那圖案很適合他，現在也很適合鷹爪。他不認為鷹爪有必要換新刀。

維谷終於接觸他的視線。他看著阿游臉上的淤青，眼裡閃過一抹疑竇。維谷知道那不是他造成的，那天晚上隔著桌子出拳，他沒有真正使力。

「你怎麼了，阿游？」

阿游靜止不動。他不能告訴維谷真相，但撒謊也沒有好處。不論他怎麼說，人家都會以為那淤青是維谷打出來的，就像小溪也這麼想。怪到別人頭上，只會顯得他沒骨氣。

「謝謝你關心，維谷。回家真好。」阿游對鹿角點頭示意。「你在哪兒打到的？」

「苔崖。」

阿游無法相信自己竟然錯失了那頭公鹿的氣味，他前幾天才經過那一帶。

維谷微笑道：「好一頭獵物，你說是嗎，小弟？這些年來最好的。」

阿游怒目瞪他哥哥，硬生生吞下湧到嘴邊的尖刻話語。維谷最清楚，當著部落的面叫他小弟，阿游會生氣。他已經不是個小孩子，從頭到腳沒一處可稱之為「小」的地方。

「你還覺得我們狩獵過頭了嗎？」維谷又道。

阿游很確定這一點。動物都離開了。牠們意識到過去幾年，這座山谷裡的流火越來越強勁。阿游也意識到了，但他能說什麼？維谷已證明野地裡還有這麼大的獵物，隨時都打得到。「我們還是該搬走。」他沒經大腦地說。

維谷滿臉堆笑。「搬走，阿游？你說真的？」

「暴風雨只會越來越厲害。」

「只是週期性現象，早晚會結束。」

「不論多早多晚，我們待在這兒就撐不過最大的風暴。」

人群中起了一陣騷動。他跟維谷私下爭執沒關係，但沒有人會當著眾人的面反駁維谷。

維谷挪動一下雙腳：「那你有什麼想法，說來聽聽，阿游。怎麼把兩百多人搬到荒野裡。你認為我們連個蔽身處都沒有會比較好？到邊境地帶去為求生搏鬥嗎？」

阿游困難地吞了口口水。他知道一些事，偏就說不清楚，但這種時候他又不能退縮。

「如果風暴更厲害，這個村子一定無法抵擋。我們已經失去了田地，留下來會失去所有的東西，必須另找一塊安全的土地。」

「你要我們去哪裡？」維谷問：「你認為別的部落會歡迎我們進入他們的領域嗎？我們所有

的人？」

阿游搖頭，他不確定。他跟維谷都是異能者，光憑他們的血統就有價值。但其他人並非如此，他們都是沒有異能的普通人，既不是靈嗅者，也不是靈聽者，更不是靈視者。部落裡大部分都是這樣的人。

維谷瞇起眼睛。「如果其他地區風災更嚴重，怎麼辦，阿游？」

阿游無法回答，他不確定流火在其他地區也像在這兒一樣肆虐。他只知道去年冬季暴風燒掉他們將近四分之一的土地，他預期今年冬季情況會更糟。

「離開這塊地，我們就會死。」維谷的語氣忽然變得很強硬。「偶爾用點腦筋思考，小弟，可能對你有益。」

「你錯了。」阿游說。難道再沒有任何一個人懂嗎？

幾個人驚呼。他幾乎能從他們的義憤中聽見他們的想法。*打一架吧，阿游。這會是一場好戲。*

維谷把鹿角交給阿熊。周遭變得好安靜，阿游聽見阿熊行動時身上的皮背心嚓嚓作響。阿游的視野變得很集中，就像他狩獵的時候，眼中只看見自己的哥哥，小時候他捍衛過阿游無數次，但現在他不相信他。阿游看一眼鷹爪，他不能做這種事，萬一他把維谷當場殺死怎麼辦？

鷹爪衝上前。「我們可以去打獵嗎，父親？阿游叔叔跟我可以去打獵嗎？」

維谷低頭看，目光中的陰沈消失了。「打獵，鷹爪？現在？」

「我今天覺得很好。」鷹爪仰起小小的下巴。「我們可以去嗎？」

「你急著要把我比下去啊，兒子？」

「沒錯！」

隨著維谷低沈的笑聲，人群中也傳出幾聲勉強的輕笑。

「求求你，父親。一下下就好。」

維谷抬頭看一眼阿游，好像認為鷹爪出面是為了解救他，而這麼做很得體似的。那眼神差點讓阿游撲上前去。他早就不需要保護了。

維谷跪下，張開雙臂。鷹爪擁抱他，細瘦的手臂箍住維谷寬厚的肩膀，遮住了血主的項鍊，使它暫時脫離阿游的視線。

「今晚開盛宴。」維谷縮回身，說道。他雙手托住鷹爪的臉蛋：「我會把最好的部位留給你。」他站直身軀，示意懷倫過來：「別讓他們離開營區太遠。」

「我們不需要他。」阿游說。維谷以為他保護不了鷹爪？他不要懷倫跟來，有靈聽者在，他就不能把蘋果交給鷹爪。「由我負責他的安全。」

維谷綠色的眼睛落在阿游腫脹的臉頰上。「小弟，如果你能看見自己現在的德行，就會明白我為什麼不相信你。」

更多笑聲，這次笑得很放肆。阿游把重心挪到另一隻腳。潮族把他當笑話。

鷹爪拉他手臂。「走吧，阿游叔叔。趁天黑之前。」

阿游的肌肉迫切想行動，但他不能把後背暴露給哥哥。鷹爪放開他，邁開大步向前跑，東倒西歪的步伐讓人心疼。

「來啊，阿游叔叔。走嘛！」

為了鷹爪，阿游跟了上去。

9 詠歎調

狂咳了一陣，詠歎調側身躺著。肋骨疼痛，喉嚨腫脹，但她活了下來。她的皮膚沒有融化，人也沒有休克。也許那些故事是假的，也有可能只是時間還沒到。

她奮力站起來，再次開始步行。她已經接受自己到不了任何地方的事實，但要緊的是她必須假裝走得到。只要一步一步走下去，就有機會找到庇護。她說服自己全心全意相信這麼回事，以至於遠方出現模糊的形象時，她還以為一切都是自己想像出來的。

詠歎調加快了步伐，那些形象越來越清晰，地面因瓦礫增多，越發不平坦時，她的心跳也快了起來。碎片穿透醫療衣的腳底，刺痛了她的腳。她停下腳步，端詳這片一望無邊的混凝土。廢墟中伸出好些鋼筋，奇形怪狀，彎曲生鏽。她想，這兒曾經是座大城市，傲然聳峙在曠野裡，如今卻連庇護她都做不到。她重新選了個方向，再次出發。

她盡可能什麼都不想，但不受她控制的思緒還是蜂擁而來。華德看到她活著。黑斯會對他施壓，逼他保持沈默嗎？她母親在傷心嗎？魯明娜在「歌鳥」的簡訊裡說了什麼？

詠歎調坐下來休息。她憶起最後一次在夢幻城跟母親共處的時光——唱歌的星期天。她這輩子，每個星期天上午十一點都會跟母親在巴黎歌劇院的虛擬世界相會，那是富麗堂皇的加尼葉宮的複製。魯明娜總是先到，坐在她最喜歡的前排位子上，背部挺直，雙手平放在腿上，靜靜等她來。她每次都穿同一套禮服，優雅的黑色洋裝，修長的脖子上戴一串纖細的珍珠項鍊，黑色的頭髮往後梳成一個緊俏完美的髻。

一整個小時，詠歎調站在為四百名表演者設計的舞台上唱歌給她聽。她化身為茱麗葉、伊索德、聖女貞德，歌詠註定殞落的愛情、偉大的志向、面臨死亡也不氣餒。詠歎調讓她們的故事乘著她宛如黑色獵鷹的女高音歌聲翱翔，在鍍金的圓柱與猩紅的帷幔之間穿梭，飛上滿布天使的壁畫。她每星期為魯明娜演唱，因為母親會在那兒待上整整一小時，比詠歎調一整個星期裡跟她相處的時間加起來還要多。

她唱歌，雖然她痛恨歌劇，痛恨跟歌劇有關的一切。過分誇張做作，暴力加上猥褻。夢幻城從來沒有人死於心碎，背叛也不至於鬧出命案，再也沒有人會做出那種蠢事了。如今他們有層出不窮的虛擬世界，不需要冒險就能體會所有的事。現在的生活比真實的更好。

她跟魯明娜共度的最後一個唱歌的星期天，從一開始就不一樣。魯明娜冰涼的手放在詠歎調裸露的肩頭，使她猛然驚醒。

「怎麼了？」詠歎調問道。她的智慧螢幕顯示清晨五點。「出了什麼事？」

魯明娜坐在床沿，穿一套兩臂都鑲有反光條的灰色連身旅行裝，不是她平時的醫生罩袍。但她看起來還是很優雅。「運輸小組要避開壞天氣，我必須比預定計畫提前離開。」

詠歎調吞下喉頭緊張的感覺，她不願意說再見。她們計畫每天都在虛擬世界裡見面，但魯明娜會在遠方。她們已經不在同一個密閉城市裡了。

「妳可以現在唱歌給我聽嗎？」

「媽，現在？」

「我期待了一整個星期。」魯明娜道：「別讓我等到下個星期天吧。」

詠歎調把臉埋在枕頭裡。一大早唱歌劇？簡直是罪惡。「妳為什麼非走不可？為什麼不能在虛擬世界裡做妳的研究？」

「這次任務我必須待在極樂城。」

「為什麼我不能跟妳一起去？」詠歎調問道。

「妳知道我不能告訴妳原因。」

詠歎調把臉在枕頭裡埋得更深。媽媽的口氣怎麼能夠這麼冷靜？聽起來好像什麼都瞞著詠歎調也無所謂似的。

「拜託妳。」魯明娜說。「我沒多少時間。」

「好吧。」詠歎調翻過身來，瞪著天花板。「趕快解決掉就是了。」她在智慧螢幕上找到歌劇院。代表符號應該是歌劇院正面的柱廊，但詠歎調把它換成她假裝要掐死自己的畫面。她點選這個圖像、進入，腦海輕易展開另一個世界。現在她置身兩個地方。一個是她擁擠的小房間，另一個則是空蕩蕩的豪華歌劇院。

詠歎調選擇從主幕後方出場。她瞪著那一大片厚重的紅絲絨，就讓魯明娜再等幾秒鐘吧，雖然她會因此不高興。但她從幕後走出來時，卻沒有在魯明娜坐慣的第一排位子上看見她。整個歌劇院空無人跡。

魯明娜在詠歎調房間裡，俯身過去，伸手按住詠歎調的手臂。「歌鳥，妳好不好就在這兒唱給我聽？」

詠歎調奮力脫離虛擬世界，坐起來，十分驚訝：「這兒？我房間裡？」

「我去到極樂城，就聽不見妳真正的聲音了。」

詠歎調把頭髮掖到耳後，心情紛亂慌張。她環顧窄小的房間，整整齊齊嵌在牆壁裡的抽屜，洗臉盆上方的鏡子。她了解自己的聲音，她知道它有多大威力。在這麼狹仄的空間裡，她的聲音會使牆壁震動，甚至可能傳到外面的小客廳之外，一直傳到中樞圓頂。

如果所有的人都聽見怎麼辦？

她的心跳加速，這是從未有過的事。太奇怪了。她們的慣例發生太大的改變。「妳知道那跟在虛擬世界裡聽是完全一樣的，媽。」

魯明娜的灰眼睛牢牢盯著她，急切地哀求。「我要聽妳的天賦。」

「那不是天賦！」詠歎調喊道。那是遺傳科技。魯明娜熱愛歌劇，所以她設計詠歎調的DNA，改善她的聲樂特質，創造出一個能唱歌給她聽的女兒。所謂詠歎調的天賦，其實是魯明娜送給自己的禮物。正如魯明娜為她取的暱稱，她是魯明娜私人專屬的歌鳥。詠歎調從來不覺得提升這方面的能力有什麼意義。虛擬世界之外沒有人唱歌——索倫曬成栗色的皮膚至少能讓他在真實世界裡顯得很好看——但生成一位基因工程學家的女兒，她別無選擇。

「拜託妳就為我唱這麼一次。」魯明娜說。

她很想再問一遍為什麼。為什麼，既然魯明娜好像只在乎工作與歌劇，為什麼她要為這麼一個馬上就要離開她的母親做任何事？但她只翻個白眼，就把被子掀開。

魯明娜捧著她的灰制服，但詠歎調搖搖頭。如果要不一樣，就來點真正不一樣的吧。她用手比一比身上單薄的內衣。「我就這樣唱。」

魯明娜抿緊嘴唇，一點也不覺得有趣。「妳可以唱我的詠歎調嗎？」

「不，不，媽。我有更好的。」詠歎調道，情不自禁露出得意的詭笑。魯明娜合攏雙手，灰眼睛裡有隱約的懷疑。詠歎調吸了幾口氣，開始唱道：

你的心就像食人族的糖果
食人族的糖果，食人族的糖果，
你的心就像食人族的糖果，
正好合我愛吃甜食的胃口！

最後那句歌詞她邊唱邊笑，這是歪倒綠瓶子樂團的歌曲中她最喜歡的一首。但一看到魯明娜的表情，她立刻難過起來。不是因為母親顯得失望。其實她完全不像是失望。但詠歎調知道媽媽把情緒藏在心裡，因此她的行為更覺得惡劣。

魯明娜站起身，倉促抱了一下詠歎調。她冰涼的手停留在詠歎調的臉頰上。「這首歌挺不錯的，歌鳥。」她道，隨即離開了。

那個星期天之後，她們之間發生了一些變化。詠歎調取消了每天的聲樂課，不在乎這麼做是否會惹魯明娜生氣。她也取消了星期天的唱歌節目探問，她不願意再花那一小時跟母親共處。魯明娜仍然遵守諾言，每天晚上從極樂城跟她聯絡，但她們晤面時總覺得關係很緊張。她真笨，她浪費時間裝得悶悶不樂和無聊，但她真正想要的不過是魯明娜回家來。

她交叉雙臂時，醫療衣發出沙沙聲。沙漠對面的天色逐漸暗下來，但流火卻變得更明亮。它像一條發光的藍色河流橫過天際。詠歎調的呼吸變得急促，心中湧起唱歌的慾望。

她唱起歌劇《托絲卡》的詠歎調——就是魯明娜離開那天早晨她拒唱的那首——但唱出來的字句泣不成聲，變得破碎、斷續。這樣的歌聲不值得一聽。唱了幾段，她自動停下來，抱住自己的膝蓋。這一刻，只要能換取跟魯明娜在歌劇院裡共處，她願意付出任何代價。

「對不起，媽。」她對空曠的周遭低聲說道。「我不知道那會是最後一次。」

10 游隼

阿游選了大海的方向，讓懷倫領先。他刻意放慢腳步，不想催促鷹爪。他們爬上最後一座沙丘，便看見海灣在面前開展。潮水清澈湛藍，跟他昨晚游泳時一樣。人家說，大聯合前水質一直都很乾淨，從來沒那麼多泡沫，也沒有死魚的臭味。那時候很多東西都不一樣。

一來到沙灘上，懷倫就戴上靈聽者專用的帽子，拉下有襯墊的護耳片遮住耳朵。風勢強勁，浪花拍岸，顯然噪音遠超出他的負荷，正如阿游所料。

阿游把箭插在沙裡，取下弓。幾隻海鳥在流火盤據、濃雲密布的天空裡繞圈子。以獵物而言，這些皮包骨的鳥兒很寒酸，卻很適合鷹爪做練習。時機很重要，還要研究風向，評估動物的反應。

鷹爪表現很好，但阿游看得出他累了。拉開阿游的弓費了太多力氣，他但願自己記得把鷹爪的弓帶來。阿游也射了幾箭。他箭無虛發，生氣時射得尤其準。過了一會兒，懷倫看煩了，便走到別處去。

「要看我帶了什麼給你嗎？」阿游道，聲音壓得很低。

鷹爪皺起眉頭。「什麼？哦，好啊。」

他忘了阿游要給他一個驚喜，這讓阿游的喉嚨一陣哽咽。他很清楚是什麼澆熄了鷹爪的急性子，澆熄了他的生命力。

「你得保持小聲，好嗎？」阿游從袋子裡取出那個塑膠包，拿出蘋果，把鏡片留在塑膠袋裡。

鷹爪瞪著蘋果看了一會兒。「你遇見了貿易商？」

阿游輕輕搖頭。「以後告訴你。」雖然懷倫戴上了帽子，但他是阿游所知最靈光的靈聽者。

「趕快吃吧，吱吱。」

鷹爪笑呵呵啃了半個蘋果，果肉從他缺了牙齒的縫隙裡擠出來。他把剩下的交給阿游。阿游兩口就連果核帶柄都吞到肚裡去。看到姪兒的牙齒開始捉對兒打顫，他脫下上衣，披在鷹爪肩上。然後他坐下，手撐在背後，回味那甜美的餘味。地平線下方，藍色閃光照亮了雲層。除了冬季這幾個月，他們在陸地上不必憂慮流火風暴為害，但海上突如其來的暴風雨永遠都很危險。

鷹爪把腦袋靠在阿游手臂上，拿一根小木棒在沙上畫畫。他像阿游一樣是天生的好獵人，還擁有他母親的藝術天分。阿游閉上眼睛，不知道這會不會是最後一次興起這種感覺。好像他就是在該在的地方。好像這幾分鐘裡，每件事都穩穩當當。然後他忽然失去了平衡，鼻子底下傳來陣陣刺痛。

透過雲縫他看見流火洶湧竄動，像海上白浪般不斷起伏。沙灘泛著藍光，是上空光線照映出來的。阿游把清涼的海風吸進肺裡，嘗一嘗舌頭上的鹹味。時間到了，他再也不會回營區了。他沒把握能再次克制向維谷挑戰的衝動。

阿游低頭看著姪兒。「鷹爪……」他欲言又止。

「你要走，是嗎？」

「我不得已。」

「不，才不是。你不需要永遠待在這兒，只要等到我不在了——」

阿游跳起身。「鷹爪！不要說這種話。」

鷹爪手忙腳亂爬起來，眼淚忽然湧出，沿著臉頰滾下來。「你不能走！」他喊道：「你不能離開！」

鷹爪的黑髮拂過眼睛，他的下巴因憤怒而顫抖。阿游的視野裡忽然冒出一片怵目驚心的紅光。他從來沒見過姪子的這一面，如此大發雷霆。他必須謹慎，不能被它感染。「如果我留下，不是你父親就是我，總有一個人會死。你知道的。」

「我爸已經保證不跟你打架了。」

阿游呆住了。「他保證過這種事？」

鷹爪抹掉臉上淚痕，點點頭。「現在輪到你保證。你保證，就沒問題了。」

阿游伸手揪住頭髮，迎風而立，這樣他才不至於沾染鷹爪的怒火，可以好好思考。維谷真的做出那樣的承諾？這就說明了稍早他為何沒有在鷹爪面前採取行動。阿游知道自己沒法子做出相同的承諾。爭奪血主的慾望太根深柢固了。

「鷹爪，我不行。我非走不可。」

「那麼我會恨你！」鷹爪吼道。

阿游緩緩吐出一口長氣。他但願這話是真的，那麼離開他就容易多了。

「阿游！」懷倫的聲音打破了單調的浪濤聲。他沿著水邊硬實的沙地向他們跑來，一手拿著帽子，另一手拿著刀。「定居者，阿游！定居者！」

阿游劈手抓起弓和箭，同時牽起鷹爪的手。懷倫一路跑來，恐懼從他皮膚上流出來，鑽進阿游的鼻孔，冰冷而刺痛。懷倫喘氣道：「好幾架飛行機，正對著我們來。」

阿游跑到沙堤上，眺望遠方。遠處山頭上閃現一道白光，後面捲起一蓬沙塵。幾秒鐘後，另一架飛行器出現了。

「出了什麼事，阿游叔叔？」

阿游把鷹爪推向懷倫。「走漁夫小徑，抄近路，把他送回家。你要像影子一樣守在他身旁，懷倫。快去！」

鷹爪閃到懷倫搆不著的地方。「不要！我要跟你在一起！」

「鷹爪，聽我的話！」

懷倫抓到了他，但鷹爪奮力掙扎，雙腳插進沙裡。

「懷倫，把他抱起來！」阿游喊道。

懷倫加上鷹爪的體重，每一步都陷進沙裡，動作太慢了。阿游向飛行機跑去。在幾百步外停下。他從不曾這麼接近飛行機，它們的藍色外殼像九孔的殼一樣微微閃光。

鷹爪的叫聲尖銳而嚇人。阿游努力壓抑轉身跑到他身旁去的衝動。飛行機快速飛近，空氣裡的靜電刺痛了阿游的手臂，燒灼他鼻腔的深處。它們擾動了流火，引來它的毒液。阿游想出一個利用這一點的計策，但願不至於因此先送掉自己的小命。

他從背袋裡取出一條用來做陷阱的銅絲，以很快的速度把它纏繞在一支箭的箭桿上。他手指不小心碰到鐵製的箭頭時，一陣電擊竄到他的手臂上。阿游把箭搭在弓上。他只有一條銅絲，一發的機會。他瞄準高處，這樣箭才會飛得夠遠，可以命中飛行機。阿游想像他需要的弧度。他隨風勢做了調整，放開弓弦。

然後一切都變得極慢而清晰，為了消磨等待的時間而存在。箭的軌跡正如他所料。箭身在最高點變為水平，便有一團流火盤旋著從天而降，與它交會。阿游瞇起眼睛，在箭拖著流火下墜時，用手護住眼睛。現在他的箭滿載著來自天空的暴力。它發出令人心膽俱裂、宛如地獄的嘯聲，從天而降。

他命中第一架飛行機。箭刺進金屬的第一瞬間，忽然變得寂靜無聲，然後一條條流火把飛行機整個包住，緊緊勒得它不能呼吸，把它整個兒吸乾。流火重新彙整成一道耀眼強光，射向天際，回歸上空那條刺眼的河流時，阿游不禁瑟縮了一下。

被撕裂的飛行機打水漂似的在沙丘上彈跳了幾下，阿游腳下的地面隆隆震動，終於掀起一大片沙子，靜止下來。一陣熱風掠過，夾帶著金屬、玻璃、塑膠融化的臭味。這些味道都比燒焦的人肉更難聞。

另一艘飛行機立刻放慢速度，停在沙上。門滑開，完美的殼上出現一道裂縫。定居者跳到地面。阿游數了有六個人，都戴著頭盔，身穿藍色制服。六個人來對付他。

兩人立刻跪下，他們拿著阿游不認識的武器。他馬上解決了一個，搭上一支箭再次發射。第二個定居者打中他的同時，阿游也命中了他，那一擊感覺就像肋骨挨了一掌，在左臂下方的位置。他又發一箭射中另一名定居者，但剩下三人向他撲來時，他顛簸了一下，兩腿和手臂變得麻木。他向前跌倒，沒辦法阻止這件事，他的臉撞進沙裡。他想爬起來，卻動彈不得。

「抓到他了。」有人揪住他的頭髮，把他拉起來。沙子塞住他的鼻子，摩擦他的眼睛。阿游想眨眼，但他的眼皮只抽搐了一下。

那個定居者把戴著頭盔的臉湊過來。「你不那麼危險了，是吧？」他的聲音像金屬，又很遙遠。「以為我們會忘記來回拜你，是嗎，野蠻人？」

他放開阿游的頭。阿游的肋骨挨了一腳，不過他不覺得痛，只被踢得翻到一側。兩邊肩胛骨中間被一個東西頂著。

「這是啥玩意兒？」

「某種老鷹？」

「瞇著眼睛看，倒像是火雞。」笑聲。

「把事情辦了吧。」他們把他翻成仰面朝天。

一個定居者拿一柄透明的劍抵住他喉頭。他戴黑色手套，手套的材質比他服裝的其他部分都薄。「我來解決他，你們去處理其他幾個。」

「不！」阿游呻吟道。他感覺手指恢復了知覺，像冰凍融解般發出陣陣刺痛。他的肋骨的痛感也甦醒了。

「智慧眼罩在哪裡，火雞？」

「眼罩嗎？我還給你！不需要把別人牽扯進來。」他口齒不清，那名定居者顯然聽懂了他的意思。

他拿開透明劍。阿游努力想挪動手臂，但他的肌肉仍然麻痺。

「還在等什麼，野蠻人？」

「我不能動！」

定居者對他狂笑。「那是你的問題，火雞。」

一陣恨意令阿游奮力控制自己的四肢。他使盡全力站起，轉向沙灘，身軀搖擺，腳在發抖。兩名定居者向懷倫和鷹爪跑去。一個抓住鷹爪，另一個拿一根短棒向懷倫揮去，擊中他頭部，把他打倒在地。

「阿游叔叔！」鷹爪喊道。

「動啊，野蠻人！」戴黑手套的定居者喊道：「智慧眼罩拿來。」

阿游蹣跚地向背袋掉落的地方走去，途中跌倒了兩次。他恢復了一部分知覺，現在他覺得肋骨的痛楚威脅著要把他整個吞噬。他轉身面對那個拿透明劍的定居者，舉起那片眼罩。「放他走！我找到東西了！」兩名定居者聯手夾持住鷹爪，鷹爪不肯放棄掙扎。

「停止！」阿游對姪子喊道。

鷹爪掙脫一隻手，一拳擊中一個定居者的鼠蹊。那人退縮了一下，但另一個人反應很快，一腳踢中鷹爪小腹，鷹爪倒在沙上。他起身很慢，手拿著刀——阿游的舊刀。那名定居者早已有備，回手一掌，把刀和鷹爪都打飛到半空中。阿游兩眼模糊，只見姪子的身體靜止不動，背後就是拍岸的浪花。

一陣狂風把鷹爪的憤怒吹向阿游，比他受過的任何一次打擊都更威猛。他不能以這種方式跟地鼠對打，嚇得如此渾身顫抖，兩條腿沒法子站直。

「夠了！拿去吧！」阿游把眼罩扔給那名定居者。

那人用戴手套的手接住，塞進胸前一個口袋。

「太遲了。」他說。隨即舉起早已準備好的透明劍，向阿游撲來。沙灘另一頭，一名定居者抱起鷹爪，向海堤走去，走向飛行機。阿游無法相信目睹的事——他們要把鷹爪帶走。

「不！」阿游大叫：「我還給你們了！你們死定了，地鼠！」

戴黑手套的定居者步步進逼。阿游沒有武器，鷹爪的憤怒又讓他陷於驚慌與痛苦之中。他不斷退縮，退向大海。定居者追著他，但因服裝太笨重，海浪又不斷撞擊他的膝蓋，腳步顯得不穩。一陣大浪打過，濺濕了他的頭盔。阿游發現，地鼠不懂水性。下一波大浪來襲時，他就有了準備。阿游撲上前去，推倒定居者。鹹水湧進他的鼻腔，帶來片刻的清明。他恢復了。

兩人滾進淺灘時，他從那人手中奪下透明劍。潮水退回大海，留下他們兩人緊緊糾纏，在一呎深的水中搏鬥。定居者伸手想推開他。阿游低下頭，狠狠咬住那人戴了手套的手。他的犬齒就像最強壯的異能者一樣鋒利而尖銳，立刻刺穿薄薄的手套。他嘗到鹽和血的味道，感覺到肌肉的彈性。他盡力咬下去，直到骨頭擋住咬不動為止。

定居者的慘叫聲透過頭盔，變得含糊不清。阿游翻身站起。定居者從水中爬出，捧著手縮成一團。阿游用力踢了定居者的頭盔一腳，它裂開了，噴出一蓬阿游認識的空氣，含毒而稀薄。再踢一下，那人便倒在潮濕的沙地上。

阿游從定居者的衣服裡掏出眼罩。然後他蹣跚走上沙堤，順手拿起自己的弓和箭。

「鷹爪！」

他到處都沒看見姪兒，只有飛行機浮懸在原位，機門已緊閉。它掀起一片沙，快速向遠方飛去。

他心頭一片茫然跑回家，一隻手臂壓在身側不斷刺痛的部位上。他在小山頭上停下腳步。從遠處望去，村落看起來就像是山谷裡的一圈石頭。滿是流火渦流和烏雲的天空，已經把黃昏變成了黑夜。阿游歪著頭，在狂風夾帶的種種氣息中搜索。就他所知，沒有定居者的蹤跡。

他聞到刺鼻的膽汁味，懷倫小跑步追上來，一隻手按住定居者在他頭上打出的那個包。回來的路上懷倫吐了兩次，身上還有殘留的酸腐味。

「你麻煩大了。」懷倫道。他的眼神兇狠而怨毒。「我聽到那些地鼠說的話，他們是衝著你來的，維谷會把你撕成兩半。」

「他需要我把鷹爪找回來。」阿游道。

懷倫湊過來，啐了一口口水，然後笑了起來，他說：「游隼，維谷最不需要的人就是你。」

阿游看到所有的人都聚集在廣場上，在節慶的樂聲中愉快交談。會場周遭的火把為集會場地增添了金色的光華，使它在環繞營區的清冷光線中凸顯出來。有幾對男女在跳舞。孩子在人群中穿梭，躲在婦人的裙子後面嘻嘻哈哈。這場面很奇怪，好像他們看不見上空的流火在翻騰似的。難道他們不在乎隨時會有天火如雨而降？

維谷坐在食堂旁邊的一個板條箱上，正跟坐在他身旁的阿熊說著話。他手拿著一個瓶子，顯得很輕鬆，看著慶典覺得心滿意足。

「阿游！」小溪喊道，隨即抓住身旁那個人的手臂。她的警訊像波浪般傳入人群，音樂跟著停止。這時阿游也聽見廄房裡動物恐懼的嘶鳴聲。

維谷瞪著阿游，臉上的笑容慢慢消失。他跳下板條箱，走上前來，同時在阿游背後的人群中搜索。「鷹爪在哪裡？鷹爪在哪裡，阿游？」

阿游猶豫不決。他看不見維谷綠眼睛裡的青銅色斑點。「定居者把他抓走了，我攔不住他們。」

維谷沒回頭就把手裡的瓶子交給別人。「你說什麼，游隼？」

「定居者抓走了鷹爪。」他無法相信這些話是自己說出來的，而且是真的。他竟然會站在這裡，告訴維谷，他的兒子不見了。

維谷的黑眉毛湊到了一起。「不可能，我們沒做什麼對不起他們的事。」

阿游看著四周一張張吃驚的臉。他不該在這兒告訴維谷的。無法置信的迷霧消散後，這消息會毀了他。但維谷身為血主，又是鷹爪的父親，沒必要當著整個部落的面承受這種事。

「我們回家去。」阿游道。

維谷遲疑著。他一副要聽從阿游的模樣，但懷倫大聲發話：「在這裡告訴他。這種事該讓每個人都聽見。」

維谷走上前來。「說吧，阿游。」

阿游艱難地吞了一口口水。「我……闖進定居者的城堡。」現在聽起來一切都很荒唐，像一場惡作劇。「幾天前。」他補充道。「我離開後。」

不用阿游說，維谷也會知道，他是在他們爭吵之後離開的。他表現得就像一個受了挫折的小孩，在衝動下任性妄為，他一向如此。接下來的沈默中，阿游的呼吸變得急促，像剛賽完一場短跑。他嗅到幾十種氣味。憤怒，驚訝，興奮。不斷變幻的重量、色彩與溫度，強大得令他覺得噁心。

維谷的表情因困惑而緊繃。「因為你做了那些事，他們專程來抓我兒子？」

阿游搖頭。「他們來抓我。鷹爪只是剛好在場。」

他再也不能正視自己的哥哥，他瞪著地面上凌亂的腳印。下一個瞬間，他的頭偏向一側，然後肩膀砰一聲撞到地面。他抬頭望向維谷，一股熱流湧進他的血管。他倒在哥哥腳下，他應該待在那兒不動，這是他應得的。但他不能。

他跳起身。維谷拔刀出鞘，阿游也拿出自己的刀來。眾人驚呼，推搡著向後退開。

阿游無法相信事情竟然會發展到這種地步。應該是鷹爪在這兒，不是他。他早就該離開了。

「我會把他找回來。」他說：「我去救鷹爪。我發誓我會做到。」

怒火燒紅維谷的眼睛。「你不可能救他回來！你還不明白嗎？如果你去追他，定居者大可把我們通通消滅。」

阿游全身緊繃。他沒考慮到這一點，但維谷說得對。定居者怕不有幾十架跟他剛剛見到一樣的飛行機，成百的人，有戰鬥的準備。對於沒能早點想到這一點，他自覺很愚蠢，然後又發現他其實一點都不在乎，更覺得羞愧。

「那是鷹爪。」他說：「我們必須救他回來。」

「不可能救他回來，游隼！你幹的好事！父親說得對。你受到詛咒，你會毀滅一切！」

阿游的腿抖個不停。維谷不可能真的這麼想。要不是靠著維谷，阿游不可能撐過父親接二連三的責罰。不計其數的責打過後，維谷和姊姊麗薇總會解救他，一再告訴他，發生的一切不能怪到他頭上。他心目中這輩子最大的錯誤，並非他的錯。直到現在。

「我不知道……這不應該發生的。」再說什麼都無濟於事了，他就是一定得找回鷹爪。

維谷用手背摀住嘴巴，好像想嘔吐一般。

「對不起，維谷……我——」

維谷忽然撲過來，阿游趕緊閃到一旁。幾個月來第一次，他第一次完全明白自己該怎麼做。阿游趁維谷撲空時用力一推，爭取到幾呎空間，然後就往人群中衝去。

眾人一陣驚呼。阿游縱然有再多缺點，但從沒有人指責他懦弱。他擔起懦夫的恥辱，拔足飛奔，逃竄途中撞倒了好些人。

維谷不肯為鷹爪戰鬥，但他會。如今他是鷹爪唯一的希望。

11 詠歎調

詠歎調向遠方的山丘走去，直到夜幕迫使她停止。她四下張望。現在怎麼辦？該選哪塊地做休息的依傍？是否就在這個地方結束這一天？

她坐下來，轉向一側，用手肘撐住身體，然後仰天躺下。她很想要個枕頭外加一條毛毯。她的床。她的房間。她想要智慧眼罩以便遁進虛擬世界。她重新坐起身，抱住雙腿。最起碼醫療衣可以為她保暖。

流火看起來比先前明亮。它在地平線上糾纏成發光的藍色波浪。她瞪著天空，直到非常確定，那股波浪一直衝著她來。詠歎調閉上眼睛，聆聽啪啪的風聲穿過耳朵。它時起時落。風中某個地方傳來音樂。她集中注意力尋找，也設法讓奔騰的脈搏放慢速度。

她聽見嘎吱聲，不由得緊張起來，眼睛絕望地在黑暗中搜索。現在流火已來到她正上方，攪出許多個詭異的漩渦，把一圈圈波動的藍光投射在沙漠上。她精神有點恍惚，但她很確定那聲音不是她想像出來的。

「你是誰？」她道，努力在變幻的光線裡張望。沒有回應。「我聽見你了！」她喊道。

藍光一閃，照亮了遠方。流火從天而降，旋轉著，扭動著，像一個大漏斗墜下。它轟然擊中地面，震撼了她腳下的土地，令人目眩的強光散射在空曠的沙漠裡。但它並不空曠。一條人影向她衝過來。

詠歎調雙手撐地，企圖站起來。漏斗滴溜溜翻滾著回到天上。黑暗再次降臨時，一種無與倫比的重量把她壓倒在地。她的後腦撞到地面，然後一隻手捏住她的下巴。

「我應該讓妳死。因為妳，我失去了一切。」

流火再次閃現，顯露出一張她只隱約有點印象的可怕臉孔。但她認得那頭糾結不清、纏夾幾縷金絲的亂髮，還有那雙閃閃發亮、野獸般的眼睛。

「繼續走，別想跑。懂嗎？」

她幾乎聽不懂他的話。因為每個字都拉得又長又慢。野蠻人把她拉起來，不等她回答就推她往前。她跌跌撞撞，四周忽明忽暗，看不見他。又一個漏斗打下來。閃光中，她發現他就在幾呎外。

「走啊，地鼠！」他吼道，隨即咒罵著轉過身離她而去。

一陣熱風吹過詠歎調的臉。那名外界人再次撲到她身上，他貼著她後背，手臂緊緊抱住她，用蠻力推她前進，她心中驚恐大作，試圖掙脫，但他緊扣著她不放。

「不要動。」他在她耳畔大喊：「閉上眼睛，手——」

這次的漏斗非常接近，強光下什麼也看不見，但它命中地面時發出一種難以忍受的可怕尖嘯。詠歎調用手壓住耳朵，在高熱灼痛臉上皮膚時不由得尖叫。她身上每根肌肉都被一股遠比她強大的力量抽得緊縮。

噪音與光芒消退後，她偷眼張望，努力眨著眼睛，希望喚回各種感官的功能。不論朝哪個方向望去，都有突如其來迸發的光芒從天而降，遍地留下烈火的軌跡。她一輩子都在夢幻城的安全環境裡，對流火風暴滿懷恐懼。現在她就來到了這麼一個風暴的正中央。

外界人放開她。他一下轉往這邊，一下轉往那邊，每個動作都經過精心計算，極其精確。詠歎調步履搖擺，盡可能遠離他，她的思路迷惑而緩慢。她不確定顫抖的是自己的腿還是地面。她的耳朵好像炸掉了，現在已聽不見流火打擊時那種可怕的嘯聲了。她觸摸鼻子下面熱呼呼滴下來的東西，手套指頭上有發亮的深色液體。很奇怪她竟然有點失望，血應該是鮮紅色的，不是嗎？她忽然驚覺這不是研究自己受了哪些傷害的時候，她必須盡速離開。

她才跑了幾步就被他抓住，他抓的是醫療衣的背部。詠歎調感覺到那陣拉力時，不由得嚇得全身緊繃。她的醫療衣鬆開，一陣冷風吹到背上。整件醫療衣掉下來，她只能對他幹的好事發出一聲驚呼。詠歎調連忙瑟縮後退，勉強遮掩自己的身體和單薄的內衣。這不可能是真的。

外界人把扯下來的衣服揉成一團，扔進黑暗裡。「妳在召喚流火。走啊，地鼠！快點，要不然我們就會被煮熟了。」

她幾乎聽不見他的話。她的耳朵不管用，又有暴風在四周尖嘯，淹沒了他的聲音。但她知道他說得對。流火漏斗看起來越來越近，而且集中在他們周圍。

他抓住她手腕。「蹲低一點。它接近的時候，手放在膝蓋上，好讓雷電到別處去。聽見嗎，定居者？」

除了手腕被他握住這件事，她什麼都還來不及思考。一陣熱風吹過，就像手指拂過她的頭髮。她知道這種警訊。有個漏斗要在附近降落。詠歎調照他的話做，她俯身蹲下，看見他也這麼做，整個人縮成一半，直到她不得不閉上眼睛抵抗刺眼強光。眼皮後面的光亮消失後，她才在寂靜無聲、閃光不斷的世界裡直起身來。

他發現她聽不見後，搖搖頭。他對著黑暗指指點點時，她不再抗拒。只要他能帶她離開這個地方，起碼她的臉不會再灼傷，耳朵也不會再失聰。

她不知道他們跑了多久。漏斗再也沒像前幾次那麼接近過。隨著他們離流火風暴越來越遠，雨開始落下，冰冷的雨滴像針尖般扎人，跟虛擬世界裡的假雨一點也不像。一開始它可以冷卻她的皮膚，但不久寒意就讓她肌肉麻痺，開始顫抖。

流火的威脅在身後逐漸遠去，她開始把注意力放回這野蠻人身上。她要如何脫逃？他體型有她兩倍大，在黑暗中腳步穩健，而她早就疲累不堪，勉強拖著腳步跟在後面。但她必須做點嘗試。這野蠻人強迫她跟他來，不可能安什麼好心眼，她必須找到逃走的正確時機。

沙漠突然結束，變成零星長著一塊塊乾草叢的低矮山丘。越是遠離流火漏斗，它的色澤越深。詠歎調已看不見自己的足跡。她踩到一個深深刺進她腳底的東西，她克制住一聲痛呼，眼看著逃脫的機會遠去。

外界人轉過身，眼睛在黑暗中發光。「怎麼了，定居者？」

她隱隱聽得見他說話，卻沒有回答。她靠一隻腳站立時，大雨打在她身上。她不能再把任何重量加諸腳上。他毫無預警地向她走過來，讓她靠在他身側，支撐住她。詠歎調把指甲抓進他皮膚。他立足不穩，差點兩人一起仆倒。

「再傷害我，我會用更大的傷害報復。」他咬牙切齒說道。他們的肋骨緊貼在一起時，她感覺到他聲音的震動。

他牢牢挽住她的腰，加快上坡的腳步，她聽見身側傳來他微弱的咻咻呼吸聲。他們皮膚接觸的部位逐漸變得溫暖，令她有種噁心的感覺。就在她覺得再也無法忍受下去時，他們來到了山頂。

藉著流火的光亮，她看見一片平滑的岩壁上有個黑色的洞口。如果還笑得出來，她真的會笑。當然那是個山洞。雨從洞頂流下來，形成密集的水簾。外界人入內，把她放下。

「回到岩石底下，一定覺得像回家一樣。」他消失在岩洞裡。

詠歎調一跛一跛走到外面的傾盆大雨中。她望著下面的來時路，山坡上滿布碎石，彷彿山長了牙齒。無論上山下坡，都看不到別條她走得了的路。但她還是照樣往下爬，倚仗雙手和那隻好腳，翻越被雨水浸泡得滑溜溜的石塊。詠歎調催促自己趁外界人回來前加快速度。她硬生生吞下一聲驚呼，腳一滑，卡在兩塊大石板中間。無論怎麼拉扯扭動，那道縫隙偏就不肯鬆開她，她的意識漸漸淡出，最後一絲力氣也滲進了背後那塊冰冷的岩石裡。

詠歎調把自己縮成一顆球，只剩兩個念頭。首先，她要鑽進一個更深的所在，好好睡一覺。其次，她怎麼鑽都還不夠深。

12 游隼

阿游生好火的時候，那女孩已經昏迷了。她好像經常做這種事。他幫她把腳從石縫裡抽出來，然後把她抱進岩洞，用毯子包起來。一塊石頭從她手中掉落。他猜她打算用它對付他，保護自己。這點子不錯，大概可以發揮半秒鐘的作用吧。

他想起在定居者堡壘那晚她身上的氣味。一種霉味夾雜著剛開始腐爛的肉腥氣。稍早他在山谷裡聞到這種味道時，為之吃了一驚，被它帶引著去找她。現在，山洞狹小的空間裡，她的體味強烈得令他喉頭湧起一股酸味。他找了個盡可能離她遠一點，卻不至於沾不到火的溫暖地方躺下，睡著了。

太陽升起前，流火風暴結束後的極度寂靜把他弄醒了。女孩沒有動。今天早晨很冷，天氣入冬的速度很快。阿游重新把火弄旺，動作放得很慢，就連深呼吸都會讓他身側有如刀割般作痛。

自從維谷把這一帶劃為禁區後，他就沒來過這洞穴，但他穿過山谷時，發現利用這兒棲身的行商在洞裡留有充足的存貨。他找到衣服和罐裝的核果，水果乾還可以吃。他還找到一種藥膏。

阿游把它塗抹在女孩腳上，看到她只有一處傷口比較深。她的傷處最好能縫合，但他不會用針，而且她送命的機會多得很。更何況，他也不在乎她能不能走路。只要清醒的時間夠長，能夠說話就行了。

阿游檢查自己身側的傷勢。他挨槍的皮膚上只有一道小割痕，但好幾根肋骨都淤青了。胸前還有五條破皮的傷痕，是那女孩幹的好事。但他的身體不像鷹爪，他會痊癒，恢復強壯。

他進食，然後坐下來，瞪著火焰，藉回憶發生過的每一件事來折磨自己。他失去了鷹爪，本以為這是不可能的，現在他必須讓不可能的事再次發生。他得把鷹爪找回來。

阿游已經做了他必須做的事，離開潮族。但想起自己逃跑的場面，他的臉比火還熱。他一輩子夢想成為潮族的血主，如今族人一定認為他是個懦夫，他們一定很高興終於把他趕走了。

他躺下來入睡時，女孩還是沒醒。他不知道她會不會醒。

第二天早晨，他去打獵。肋骨痛得他冒冷汗，但坐著什麼也不做，感覺更糟糕。他把一條響尾蛇從洞裡誘出來，用一支箭把牠刺穿。他把肥嫩的蛇肉弄熟了吃掉，但後來反倒想吐，好像那條蛇在他腸胃裡活了回來。

夜色降臨時，女孩發燒，開始掙動。阿游燒了些乾橡樹葉，掩蓋她身上的定居者氣味，守候了一整晚。萬一她醒來，他必須準備好。她可能有鷹爪的消息。還有那片眼罩也要研究一下，希望它能提供他一個跟抓走鷹爪的定居者聯絡的管道。

又過了一天下午，她張開眼睛，連忙躲他遠遠的，背貼著對面的牆壁。她的腿縮在毯子底下，緊緊並扣在一起。

阿游嗤之以鼻。「妳已經昏迷了兩天，現在還擔心這個？」他搖搖頭。「放心，定居者，我對妳毫無興趣。」

她打量黝暗的花崗岩洞壁，然後看著堆在一側、裝補給品的鐵箱。她看一眼逐漸微弱的火光，又隨著煙霧望向洞口。

「沒錯，」阿游道：「那是出口。但妳還不能走。」

她轉向他，看到他身上的異能標記。「你想從我這兒得到什麼，野蠻人？」

「你們就這麼稱呼我們？」

「你們是殺人兇手，疾病帶原者，食人族。」她像詛咒般把這些字眼丟過來。「我聽過很多故事。」

阿游交叉雙臂。她住在石頭下面，能懂什麼？「似乎我們都有不少好名字，地鼠。」

她用厭惡的表情看著他，然後用容易受驚的手觸摸脖子。「我要水。有水嗎？」

他從背袋裡取出皮水壺，高高舉起。

「那是什麼？」她問道。

「水。」

「看起來像動物。」

「本來就是。」保護裡面瓶子的皮袋是山羊皮做的。

「看起來好髒。」她說。

阿游拔出塞子，喝了一大口。「味道很正常。」他搖晃水壺，把水灑得到處都是。「不渴了嗎？」

女孩從他手中奪過水壺，衝回原來的位置。她閉上眼睛喝水，等她喝完，他舉起一隻手。「留著吧。」他再也不想用那個壺喝水了。

「妳為什麼跑到荒野裡？」

「我為什麼要告訴你？」

「我救了妳的命，而且根據我的記錄，這是第二次。」

她坐起身。「你錯了！我之所以會在這兒，都是你害的。猜他們以為是誰放你進去的？」

這讓他很意外。他倚著冰涼的石壁，挪動一下背部，揣想那天晚上他離開後，發生了什麼事。管他的，他盡力了，現在只有鷹爪值得考慮。

阿游從掛在臀上的鞘裡抽出刀，用大拇指檢查刀鋒邊緣，轉動它，讓它反射火光。「我沒那麼多時間可浪費，地鼠。別以為讓妳說話有多難。」

「我才不怕你這種舉動。」

阿游深呼吸一口氣。她的謊言尖酸刻薄，讓他嘴裡泛起一種苦味。她不怕才怪，她根本快嚇死了。

「你為什麼這樣看著我？」她問。

「妳的氣味。」

她下唇抖索了幾下。「你湊著一隻兔子喝水，卻嫌我有氣味？」

她開始大笑時，阿游知道接下來會發生什麼事。他嗅到空氣裡的變化就像一股黑色的潮水湧上來。她笑不了多久的。

他走到外面，坐在一塊光滑的圓石上。已是灰濛濛的黃昏，寒冷的夜晚接踵而來。他坐著調息，努力不去想鷹爪也跟洞裡那個女孩一樣正在抽噎著想家。

13 詠歎調

為了讓自己鎮定下來，詠歎調假裝這是個虛擬世界。舊石器時代的虛擬世界，因為她置身一個岩洞裡。有火堆，她盡量不看火，因為它喚起農六事件的回憶。但一旁擺了好幾個鐵箱，她身上裹的深藍色毯子是羊毛做的，還有火堆附近那排有旋轉式鐵蓋的玻璃瓶。破壞石器時代幻覺的東西太多了。

這是真實。

詠歎調站起身，腳底一陣劇痛害她齜牙咧嘴。她拉起毯子，把自己裹緊，聆聽野蠻人的動靜。只有她的頭抽痛的節奏打破洞裡的靜默。她傳染到疾病了嗎？她會裹著這條藍毛毯，死在這個洞裡嗎？她慢慢呼吸幾次，思考這種事沒有好處。

外界人的皮袋旁邊有補給品，但她才不要碰他的東西。她一跛一跛地往鐵箱走去，破碎的塑膠和玻璃中間混雜著幾瓶藥物，目前它們對她都沒有用。瓶子上的有效日期都可以追溯到三百多年前的大聯合時代，當時人類受流火所迫，不得不遷入密閉城市生活。她找到一卷消毒繃帶，雖然年深月久，整個兒發黃，但還可以派上用場。

詠歎調掀開毯子，不由得驚呼一聲。她的腳已經上好了繃帶，是野蠻人治療了她的腳。他碰過她。

她抓住箱子邊緣，穩住自己。這是好現象。如果他替她醫腳，代表他沒有惡意，對吧？邏輯上很合理，但光是想到他，就又掀起一波新的恐懼。

他是頭野獸。人高馬大，肌肉發達，但是跟索倫不一樣。這野蠻人讓她聯想到虛擬的馬術世界，每匹馬的每一個動作，都是皮膚底下精瘦的肌肉旋轉挪移、合作無間的成果。他有刺青，就跟傳說中一樣。兩隻手臂的雙頭肌上各有兩條環形圖案。他背對她的時候，她還看到他皮膚上有另一組圖案，像是老鷹展翅，從一側肩膀到另一側。他的頭髮好像從來沒梳過，糾結成一條條金色繩索，每束繩索的長度和色澤都不相同，捲曲著向四面八方伸展。他說話的時候，她發誓有看到一顆顆又長又尖的犬齒。但什麼都不及他的眼睛那麼令人望而生畏。

詠歎調早已看慣各種顏色的眼睛。虛擬世界裡有各種流行，上個月最流行的是紫色。這野蠻人的眼睛是淺綠色，卻像夜行動物一樣有種奇怪的反光。想到這種眼睛竟然真的存在，她不由得打了個寒噤。

她回過身，咬著嘴唇打量四周。一座山洞。她來這兒做什麼？怎麼會發生這種事？火快滅了。她已看不清方才背靠的那面牆。她不想待在洞裡的黑暗中，聽不見聲音，看不見東西，於是把深藍色毛毯像羅馬袍一樣披掛在身上，用紗布繃帶在腰間綁住，行動起來比較方便，再走到外面。

她看到他坐在岩石上，就在她跌倒的崎嶇山坡邊緣。他背對著她，還沒聽見她的腳步聲。詠歎調站在洞口內側，距他十來呎。她不想更接近他，所以站著不動，把毛毯拉緊，免得被風吹開。

他正拿著刀在削一根很長的木條，她猜是在做箭。正在自製武器的洞穴人。他背上的刺青，從圓滑的頭型判斷，應該是隻獵鷹。眼睛似乎被深色的羽毛遮住了。虛擬世界的人都採用可以移除的圖案，以便隨時變換花樣。她無法想像自己的皮膚上永遠是同一個圖案。

外界人轉過身，瞪著她看。詠歎調也藏起新湧上來的恐懼，回瞪他。他怎麼知道她在那裡？他把刀插回腰帶上的皮鞘。

她走上前一步，小心不露出跛態，並且跟他保持相當的距離。詠歎調把一綹頭髮撥到耳後。她想到他也以同樣成了習慣的輕鬆姿勢對待他的刀。

流火流轉，化成無數條婉約的藍光絲帶，捲繞在疾馳的灰雲之上。這次她不上當了，她知道它可以變得多可怕。她望著下方他們在暴風雨中橫過的山谷，被不均勻的光線照得斑駁。

「現在是薄暮？」

「黃昏。」他道。

她看他一眼。薄暮跟黃昏有什麼差別？短短兩個字他也能把尾音拖得那麼長，好像可以拉一整天。「你為什麼帶我到這兒來？為什麼不把我丟在那兒？」

「我需要情報，妳的族人劫走了我的人。」

「這麼說真可笑，我們要一個野蠻人做什麼？」

「他比妳有用。」

她呼吸一滯，憶起黑斯執政官呆滯的眼神和空洞的笑容。這野蠻人說得沒錯，她已經沒有利用價值。她替索倫受過，被丟出來送死，淪落到這種地方，跟這頭野獸一起。

「所以你想進入夢幻城？去救這個人？這就是那天晚上你進去的目的？」

「我會進去。我進去過。」

她笑了起來。「那回我們解除了防衛系統，而圓頂又受了損害。你只是運氣好，野蠻人。保護夢幻城的牆壁有十呎厚，你再也不會有機會闖進去。況且，你有什麼計畫？丟泥巴塊？還是用彈弓？一顆石頭命中目標，說不定就能成功。」

他猛然轉過身，向她撲來。詠歎調連忙閃到一旁，心幾乎跳到喉頭，但他大步從她身旁走過，消失在洞穴深處。過了一會兒，他又走出來，舉著一樣東西，兩眼閃閃發光。

「這比泥巴塊好吧，地鼠？」

詠歎調瞪著他手裡那片圓弧形的東西愣了好一會兒。她從來沒見過從臉上拆下來的智慧眼罩長什麼樣子，再加上它又是拿在一個野蠻人手中，她越發認不出來。

「那是我的嗎？」

他點一下頭。「我拿了。在它從妳臉上剝下來以後。」

她整個人鬆了一口氣。她終於可以聯絡遠在極樂城的媽媽了！如果索倫的錄影還在，她便可以證明他和他父親是如何對待她的。她抬起頭。「那不是你的，還給我。」

他搖搖頭。「妳先回答我的問題。」

「我回答，你就把它還給我？」

「我說話算數。」

詠歎調的心跳得很快，她需要智慧眼罩，她母親會來救她。不消幾小時，她就可以坐另一架飛行機去極樂城。有魯明娜撐腰，她可以揭發黑斯執政官與索倫。

她無法想像自己竟然會幫助一個外界人侵入夢幻城。那豈不等於背叛？黑斯不就是用這個罪名指控她嗎？她絕對不會做這種事。不論他提出與那個失蹤者有關的任何問題，她都只會給他假情報。就講些他想聽的話，反正他永遠也不會知道真相。

「好吧。」她道。

他捏著鏡片的手掌合攏，然後叉起雙臂。詠歎調震驚地瞪大眼，她的智慧眼罩埋藏在那個尼安德塔人的腋窩裡。

「妳為什麼會在外面？」他嘴角抿出一個得意的弧度。這是她先前避不作答的問題，現在她非答不可。

她厭惡地哼一聲：「我們只有兩個人活下來：一個是一位執政官的兒子，他父親在我們的密閉城市裡權力很大；另一個就是我。」

他沈默下來。她目光轉到他胸口，看到她的指甲在他皮膚上留下的痕跡。她連忙別開眼光，對於自己碰過他感到很噁心。他跟衣服有什麼過不去嗎？外面又不是多麼溫暖。一陣冷風吹過，她打了個寒噤，認定野蠻人想必對寒冷沒有感覺。

「妳在裡面還有同盟嗎？」他問。

「你說同盟？」

「朋友。」他冷酷地說。「願意幫助妳的人，地鼠。」

她立刻想到佩絲莉。痛苦像浪濤般湧上來，威脅著要把她席捲而去。詠歎調花了好一會兒才調勻呼吸，把這意念推到一旁。「我母親，她會幫我。」

野蠻人眼睛瞇了起來，仔細觀察她。她力持鎮定，毫不退縮，卻忍不住補了一句。「她是科學家。」好像這會對他有任何意義似的。

他舉起智慧眼罩。「妳可以用這東西跟她聯絡？」

「是的。」她道：「我想可以。」如果黑斯嘗試追蹤它，這片鏡片可能已經重新啟動了。

「她可以打聽到失蹤者的下落嗎？」外界人問道。

她不認為有此必要。怎麼會有人要一個滿身疫病的野蠻人？但否定他不會有什麼好處。「是啊，她可以這麼做，她很受尊敬，工作成就很高，有點影響力，可以查到一些事，只要是真正發生過的事。把那個給我，我會幫助你。」

她很自豪，撒謊撒得非常流暢。

他走上前，彎腰靠近她。「妳必須幫助我，定居者。妳要活下去，只有這條路。」

她往後跳去。「我說過我會幫你了！」這傢伙有什麼問題嗎？

他把智慧眼罩塞到她手中。詠歎調雙手緊握著鏡片，走到一旁。光是把鏡片捏在手心，她就覺得離家更近了。她不知道上頭有多少看不見的病菌。這個外界人看起來不算特別骯髒，但他實際上一定髒死了。

「快聯絡。」

她回頭問：「我跟我母親聯絡上，要問什麼？」

野蠻人遲疑了一下。「一個男孩，七歲，名叫鷹爪。」

「男孩？」他以為她的族人綁架小孩？

「我等得夠久了，地鼠。」

詠歎調把鏡片放在左眼上，它壓在眼眶上感覺非常輕柔。生化科技立即開始作用。眼罩吸附在她皮膚上，內置的黏膜鬆弛並軟化。從膠狀變為液態，直到那隻眼睛可以跟沒有蓋住的眼睛同步輕易地眨眼為止。

她等著智慧螢幕出現，肌肉因期待而變得僵硬。她試用自己的密碼，嘗試重新啟動整個系統，就像上次在農六一樣。什麼也沒出現，沒有「歌鳥」的檔案，沒有圖像。她只是隔著透明的眼罩往外看，看著荒涼的大地逐漸黯淡轉黑，天空隨著流火移動。

外界人逼上前來。「發生了什麼？」

「什麼也沒有。」她說，喉頭升起一種粗糙的痛楚。「沒有回應。我……以為他們可能恢復它的連線，但我什麼也沒看見。也許是在暴風雨中短路了。我不知道。」

他嘟噥了什麼，用一隻手撓頭髮。詠歎調趁外界人來回踱步時，不顧一切嘗試發出更多指令。每一次的失敗都讓她更瀕於痛哭流涕。外界人停了下來，轉身向她走來。又怎麼了？他會把她丟在這兒嗎？或者更糟？

「那個還給我，地鼠。」

「我告訴過你，它壞了！」

「我來修理。」

詠歎調克制不住一陣冷笑：「你會修這種東西？」

他憤怒的目光會使人受傷。「我認識會修的人。」

她還是不相信。「你認識一個人——外界人——會修這個？」

「妳什麼話都要聽兩遍才懂嗎，定居者？我會在兩個星期之內回來。這兒有足夠的食物和水供妳維生，住著就是了，沒有人會到這兒來，至少不會在這種季節。我收拾好裝備，妳把那東西脫下來。」他走進洞裡。

詠歎調衝到他身後緊跟著，黝暗中隱約可見他頭髮的一團白影。火已熄滅，只剩餘燼。他把一根木頭扔進去，掀起一蓬火星飛上來。

「我才不要一個人在這種地方待一星期，或兩星期，或隨便多久。」

他走到一口箱子前面，開始把東西往一個皮袋裡塞。「妳在這裡比較安全。」

「不要，我不要留下！我也許會死——」她聲音破碎。「我可能活不了那麼久。我的免疫系統不是為了適應這種地方而設計的。兩個星期可能太遲了，如果你要我幫忙，就帶我一起去。」

他考慮了一會兒，然後把袋子放在地上。「我不會為妳放慢腳步，所以要用那個走好幾天。」他對她的腳點頭示意。

「你不需要放慢腳步。」她鬆了一口氣，說道。至少她不會獨自留下，也不需要跟智慧眼罩分開。

他懷疑地看她一眼，然後打開另一口箱子。火又旺了起來，照亮岩洞粗糙的壁面。他轉過身時，詠歎調注意到他一側手臂下面有塊淤青正在擴大。詠歎調看著他活動，背上的刺青也跟著挪移。她也是一隻獵鷹，她的音域寬廣，是歌劇界所謂的「鷹揚女高音」。這就是魯明娜為她取的小名的由來。想到這一巧合，詠歎調心頭一震。

「那有什麼意義嗎？」她問道。

他從箱子裡拿出一些衣服，將它們抖開。那是大聯合時代士兵的工作服，迷彩圖案的寬鬆長褲和襯衫。他把衣服扔給她，「衣服。」

她往一旁閃開，偷看一眼那粗糙的質料。「可不可以先煮一下。」

又沒有回應。她躲進黑影中，盡可能以最快速度把衣服穿上。衣服都太大，但比較溫暖，行動起來也比較方便。她捲起袖子和褲管，利用紗布當腰帶束緊。

她走回火光裡。外界人坐在先前的位子上。他穿上一件深色的皮背心，跟男孩子在古羅馬角鬥士虛擬世界裡穿的那種很類似。另一條跟她原先披掛的一模一樣的深藍色毯子，也捲好了放在旁邊。

他很快瞥一眼她為衣服做的調整。「那裡頭有食物。」他指著排放在火旁的罐頭說。「有一個裝滿水。」

「我們不是要出發嗎？」

「我看過妳在黑夜裡行動的德性。我們先睡覺，白天旅行。」

他躺下來，閉上眼睛，好像事情就這麼簡單。

她喝了水，但只吃了一片水果乾，就再也吞不下什麼東西。無花果有太多顆粒黏在她喉嚨裡。胃裡的焦慮翻攪不停，沒有空間容納飢餓。詠歎調往後靠在冰冷的花崗岩上。她的腳底還在抽搐，她確信自己無論如何都不可能入睡。

外界人好像一點也沒有失眠的問題。他睡熟的時候，她可以把他看得更清楚一點。他渾身都是瑕疵，一邊臉頰上有塊褪色的淤青，跟他肋骨上那塊剛好配套。他下巴周圍有好多條凌亂的淺色疤痕。他鼻子算長，最上端有個彎曲，那部位很可能不止斷過一次，倒是個很適合角鬥士的鼻子。

外界人也在偷窺她。兩人目光接觸時，詠歎調僵住不動。他是個人，她知道這一點，但他明亮的注視中有種毫無靈魂的成分。他一言不發，把臉轉到她看不見的地方。

詠歎調等心跳恢復平靜，再把毯子拉過肩膀，躺了下來。她對火堆和野蠻人都保持戒備，不確定哪一樣更讓她厭惡。但不久她的眼皮就覺得沈重，她想到自己的判斷經常錯誤。還是睡吧。

即使在這種時刻。即使在這種地方。

14 游隼

天一亮阿游就醒了，躺在那兒琢磨他跟定居者的協議。她的腳受了傷，怎麼走這趟艱險的旅程？但她恐怕是對的。等他趕到馬龍那兒再趕回來，他覺得她八成活不了這麼久。至少有一件事他很確定：她需要鞋子。

他不耐煩地扯下第一本書的封面。女孩驀然坐起，驚叫一聲醒來。

「你在做什麼？那是什麼？一本書嗎？」

「已經不是了。」

她碰了幾下眼睛上那個東西，手指輕盈而小心翼翼。阿游別開眼睛，那眼罩令人噁心，像寄生蟲。它太容易讓他聯想到抓走鷹爪的那批人。他埋頭做工，把另一頁皮革封面撕下來，然後拿起自己的袋子，跪在她面前。他抬起她的腳，把繃帶掀到一旁。

「妳快好了。」

她倒抽一口氣。「放手。別碰我。」

她的恐懼冰冷的化為氣味傳來，在他的視野邊緣閃爍藍光。「不要動，地鼠。」他放開她的腳，說道：「我們做了交易。只要妳幫我，我就不會傷害妳。」

「你在做什麼？」她看著撕下來的封面問道，原本白皙的皮膚變得更無血色。

「替妳做鞋子。補給品裡沒有，妳又不能光腳上路。」

出於好奇，她伸出一隻腳。阿游把它放在封面上。「盡可能不要動。」他取出鷹爪的刀，用刀尖沿著腳的輪廓描畫一圈。他很小心不碰到她，免得害她驚慌。

「你沒有鋼筆呀什麼的？」她問。

「鋼筆？大概一百年前就丟了。」

「我還不知道外界人可以活那麼久。」

阿游低頭藏起自己的臉。是開玩笑嗎？定居者能活那麼久嗎？

「你是專門做鞋的？」過了一會兒，她又問道：「補鞋匠？」

這就是她對他的評價？「不。我是獵人。」

「哦，這樣很多事就說得通了。」

阿游不知道除了他會打獵之外，還有什麼說得通。

「所以你……殺死東西？動物和別的東西？」

阿游閉上眼睛，往後一靠，咧開大嘴對她微笑。「會動的我都殺，我會挖出內臟，剝皮，吃掉牠。」

她搖搖頭，眼神惶惑。「我只是……無法相信你是真的。」

阿游豎眉瞪眼。「要不然我是什麼，地鼠？」

之後她沈默了很久。阿游替她描好腳樣，切出腳形，用刀尖在預留的縫份上戳了好些小洞。他盡可能加快工作的速度，她身上的定居者氣味讓他噁心。

「我名叫詠歎調。」她等他回應。「你不認為如果我們要做盟友，應該先知道彼此的名字嗎？」她挑起一側的黑眉毛，用他先前用過的字眼調侃他。

「我們也許是盟友，地鼠，但不是朋友。」他把皮繩穿過洞孔，然後把鞋子綁在她腳踝上。「試試看。」

她站起來，走了幾步，把褲子提高，好看見自己的腳。「很不錯。」她有點訝異地說。

他把剩下的幾小截皮繩塞進袋子裡。書的封面可以做理想的鞋底，正如他所料，夠硬也有足夠的彈性。這是他心目中書最大的功能。這雙鞋可以撐上好幾天，然後他得找到更好的東西——如果她能活那麼久的話。

如果她活不下來，無論如何他也要把眼罩拿到馬龍那兒去。他會想辦法發信號給任何聽到的定居者，他願意用自己加上眼罩交換他的姪子。

她抬起一隻腳，觀察鞋底。「很恰當呢。你是特別挑選這本書的嗎，外界人？但這對我們此行算不算一個好預兆，我就不知道了。」

阿游抓緊袋子，拿起弓和箭。他根本不知道自己挑了什麼書，他不識字。不管蜜拉和鷹爪嘗試過多少遍教他，他就是學不會。他趁她看穿這一點，批評他是個愚蠢的野蠻人之前，走出了岩洞。

光是翻越阿游走了一輩子、早已滾瓜爛熟的山嶺，就耗掉了一整個早晨。挨著維谷轄區的東側界線，沿著起伏的山勢往上走，便出了潮族的山谷。不論往哪個方向望去，阿游都看到滿眼回憶。他跟羅吼第一次自己做弓的小山坡；鷹爪爬過上百遍的樹幹綻裂的橡樹；跟小溪初試男女情的旱河岸。

他父親也曾走過這塊土地。更早以前，他母親也打這兒走過。還沒有離開一個地方就開始思念它，感覺真是奇怪。想到自己萬一厭倦了曠野，不再有一個小閣樓可以鑽回去，他不禁心亂如麻。而且他還跟一個定居者同行，以致這一天顯得更不尋常。她的存在讓他煩躁不安，雖然明知道她跟抓走鷹爪的那群地鼠不是同夥的，但她畢竟是他們的一分子。

開頭幾小時，即使很小的聲音，她都會嚇得跳起來。她走得太慢，發出的噪音比任何她這種體型的人都要多。更糟糕的是，還不到中午，她已經開始冒出一股濃郁的黑色情緒，讓他知道身後跟著悲傷。這個好歹算是跟他做了筆交易的女孩，吃了苦、迷了路，正受著煎熬。阿游盡可能保持在她的上風，這樣空氣會清新一點。

「我們要去哪，野蠻人？」大約中午時分她問道。她在他背後十步外。走在前面，不但可以迴避她的氣味，還有另一大優點，那就是不用看她臉上戴的那個眼罩。「既然不知道你的名字，我就這麼稱呼你吧。」

「我不會理妳。」

「好吧，獵人？我們去哪？」

他歪一歪下巴。「那邊。」

「好有用的情報。」

阿游回頭看著她。「我們要去見一個朋友，他名叫馬龍，就住在那邊。」他指著箭山。「還有什麼事？」

「有。」她沮喪地問：「雪是什麼樣子？」

這差點讓他停下腳步。怎麼會有人不知道雪的純淨、沈默、比骨頭還白？不知道它會冷得讓你皮膚緊繃？「很冷。」

「玫瑰花呢？它們真的那麼香嗎？」

「妳在這附近看到很多玫瑰花嗎？」他知道最好別告訴她真正的答案。就目前看來，她聽來的故事都沒提到靈嗅者是怎麼回事。阿游希望保持這樣。他不信任她，也知道她沒打算幫他。她懷著什麼騙人的詭計，他已經心裡有數了。

「雲都不會消散嗎？」她問。

「完全消散嗎？不，永遠不會。」

「流火又是怎麼回事？它會消失嗎？」

「永遠不會，地鼠。流火永不離開。」

她抬頭望去：「永遠不見天日的天空下，永遠沒有起色的世界。」

他想，她很適合這世界——永遠不肯閉上嘴巴的女孩。

一天下來，她問個不停。她問蜻蜓飛的時候會不會發出聲音，彩虹是不是神話。他不再答理她以後，她就開始自言自語，好像這麼做天經地義似的。她說山巒的色調溫暖，跟流火藍色調的陰暗相映成趣。風勢加大的時候，她說那聲音令她聯想到渦輪引擎。陽光出現時，她一度陷入沈默，那反而是他最想知道她在想些什麼的時刻。

阿游不懂，人在難過的時候怎麼說得出那麼多話。他盡可能不理她。他一直注意著流火，看到它變成白色流雲，不禁鬆了一口氣。他們即將離開潮族的領域，所以他密切注意風中的氣味。他知道他們早晚會遇到兇險，這是走出部落轄區到外面旅行不可避免的事。在三不管地帶，光是求生就已經很困難了，再多帶一隻地鼠，阿游真不知道自己有多大勝算。

接近傍晚時，他找到一座隱蔽的山谷安營。剛把火生好，夜幕便已降臨。定居者坐在一根倒落的樹幹上，檢查她的腳底。那天早晨她剩下的幾塊還算健康的皮膚都起了水泡。

阿游找出他從山洞帶出來的軟膏，拿去給她。她轉開小藥罐，凝神往裡面看，黑色的頭髮披散到前面。阿游皺起眉頭。她在做什麼？眼罩是某種放大鏡嗎？

「那個不能吃，定居者，塗在妳腳上。來。」他塞過去一把水果乾，還有一團他先前掘出來的薊根。它的味道像沒煮過的馬鈴薯，但起碼他們不會挨餓。「這是可以吃的。」

她留下水果乾，把薊根退回。阿游回到火堆前面，驚訝得來不及生氣。從來沒有人會退還食物的。

「這堆火不會燒到那些樹。」見她不過來，他說道。她拿著每片水果乾仔細端詳，看清楚才送進嘴裡。「它不會像那天晚上釀成火災。」

「我就是不喜歡火。」她說。

「一旦冷起來，妳就會改變主意了。」

阿游吃了自己的微薄晚餐。他真希望有時間打獵，不過即使打獵也未必打得到東西。她喋喋不休，會把獵物都給嚇跑了，其實也差點把他給嚇跑。明天他得設法找到食物，他們已經把他從洞裡帶來的食物幾乎吃光了。

「被抓走的男孩，」她問道：「是你的兒子嗎？」

「妳覺得我多大年紀，定居者？」

「我對化石紀年不太有把握，我猜大概五萬到六萬歲吧。」

「十八歲。不，他不是我兒子。」

「我十七歲。」她清一下喉嚨。「你看起來不像十八。」過了一會兒，她又說：「我的意思是，你看起來像，又不太像。」

阿游估計她在等他問為什麼。他才不在乎。

「順便告訴你，我覺得很好。我一直頭痛得要命，腳也痛死了。不過我想我可以活到明天，但我不是很有把握，故事都說疾病會悄悄爬到人身上。」

阿游咬緊牙關，想起了鷹爪和蜜拉。他該為了她可能會生病而替她難過嗎？他無法想像沒有大小病痛的生活。他從袋子裡取出兩條毛毯。睡一覺就是早晨了，早晨會讓他更接近馬龍。

「你為什麼不看我？」她問道：「因為我是定居者？外界人覺得我們很醜嗎？」

「妳要我先回答哪個問題？」

「無所謂，反正你不會回答的。你根本不回答問題。」

「妳一直問個不停。」

「懂我的意思了吧？你避免回答問題，也不肯正眼看人。你是個逃避大王。」

阿游把毛毯扔給她。她沒有防備，毛毯正中她的臉。「妳不逃避。」

她一把抓下毛毯，恨恨地瞪了他一眼。阿游看她看得很清楚，雖然她站在火光的外圍。

藉著黑暗掩護，他讓自己的嘴角高高挑起。

幾小時後，他被唱歌的聲音喚醒。聲音很低微，唱的是他不懂的語言，但聽起來很熟悉。他從不曾聽過這樣的聲音，那麼清洌，卻又豐富。他以為自己還在做夢，直到看見那女孩。她搬到離火堆較近的地方，也離他比較近。她抱著雙腿，身體前後擺動。他嗅到眼淚又鹹又澀的味道，也看到恐懼的紅色閃光。

「詠歎調。」阿游說道。他竟然用她的名字稱呼她，自己也很意外。他覺得這名字很適合她，有種奇怪的音調，好像名字本身是個疑問。「怎麼了？」

「我看見索倫，就是火災那晚那個人。」

阿游跳起身，衝到霧裡搜索。他一向討厭霧，它會剝奪他的一種感官能力，但他還有別種，而且是他最厲害的一種。他深呼吸，小心保持動作輕盈。她的恐懼跟木頭的煙氣交織在一起，但這兒沒有其他定居者的氣味。

「妳做夢了，這裡除了我們沒有別人。」

「我們不做夢的。」她道。

阿游皺起眉頭，但決定暫時不追究這奇怪的論調。「這裡沒有他的蹤跡。」

「我看見他了。」她說：「感覺好真實，就像跟他一起在虛擬世界裡。」她用毯子擦一把淚濕的臉頰。「這次我還是逃不脫他的掌握。」

這下子他真的不知道該怎麼辦。如果她是他的姊妹或小溪，他會把她抱進懷裡。他想告訴她，他會保護她，但那並不全是事實。他會保護她，純粹是以救回鷹爪為前提。

「會不會是透過妳的眼罩傳來的信息？」他問。

「不是，」她很有把握。「它依舊沒有作用。但奇怪的是，我看到了那天晚上我錄下的畫面。我錄下索倫對我……對我攻擊的情景。」她清一下喉嚨。「我看到的就是那一幕，就像我的心靈自動把記錄播放了一遍。」

那就是做夢，但阿游不想為這件事爭論。「所以那些定居者想把它拿回去嗎？就為了那段記錄？」

她遲疑了一下，然後點點頭。「是的，它可以摧毀索倫和他父親。」

他伸手去抓頭髮，現在他明白定居者為什麼要眼罩了。他們抓走鷹爪是為了當作交換的條件嗎？「那麼我們有談判的籌碼了？」

「如果修得好智慧眼罩的話。」

阿游緩緩吁一口氣，心頭湧起一陣希望。他本來準備為了交換鷹爪，把自己交由定居者處置，也許他不必這麼做。如果定居者迫切想取回眼罩，就憑它便已足夠換回鷹爪。

女孩的情緒似乎緩和下來。他添了一塊木頭，隔著火堆在她對面坐下，這樣他就不得不面對她臉上的眼罩了。「如果那東西壞了，妳為什麼還要戴著它？」他問。

「它是我的一部分，有了它，我們才看得見虛擬世界。」

虛擬世界是什麼，他毫無概念，他甚至不知道該怎麼提出相關的問題。

「虛擬世界是很多個虛擬的地方。」她說：「用電腦程式創造的。」

他拿起一根樹枝，戳著餘燼。她不等他問就主動解釋，好像知道他不懂，這讓他有點不安，但她繼續往下說，所以他也就順勢聽著。

「那都是跟這兒一樣、感覺很真實的地方。如果我的智慧眼罩能用，我站在這裡就可以去世界上任何地方，甚至到世界之外去，但實際上哪兒也沒去。有的虛擬世界在過去的時光。去年中世紀的虛擬世界爆紅，你在那種虛擬世界裡一定很出色。另外還有幻想的虛擬世界和未來的虛擬世界。各種嗜好的虛擬世界，凡是你想得到的都有。」

「所以……很像是看影片。」他在馬龍那兒看過，銀幕上出現一幅幅畫面，好像把記憶變成影像。

「不，那只是影像。虛擬世界有多向度空間。如果你參加派對，會覺得有人在四周跳舞，你聞得到他們的氣味，聽得見音樂。你還可以變更設定，好比換一雙更適合跳舞穿的鞋子，改變頭髮的顏色，換一種體型，隨你想做什麼都可以。」

阿游交叉雙臂。聽她描述，好像在做白日夢。「妳去到這些假裝的地方時，人是什麼狀態？妳會睡著嗎？」

「不會，只是分出一點注意力，同時做兩件事。」她聳聳肩膀。「就像邊走路邊說話那麼簡單。」

阿游克制住一抹微笑。她昨天說過的一句話浮上他心頭。這樣很多事就說得通了。他問：「到這些假裝的地方有什麼好處？」

「虛擬世界是我們唯一能去的地方，它們是在興建密閉城市時創造的。沒有它，我們恐怕會無聊得發瘋吧。還有，它們是模擬，但並不虛假，感覺跟真的完全一樣。嗯，有些事我已經不能確定了。外界的很多事跟我的預期不一樣。」

她伸手到衣袋裡。昨天她收集了十來顆石頭。在他眼中，這些石頭一點都不特別，看起來就只是石頭而已。

「每一顆石頭都是獨一無二的。」她說：「它們的形狀、重量和構造。真是不可思議。虛擬世界裡有機率的組合，但我總是能把它們挑出來。發現第十二顆石頭只是把第一顆的顏色、密度，或其他變數略做調整而已。

「還不止石頭。我在那個沙漠裡，還有後來……」根據她看他的眼神，他知道，不論接下來她要說什麼，他都是其中的一部分。「我從來沒有過那種感覺，我們沒有那樣的恐懼。但除了這兩件事不一樣，應該還有更多的差異，不是嗎？真實世界裡除了恐懼和石頭，還有其他的事不一樣吧？」

阿游心不在焉的點點頭，試圖想像一個沒有恐懼的世界。那可能嗎？如果沒有恐懼，怎麼可能有安適？怎麼可能有勇氣？

她以為他點頭就表示鼓勵她繼續往下說，這他倒不介意。她聲音很好聽。直到聽見她唱歌，他才注意到這一點。他寧可她多唱幾句，不要說這麼多話，但他不會開口要求。

「瞧，這完全是能量，跟別的東西一樣。眼睛發出脈衝，流進大腦，愚弄它，告訴它說：『你看到了這個，摸到了那個。』但有些東西可能沒那麼完美。或許它跟真的東西很像，但還是不一樣。總而言之，就不是你要的那個東西。我戴著它是因為沒有了它，我就不是我自己。」

阿游抓一把自己的臉，忽然痛得齜牙咧嘴，他忘了那兒有淤傷。「我們身上的標記也一樣，沒有它，我就不是我自己了。」

話一出口他立刻感到後悔。曙光從山巒後面射出許多道長長的光柱，切開了濃霧。鷹爪遠離家園，不知在哪兒等死，他不該坐在這兒跟一個定居者閒聊。

「你的刺青跟你的名字有關嗎？」

「是的。」他道，一邊把自己的毯子塞進袋裡。

「你的名字是獵鷹？還是禿鷹？」

「都不對。」他站起身，扣緊腰帶，拿起弓箭。「現在眼罩由我來拿。」

她蹙緊眉毛，雙眉中間的皮膚也起了皺紋。「不要。」

「地鼠，妳戴那種東西被人看見，就不可能假裝是我們的一員。」

「但昨天我就戴著了。」

「昨天是昨天。從這兒開始，情況不一樣了。」

「那你先把身上的刺青刮掉，野蠻人。」

阿游靜止不動，恨得直咬牙。被叫做野蠻人有種奇妙的效果，會使他很想表現得像個真正的野蠻人。「我們已經不在妳的世界裡，定居者。人會死在這裡，而且不是模擬，是非常、非常真實的死。」

她仰起下巴，向他挑戰。「那你來拿呀，你看過怎麼做的。」

阿游記憶中閃過索倫從她臉上把那東西剝下來的畫面，他不想做那種事。他伸手去拿腰胯上的刀。「如果非那麼做不可。」

「等一下！我拿就是了。」她背過身去。幾秒鐘後，便托著眼罩回過頭來，氣鼓鼓地繃著臉，把眼罩塞進衣袋。

阿游上前一步，像小孩子般把刀耍在手上轉圈，這麼做效果很好，讓她的眼睛直盯著他的武器。「我說過，我來拿。」

「停！不要靠近我。拿去。」她把眼罩扔給他。

阿游一把接住，扔進他的袋子，隨即大步走開。他插刀回鞘時，差點讓它掉下來。

15 詠歎調

第二天，詠歎調拼了命跟上那個外界人的腳步。每走一步，腳都痛得更厲害。從這兒開始，情況不一樣了，他說的。但事實上沒什麼不一樣，每個小時都跟前一天沒什麼差別。走不完的路，渾身到處在痛，頭痛也忽來忽去。

她已經放棄跟這個外界人說話。他們在沈默中蹣跚前進，只有她腳下的封面接觸泥土會發出嘎吱聲。她在皮革上看到「奧德賽」①這幾個字時，差點笑出來，這對他們的旅行不是個好預兆。但截至目前為止，她還沒看到半隻海妖或獨眼巨人，只有東一堆西一堆長著亂七八糟樹叢的小山丘。她原本以為外面的世界很可怕，但周遭最可怕的東西卻莫過於她的旅伴。

---

① The Odyssey是古希臘著名史詩，相傳為盲詩人荷馬的作品，敘述特洛伊戰爭結束後，希臘英雄奧德修斯（Odysseus）觸怒海神波賽頓而受懲罰，迷失回家的航線，在大海中遇到各種妖魔險阻，漂泊十年才回到故鄉。

正午時分，他們花了一小時用扁石片掘地。外界人不知靠什麼本事，在地面下一呎處找到了水源。他們裝滿水囊，在沈默中進食。吃完他們又坐了一會兒，流火在他們上空靜靜流動。外界人昂起頭，打量著天空。他一整天不時都會這麼做。他觀察流火的態度非常專注，好像能從中看出某種含義。

詠歎調把收集來的石頭排成一列，她收集到了十五塊。她注意到手指甲下面有污垢。她的指甲變長了嗎？不可能。指甲不應該生長，那是退化的跡象。因為沒有用，所以被淘汰。

外界人從背包裡取出一塊扁石，開始磨利他的刀。詠歎調用眼角餘光看他。他的手很寬，骨節粗大，拿著刀在光滑的表面上均勻而穩定地一下一下划動。金屬低低發出有節奏的嘶嘶聲。她目光往上移，日光照映著他下巴周圍一圈細柔的金色茸毛。臉部毛髮也在基因工程學家除去的特徵之列。外界人停下手，抬眼瞥她一下，綠光一閃而過。然後他收拾好東西，他們繼續步行。

沈默中，詠歎調只能在自己的思緒裡徘徊，全都不是什麼好念頭。找到眼罩的興奮已經消散。前一天她嘗試藉觀察外面的世界分散注意力，但這一招已經不管用了。她想念佩絲莉和迦勒。她想到母親，不禁好奇「歌鳥」訊息的內容會是什麼。她擔心自己的腳會發炎。每當頭痛發作，她都設想那是某種即將致她於死的疾病最初的徵兆。

詠歎調好想恢復從前的自己。一個在各種虛擬世界裡追尋最好的音樂、喜歡用無聊領域的知識騷擾朋友的女孩。在這兒，她只是個用書本的皮革封面當鞋子的女孩，為了求生不得不跟一個不作聲的野蠻人翻山越嶺的女孩。

她作了一首歌，配合深鎖在內心的恐懼與無助。這段淒涼恐怖的旋律是她的祕密，只在她隱祕的思維裡詠唱。詠歎調討厭這首歌，而且因為現在她迫切需要它而更加恨它。她發誓一旦找到魯明娜，一定把自己這可悲的部分留在它所屬的外界。她永遠不會再唱這段悲傷的旋律。

那天晚上，外界人還沒把火生起來，但她已經撐不住，裹著藍色的毛毯躺下了。她把頭靠在他的皮袋上，發現自己對枕頭的需求已超過對骯髒的畏懼。

她從來沒經歷過這麼多的痛苦，從來沒這麼疲倦過。她希望情形就這麼單純，她只是疲倦，並沒有要向死亡工廠屈服。

他們一起旅行的第三天一早，外界人把他從岩洞帶來的最後一點食物分成兩半。他進食，照例避免看她。詠歎調搖搖頭。他粗魯、冷漠，閃爍的綠眼睛和狼一樣的牙齒帶著奇怪的獸性，但是某種奇蹟卻讓他們訂了盟約。她的運氣真是背到極點才會碰到他。

詠歎調咀嚼著一片無花果乾，同時把自己的不適列了個清單。頭痛、肌肉痛、小腹下側抽筋。她已經沒辦法看到自己的腳跟了。

「晚一點我得去打獵。」外界人用一根樹枝撥弄火堆，說道。今天早晨特別冷。他們一路往上攀，已經來到較高的地勢。他在皮背心底下穿了一件長袖衫，衣服很舊，原來應該是白色，很多地方出現綻裂鬆脫的線頭，打了好些補釘，看起來就像船難逃生者會穿的那種衣服，但她發現，在他身體完全被衣服遮蔽後，比較容易正視他。

「好。」她說，隨即皺起眉頭。單音節對話。外界人的毛病，她被傳染了。

「今天要上山了。」他眼神飛快地轉移到她腳上。「我們已經離我哥哥的轄區很遠。」

詠歎調把身上的毛毯裹得更緊。他有個哥哥？她不知道為什麼這種事很難想像，或許是因為她沒看過其他外界人，也不知道外面的土地劃分成不同的區塊。

「轄區？他是個公爵或什麼的嗎？」

他嘴角挑高，露出得意的笑容。「差不多是那樣。」

哇，真了不起，她替自己找到一個野蠻王子。*不准笑*。她警告自己。*不准笑，詠歎調*。他忽然變得很多話，以他而言，正好她也需要有人交談，或聽人說話。她不可能再煎熬一整天，只有她那首歌像個幽魂般在心裡反覆回響。

「不僅有轄區，」他說：「還有離散者流亡的開放地帶。」

「什麼是離散者？」

他被打斷有點不悅，瞇起了眼睛。「就是沒有部落保護、在外生存的人。結成小隊或單獨行動的流浪者，找尋食物、庇護所和……反正就是求生。」他頓了一下，挪一挪寬闊的肩膀。「大部落才能劃分轄區。我哥哥是血主。他統治我的部落，潮族。」

血主。好可怕的頭銜。「你跟你哥哥很親近嗎？」

他注視著手中的樹枝。「曾經親近。現在他只想殺了我。」

詠歎調愣住了。「你是說真的？」

「妳問過這問題。難道你們定居者成天開玩笑嗎？」

「不是成天。」她答道：「但我們經常這麼做。」

詠歎調等他嘲弄。她已經明白他的生活有多麼艱苦，光為了喝幾口泥濘的水，就要挖掘一整個小時。這兒確實似乎沒有多少歡笑。但外界人沒說什麼，他把樹枝扔進火裡，往前一靠，手臂撐在膝蓋上。她不知道他在火焰裡看到了什麼，是他尋找的那個男孩嗎？

詠歎調不明白外界人的男孩為什麼會被綁架。密閉城市一直小心控制人口，每種物資都需要分配，他們幹嘛要把寶貴的資源浪費在一個野蠻人的孩子身上？

外界人拾起他的弓和箭，掛在肩膀上。「翻過山頭就不准講話了，一個字都不行，懂嗎？」

「為什麼？山那頭有什麼？」

他總是亮晶晶的眼睛，映著渾濁的黎明天空，就像兩盞綠燈。「那兒有妳的故事，地鼠。所有的故事。」

一邁開腳步，詠歎調就知道，這天跟以前不一樣。

那天早晨之前，外界人一直有點漫不經心，踩著以他的體型來說極為輕快的腳步。但現在他的步伐變得穩重，充滿警覺與戒備。自從智慧眼罩被扯下以來時好時壞的頭痛，現在一發就不走了，有個尖厲的哨音在她耳畔響個不停。她的鞋在陡峭的石頭上打滑，摩擦腳上的水泡。外界人三番兩次回頭望她，但她不肯接觸他的目光。她答應要跟上他，就會跟上。況且她哪有什麼選擇？

中午時分，她的腳開始滲出噁心的血和膿的混合物。詠歎調咬緊嘴唇走出每一步，到後來，她的嘴也開始流血。

進入森林後，路比較沒那麼陡，她的腳和肌肉都可以放鬆一些。她正憶起上一次站在樹下，索倫追逐她和佩絲莉的情景，面前忽然出現一片空闊的田野。

詠歎調在外界人身旁停下腳步，朝那片灰撲撲，幾乎呈銀色，而且寸草不生的土地張望。她看不見一根樹枝或一片草葉，只有幾點掉落的餘燼發出金色的閃光，這兒那兒飄起幾縷淡淡的輕煙。她知道這是流火擊中留下的創痕。

外界人把一根手指豎在唇上，要她保持安靜。他伸手到腰間，緩緩抽出刀，示意她緊跟著他。*怎麼回事？*她很想問。*你看到了什麼？*他們在樹木之間穿梭時，她嚴禁自己說話。

才走了不到十呎，她就看到一個人匍匐在樹根上，光著腳，身上的衣服襤褸不堪。她分辨不出那是男人還是女人。皮膚太皺，也太骯髒，無從判斷。貓頭鷹似的眼睛從黃裡透白的髮束間窺探出來。最初詠歎調以為那東西在笑，隨即發現牠根本沒有嘴唇，藏不住那口東倒西歪的黃牙。若非眼睛流露的驚惶失措，牠很可能被當作一具屍體。

詠歎調看得目不轉睛。樹叢裡這隻生物抬起頭來，陽光照著牠沿著下巴流下來的涎液閃閃發光。牠一看見外界人，就發出一陣奇異而絕望的哀鳴。那不像人類的聲音，但詠歎調聽得懂。牠在乞憐。

外界人碰碰她的手臂，詠歎調跳了起來，然後明白他只是在引導她的方向。接下來一小時，她一直惴惴不安，總覺得那雙暴凸的眼睛還看著她，那淒楚的哀鳴還回響在耳際。好多個疑問在她心頭交織，她很想知道怎麼會有人落到那種地步，如此孤伶伶而受盡驚嚇，怎麼活得下去。但她保持緘默，心知一開口就會讓他們兩個都陷入危險。

有一陣子，她開始覺得自己跟外界人是這空曠世界裡僅有的人。但事實並非如此。現在她很好奇周遭還有些什麼。

午後近晚時分，他們找到另一個岩洞。洞裡很潮濕，到處是奇形怪狀、看起來像融化蠟塊的結構。這兒有硫磺的惡臭，地上散落著塑膠和骨骼的碎片。

外界人放下袋子。「我要去打獵。」他低聲道：「我會在天黑前回來。」

「我不要一個人待在這兒。那個東西是什麼？」

「我告訴過妳離散者的事。」

「不管，我不要留下。有那種離散者在，你不能把我留在這裡。」

「那東西是最不值得擔心的，何況牠在我們後面很遠的地方。」

「我會安靜。」

「不夠安靜。聽著，我們需要食物。妳在旁邊走來走去，我不可能打到獵物。」

「我剛才看到一些莓子，我們剛經過一個莓子樹叢。」

「留在這兒就好。」他說，語氣變得強硬。「讓妳的腳休息。」他從袋子裡取出一把刀交給她，刀柄朝向她。

那是一把很小的刀，不是她看他磨過的那把長刀。角質的刀柄上刻了羽毛圖案，她覺得在這麼兇險的工具上刻花樣很荒唐。「我不知道怎麼用。」

「拿著它揮舞，大聲吼叫，地鼠。盡可能大聲，做到這一點就夠了。」

岩洞裡比外面黑得快。詠歎調挪到洞口，在痛得嗡嗡作響的腦袋裡聆聽有點古怪的沈寂。這個洞位在一個斜坡上。她仔細觀察周遭的樹，運起眼力，沿著山坡尋找匍匐成一團的人影。她什麼也沒看見。有些樹掉光了葉子，變得光禿禿的。她很想知道，為什麼有些樹活得好好的，有些卻死了。是因為土壤？或流火燒毀東西時還挑對象？她看不出其中有任何道理。沒有模式可循。這兒的一切都毫無道理。

她迫切想跟人說說話，什麼人都可以，只要在這種時候別讓她一個人獨處、還要擔心樹林裡那個人就好。詠歎調聽見洞穴深處傳來窸窸窣窣的聲音，便爬到外界人的袋子那兒，找出她的智慧眼罩。雖然它沒有作用，但戴著它或許能像第一天那樣，讓她冷靜下來。而且這麼做外界人會不高興，多少也算是一種收穫。

她回到洞口，把眼罩戴上。它緊緊吸附她的皮膚，讓她眼眶繃緊得很不舒服。她閉住呼吸幾秒鐘，祈禱能看到她的螢幕、母親發來的消息，隨便什麼都好。但眼罩當然不可能自動修復。

小佩，她假裝透過眼罩通話。佩絲莉已經死了，她還是無法接受這件事，源源不絕的淚水倉皇流出。既然已經在假裝了，我就假裝妳還活著，這一切只不過是個大玩笑好了。一個惡作劇的虛擬世界。這個虛擬世界實在太可怕了，應該刪除。我在一個山洞裡，佩絲莉。我在外界。妳一定會討厭這地方。我已經開始討厭它了。她用袖子抹一把眼淚。這是我待過的第二個山洞。這兒臭得好像爛掉的蛋，還有怪聲，奇怪的拖拉聲，好像在拖拉什麼東西？不過我待過的第一個山洞沒這麼糟。它比較小，也比較溫暖。妳能相信，我已經有個比較喜歡的山洞了嗎？佩絲莉……我現在的情況不太好。

哭泣令她頭痛得好像從眼睛後面刺穿過來，而且她知道，她就是知道，洞裡有個像樹一樣的怪物，正拖著腳步向她接近。她想像中，那東西有巨大的眼睛，滿布節瘤的嘴巴裡長了一大堆歪七扭八的牙齒，淌著亮晶晶的口水。

詠歎調拿起小刀就往外衝。

寂靜。她嗅嗅空氣，四下張望。沒有樹精，除了樹木什麼也沒有。那充滿威脅的山洞矗立在她身後。她不要回去。

她小心翼翼走下山坡，強烈意識到手裡拿著一把刀。她輕易就找到那叢莓子，露出得意的笑容，盡可能把身上的口袋都塞滿莓子，然後又利用上衣的下襬做了個碗兜。

她想像著那個外界人看到這些莓子會怎麼說。一定只有一個字，不用懷疑。但他會明白，她能做的事不僅是留守而已。詠歎調匆匆爬回山坡，決心盡可能掌握狀況。她已經做夠了沒有用的人。

她充其量只有離開半小時吧，她猜，但暮色降臨得非常迅速。她先嗅到煙味，然後才看到前方深藍色的天空，烘托出一根白色的柱子。外界人已經回來了。她差點要高聲喊他，向他吹噓她採來多少莓子。但她決定出其不意，嚇他一跳。

走到離洞口只有幾步遠，詠歎調忽然靜止。煙霧像洶湧的瀑布般從寬闊的洞口上方噴出來，洞裡傳出好幾個男人的說話聲，她一個也不認識。她盡可能靜悄悄地往後退，心跳聲像打雷一般，耳朵也嗡嗡鳴響，她不知道自己發出了多少噪音。但三個人影出現在洞口，讓她知道情況不妙。

藉著黯淡的天光，她看到最高的那個男人披著一件黑斗篷，兜帽下面戴著一個有突出很長的鴉嘴形鳥喙的面具，手中拿一根白色木杖，杖的頂端纏著一些垂下來的繩索和羽毛。他在洞口站定，另外兩個男人向她走來。

「老鼠……那是個定居者嗎？」其中一個人說。

「沒錯。」另一個人答道。他身材矮小、禿頭，特大號的尖鼻子顯然是他得到這名字的主因。「妳離家很遠了喔，不是嗎，姑娘？」

鈴聲響叮噹。詠歎調的目光飛快轉到老鼠腰間，他腰帶上繫了幾個銅鈴，在暮色裡閃閃發光。他每走一步，鈴鐺都會響。

「站住。」她想起自己有把刀，正想舉刀，卻發現刀已舉在胸前。詠歎調把刀舉高一點。「不要再過來。」

老鼠咧嘴一笑，露出一口好像刻意磨尖過的利齒。「別緊張，小姑娘。我們不會傷害妳的，會嗎，崔普？」

「不會，我們不會傷害妳。」崔普道。他眼睛周圍有刺青，圖案繁複得像繡花，就像她在假面舞會虛擬世界可能會看到的面具。「從來沒想到，竟然能親眼看到一隻地鼠。」

「而且是活的。」老鼠道：「妳跑到這兒來做什麼，姑娘？」

詠歎調把目光轉到那個烏鴉人身上，因為他正邁開腳步，悄無聲息地走過來。雖然她很害怕老鼠和崔普，但烏鴉人更讓她望而生畏。他走過來時，老鼠和崔普都靜止不動。

烏鴉人站著時，身高遠超過六呎，必須低下頭才能正視她。他的面具很嚇人，鴉喙是一個尖銳的大彎鉤，是把皮革繃緊、包覆在框架上做成的。光滑的部分保持皮革原色，但皺褶卻染成髒兮兮如黑墨的顏色。透過面具的眼孔，她看見他的眼睛，是藍色的，像玻璃一樣透明。

「妳叫什麼名字？」他問。

「詠歎調。」她之所以回答是因為沒有辦法不回答。

「妳要去哪裡，詠歎調？」

「回家。」

「當然。」烏鴉人歪一下頭。「抱歉，這一定把妳嚇壞了。」他脫下面具，讓它只靠一根皮繩掛在他脖子上，然後把它撩到背後。他比她意想中更年輕，只比她大上幾歲，有一頭黑髮和清澈的藍眼睛。她發現，只要能看見他的臉，她就鎮定多了。

他微笑道：「這麼做有幫助，不是嗎？我的族人用儀式迎接夜晚，我們會用面具嚇走黑暗的精靈。我的朋友還沒有入門，否則他們也會戴面具。我名叫哈里斯，很高興認識妳，詠歎調。」

他的聲音是種優美、低沈而略帶沙啞的男中音。他提示地瞪了崔普和老鼠一眼。

「是啊，很高興認識妳。」他們道，點頭為禮，又響起一陣鈴聲。

「鈴鐺也是我們儀式的一部分。」哈里斯隨著她的眼光望過去說。

「古老的文化使用鈴鐺。」她道，同時痛恨自己知道些蠢事，又不能在緊張的時候少說幾句。

「我聽說西藏人用過。」

「是啊，他們用過。」詠歎調無法相信他竟然知道這種事。一個不僅會掘洞和生火的野蠻人，她心頭燃起一絲希望的火苗。「他們相信鈴聲代表空的智慧。」

「我認識幾個腦袋空空的人，但我並不認為他們有智慧。」哈里斯微笑道，眼光飄到崔普身上。「我們只認為鈴聲是種輕快美好的聲音。妳一個人嗎，詠歎調？」

「不，我跟一個外界人一起。」

天更黑了，但藉著流火的微光，她看見他眉毛糾結在一塊。

「我是指你們中的一個。」她想到他們不會以外界人自居，連忙解釋道。

「哦……這樣很好。這兒很危險。我相信妳的同伴一定告訴過妳。」

「是啊，他說過。」

崔普冷哼一聲。「我聽見妳偷偷靠近時，差點尿濕褲子。」

老鼠掀起大鼻子，朝空中嗅嗅。他推一把崔普的肩膀說：「差點而已嗎？」

哈里斯帶著歉意微笑道：「我們有足夠的食物可以分享，火也生好了。妳和妳的同伴何不今晚加入我們？如果你們受得了這兩個傢伙的話。」

「我想不必了，但還是謝謝你。」她發現自己的手指關節因為把刀握得太緊而開始抽痛。她拿著刀做什麼？她放下刀。雖然哈里斯戴著面具的時候很嚇人，但他現在似乎很友善，比她的外界人友善多了，到現在她還不知道他的名字。而且哈里斯會跟人聊天。

「嗯，」她考慮著，說道：「我知道他會怎麼說。」

「我說不必。」

他們都立刻轉身，找尋從上坡方向傳來的聲音。那是她的外界人，昏暗的暮色中幾乎看不見他的人影。

詠歎調正想叫他，便聽見一個像是濕毛巾拍打的聲音，緊接著是一陣鈴聲。老鼠一個踉蹌，仰天倒下。起碼一開始詠歎調是這麼以為，直到她看見一根木棍——不對，是一支箭——插在他咽喉上。

她不假思索，轉身便逃。崔普抓住她的手臂不放，扳開她的手指奪刀，然後把她的手臂擰到背後，拿刀架在她脖子上。詠歎調肩頭劇痛，發出一聲驚呼。他身上的惡臭令她胃部一陣抽搐作嘔。

「放下弓箭，否則我殺了她。」崔普的聲音在她耳邊爆響。

現在她看見他了。外界人來到近處，他站在洞口旁邊，擺好架式，彎弓搭箭，過去幾天來，他一直攜帶著這件武器，她卻忘了它的存在。他脫掉了白上衣，皮膚跟黝暗的森林融成一片。

「照他的話做！」詠歎調喊道。他在幹什麼？太黑了。他會射中她而不是崔普。

她看到左方有動靜。哈里斯攀上山坡，朝外界人的方向接近。他手裡拿的不是那根木杖，而是一柄長刀，映著流火發光。他以堅定的腳步步步逼近。外界人像座雕像般靜止，要不是沒看見哈里斯，就是根本不在乎他。

崔普慌亂的聲音在她耳旁噴出一股熱氣。「放下弓箭！」他咆哮道。

這次她還是什麼都沒看見，但她知道他發射了另一支箭。詠歎調聽見啪的一聲，然後有股力量將她往後推。她被崔普絆了一下，身不由己地倒向下坡方向。倒地時，她的膝蓋撞上一個尖銳的東西。她無視腿上劇痛，立刻跳起來。

崔普倒在她腳邊抽搐，一支箭插進他左胸。她望向上坡，恐懼像一聲不斷在耳中回響的尖叫。她曾經在虛擬世界裡看過別人摔角與鬥劍，自以為對真正的決鬥多少有點概念。反正無非就是進攻與格擋，步法與防守。現在她才知道，這種想法真是大錯特錯。

哈里斯與外界人的動作快到只見幾道影子閃動，他倆一個上身赤裸，一個身穿黑衣。她只看得見刀光和扭曲的烏鴉面具。她很想逃跑，一點也不想看這一幕，卻動彈不得。

總共只花了一秒鐘，感覺卻像是很久。他們的速度慢下來，分開。披斗篷的哈里斯倒地，成為黑漆漆的一團。裸身的外界人站在他上方。

然後她看見一個東西滾下山坡。好像有人把它像保齡球一樣，向她扔過來。它碰到一個土堆，白色的面具掉落，於是她看到藍眼睛、鼻子、白牙齒、黑頭髮，在滾過的泥土上留下紅色的痕跡。

16 游隼

「不，不，不。」詠歎調搖頭，瞪大滿是恐懼的眼睛。「剛剛發生了什麼事？」

阿游踩著鬆動的碎石滑下來，疾步奔向她身邊。「妳受傷了嗎？」

她往後一跳。「不要靠近我！不要碰我！」她抱住肚子。「剛剛發生了什麼事？你做了什麼？」

清冷的夜空裡，阿游聞到的每一種氣味都明明白白指向一件事。鮮血與煙霧。她的恐懼像火，還有些別的，一種辛辣苦澀的味道。他邊呼吸邊張望，終於找到來源。她衣服的前襟上留下一塊塊深色的漬印。

「那是什麼？」他問。

她猛然扭過頭，好像以為會看到什麼人。阿游一把抓住她的襯衫，她則一拳往他下巴打來。

「別動！」他抓住她手腕，拉起襯衫，深深吸了口氣。他簡直無法相信。「妳就為了這個離開？妳去摘那種莓子？」

然後他才看到她又把眼罩戴起來了，那幾個人很可能會把眼罩拿走，這樣他要怎麼救鷹爪回來？她掙脫了他的掌握。

「你濫殺無辜。」她說，嘴唇不停抖索。「看你幹的好事。」

阿游用拳頭壓住嘴唇，昂首闊步走開，繼續待在她身旁，他不知道自己會採取什麼行動。他離開她不久，就聞到烏鴉族的氣味。阿游知道他們要到洞裡棲身，於是他改走另一條路，一路奔跑，為的是搶在他們之前趕到，卻發現洞裡空無人跡。他找到她的足跡，跟過去時，已經遲了一步。她又把他帶回山洞去。

阿游突然轉過身來：「愚蠢的定居者。我叫妳留在這裡！妳卻離開去摘什麼毒莓子。」

她猛搖頭，驚愕的眼神從烏鴉族的屍體轉到他身上。「你怎麼可以？他們本來要把食物分給我們……你卻殺死他們。」

剛結束惡鬥的阿游，全身開始顫抖。她一點也不知道他從那幾個男人身上聞到些什麼。他們想吃她的肉，慾望強烈到幾乎灼傷他的鼻孔。「笨蛋。妳會成為他們的食物。」

「不……不對……他們什麼也沒做。你先用箭射他們……是你起的頭。你比故事裡講的更壞，野蠻人，你是個惡魔。」

他不能相信會聽到這種話。「這是我第三次救妳命了，妳卻這麼說我。」他必須離她遠一點。他在黑暗中豎起一根手指，指向東方。「箭山就在那座山後面，往那個方向走三小時，我們看看妳一個人是否辦得到，地鼠。」

他轉過身，邁開腳步向前跑，迅速鑽進森林。他用力把憤怒踏進泥土裡，但跑了幾哩，便把腳步放慢了。他很想離開她，卻不能這麼做。眼罩在她那兒。她是一隻生活在虛幻世界裡的地鼠，她怎麼知道如何在這種地方求生？

他繞回去，找到了她，保持足夠的距離，不讓她看見他。她手中拿著鷹爪的小刀。阿游咒罵自己，他怎麼忘了這件事呢？他觀察著她以出乎意料的沈默與謹慎通過森林。過了一會兒，他發現她也盡可能設法走直線。他本來想看她驚惶失措，但她沒有，這讓他更意外。接下來只有一小段路要走，他保持領先，跑完這段路。

他到達黑鰭族的村落時，天還是黑的。阿游一邊讓自己緩口氣，一邊打量眼前令人震驚的場面。這村子跟他一年前看到的那個貧困屯墾地截然不同，如今它已全毀，廢棄了。所有的氣味都淡薄而遙遠，箭山腳下只剩一個洗劫一空的殘骸。

流火風暴和烈火夷平了所有房舍，只剩一棟，但反正他也只需要一棟。房子沒有門，屋頂也不完整。他把袋子放在門口，好讓她知道到哪兒找他，然後便走進室內，往破舊的草墊上一倒。破屋頂的橫梁像肋骨般排列在上方。

阿游把手臂擱在眼睛上。

他太早離開她了嗎？

她迷路了嗎？

她在哪裡？

終於他聽見隱約的腳步聲。他朝門口望去，正好看見她把頭枕在他的袋子上，然後就閉上眼睛睡著了。

第二天早晨，他悄悄走到外面。陰霾天空的朦朧光線下，她穿著迷彩服的嬌小身軀蜷縮在牆根。詠歎調的黑髮垂落在臉上，但他還是看到她已卸下了眼罩。她把它捏在手心裡，好像當它是一塊她收集來的石頭。然後他看見她的光腳，很髒，被血沾濕了，傷口綻裂，血肉模糊，皮膚翻捲開來，有些整片刮掉了。那本書的封面想必在他離開她以後就報銷了。

他做了什麼？

她動了一下，從睫毛底下窺視他，然後靠著屋子坐起身。阿游變換一下重心，不知該說什麼。他沒有考慮太久，便覺得她的情緒來襲，讓他突然緊張起來。

「詠歎調，出了什麼事？」

她站起身，動作很慢，毫無鬥志。「我要死了。我在流血。」

阿游的目光往下移動。

「問題不在我的腳。」

「妳吃了那種莓子嗎？」

「沒有。」她把手伸過來。「這個還是給你，或許能幫你找到你要找的那個男孩。」

阿游閉上眼睛，吸一口氣。她的味道改變了，令人作嘔的定居者氣味幾乎完全消失了。她的皮膚散發出一種新的味道，微弱，但他絕對不會認錯。從他見到她以來，她的肉體第一次聞起來像某種他認識的東西，女性而甜美。

他嗅到紫羅蘭的香味。

他退後一步，想通了這是怎麼回事，不由得暗中咒罵一聲。「妳不會死……妳真的不知道是怎麼回事嗎？」

「我已經什麼都不知道了。」

阿游低頭看著地面，又吸了一口氣，他有十足的把握。

「詠歎調……妳的初經來了。」

17 詠歎調

自從被逐出夢幻城，她逃過了流火風暴，被野蠻人拿刀抵住脖子，還目睹血淋淋的殺人場面。

但現在的情況更惡劣。

詠歎調已不認得自己。她覺得好像在虛擬世界裡安裝上一個假身體，卻再也脫不下來。

她的思路天旋地轉。她在流血，像隻野獸。定居者沒有月經，製造後代須經過基因設計，然後會有特殊的賀爾蒙療程和植入程序。生殖受到嚴格控管，只在必要時才進行。想到自己隨便就能懷孕，真令人不寒而慄。

或許是外面的空氣改變了她。或許她失控了、壞了。她要怎麼跟母親解釋這件事？要是她修不好，再遇到這種事怎麼辦，天啊，每個月？

她已準備好面對死亡，到了外界遲早會送命，這是被扔進死亡工廠必然的結果。但不論她從哪個角度看，月經都野蠻到了極點。她躺在骯髒的墊子上，覺得自己跟那墊子也沒什麼差別。骯髒。她閉上眼睛，希望能把可怕的外在世界關在外面。她想像自己正躺在最喜歡的沙灘虛擬世界裡，在潔白的沙子上聽輕柔的海浪拍擊，逐漸鬆弛下來。

詠歎調再次嘗試重新啟動智慧眼罩。

它的功能完整無缺。

所有圖像都回來了，都在該在的位置。詠歎調掐著自己脖子的圖示滑到螢幕中央，閃爍一則提示。

唱歌的星期天，上午十一點。

她點選它，立刻登入。歌劇院的大幅紅布幔在她面前波動。詠歎調伸出手，觸及厚重的絲絨。她從沒見過它這樣擺動，像綿綿不絕的海浪。她走上前，沿著搖晃的絨布找尋中央的裂縫。她覺得布幕環繞著她不斷變幻，她繞了一圈，卻找不到出路。她慌了，張開手臂，但手一碰到絨布，它就變得像碎石般粗糙。

魯明娜！詠歎調喊道，卻發不出聲音。媽！她再嘗試一次。她的聲音到哪裡去了？她緊緊抓住布幔，用全身力量拉扯。它震了一下，開始旋轉，繞著她轉，形成一個漏斗，把她的頭髮吹拂在她的眼睛上，每一秒鐘都在縮小。她絕不能讓自己被它吞噬。詠歎調數到三，縱身一躍，跳進了那個漩渦。

她立刻出現在舞台正中央。魯明娜坐在第一排她固定的位子上。為什麼她顯得那麼遙遠，好像在一哩之外？這是什麼樣的虛擬世界？

媽？詠歎調還是聽不見自己的聲音。媽！

「我就知道妳會來。」魯明娜說，但她的笑容很快就消失了。「詠歎調，又在開玩笑？」

玩笑？詠歎調低頭看去。她穿一身迷彩軍服。這兒，在一個正式的歌劇院裡。不是的，媽！她想告訴魯明娜發生了什麼事。關於索倫和黑斯執政官，遭到放逐，跟一個野蠻人在一起。但所有的字句都出不來，挫折的淚水使她視線模糊。她低下頭，不想讓母親看見，卻發現手裡拿著一本小書。一本歌劇劇本，一整齣歌劇的歌詞，她不知道自己什麼時候從哪兒拿到它的。褪色的羊皮紙上有墨水畫的花朵，交纏在一起，形成三個字。

詠歎調

她滿懷恐懼。這是她的故事嗎？她翻開那本書，立刻認出裡面的圖案——一組雙螺旋在紙上迴轉。

「那是一件禮物，詠歎調。」魯明娜微笑道。「妳不打算唱歌嗎，歌鳥？這次不要唱食人族的糖果，拜託。雖然也滿有趣的。」

詠歎調好想尖叫。她必須告訴母親她很抱歉曾經生她的氣，她要問清楚她在哪裡？她究竟在哪裡？詠歎調嘗試了一遍又一遍，卻怎麼也發不出聲音。她甚至聽不見自己的呼吸。

「我明白了。」魯明娜說。她站起身，撫平量身定做的黑洋裝。「我本來希望妳會改變心意。等妳準備好的時候，我會在這裡。」語畢她就消失了。

詠歎調對著金碧輝煌的大廳眨眨眼。「媽？」她的聲音把自己嚇了一跳。「媽！」她喊，但已經太遲了。很長一段時間，她站在舞台上，感覺這大廳多麼遼闊，多麼空曠，心中的悲傷不斷累積，好像她即將爆炸。她不知道自己什麼時候開始尖叫，也不知道該如何停止。她發出的聲音越來越響亮，好像永遠不會結束。先是巨大的水晶吊燈開始搖晃，接著輪到鍍金的柱子和包廂的座位。最後牆壁和座椅一起碎裂，金漆、灰泥、猩紅絲絨，滿天飛撒。

詠歎調翻身坐起，氣喘吁吁，緊緊扣住身下破爛的床墊。智慧眼罩躺在她手掌心，浸潤著噩夢帶來的冷汗。

沒多久，外界人大步走進屋子。他狐疑地窺看她，把一大塊肉遞給她，又出去了。詠歎調吃著，麻痺到沒有能力理解剛發生了什麼事。她做了一個夢。現在她對自己的身體和思維都感到陌生。

她聽見外界人在外面的瓦礫裡走來走去。她聽見石塊砰然落到泥土上，或碰撞到其他石塊發出脆響。過了好幾個小時，他用藍毛毯打了一個包袱走進來。

他把包袱放下，默不作聲攤開，展示一堆七拼八湊的東西。一枚戒指在毛毯上滾了幾圈才停下來。他將它一把撈起，扔進袋子前，她看到那是顆藍色寶石嵌在很粗的金環上。他坐在腳跟上，清一下喉嚨。

「我幫妳找到一些東西⋯⋯一件外套。這是狼皮做的。我們往山上走，一路會越來越冷，它可以保暖。」他看她一眼，又轉眼望著那堆東西。「這雙靴子狀況還不錯。稍微大了一點，但應該可以穿。這些布是乾淨的，煮過了。」他唇上飄過一抹淡淡的笑容，雖然眼睛仍看著地面。「可以用來⋯⋯隨妳怎麼用。還有些其他東西。我能找到的都拿來了。」

她看著那堆七七八八的東西，心情像膠水把喉嚨黏得緊緊的。一件破舊的皮外套，破了好幾個手指都伸得過去的洞，但襯裡是很厚的銀色毛皮。一頂黑色的編織毛帽，毛線裡穿插了幾根羽毛。一條有釦環的皮帶，看起來像是馬鞍的附件，可以充當比她目前纏在腰上的紗布更好的腰帶。他花了好幾個小時找到這些東西，把它們一一挖掘出來，就像他找到水和薊根一樣。就像外界大部分物資都是這麼來的。

「妳說過，我的標記⋯⋯我的刺青，」他繼續道：「妳猜的方向沒錯。」他抬起頭，迎上她的目光。「我叫游隼。就像獵鷹。大家都叫我阿游。」

他有名字。游隼。阿游。需要考慮的新情報。它適合他嗎？它有意義嗎？但詠歎調發現自己竟然沒辦法面對他。還要一個野蠻人告訴她，她來月經了。她咬緊已經破皮的嘴唇內側，嘗到血的滋味。她淚眼模糊。她從來不把血當一回事，現在她卻擺脫不了這玩意兒。

「你為什麼這麼做？」她問：「找這麼多東西來給我？」憐憫，一定是出於憐憫，他去收集了這些東西，還告訴她他叫什麼名字。

「妳需要。」他用手搓搓後腦杓，然後坐下來，把一雙長手臂靠在膝蓋上，手指交織在一起。「今天早晨妳以為自己快死了，但還是把眼罩拿來給我，妳是出於自己的意願把它交給我的。」

詠歎調撿起一塊石頭。她已經習慣看到石頭就把它們排成一列，依照顏色、大小、形狀分出次序。把她剛開始時很欣賞的混亂，整理出某種秩序。但現在她看著手中雜亂無章的石頭，卻想不通自己為什麼會浪費精力，把這麼一堆醜東西裝進口袋裡。

她不知道自己把眼罩送回來的舉動算不算高貴。但她之所以這麼做，或許是因為她知道，他對付食人族的手段沒有錯。她確實欠他救命的恩情，一共三次。

「謝謝你。」她希望自己的聲調比乍聽起來更多一點感激的意味。她知道自己需要那些東西，也需要他的幫助，可是她真的不願意有這種需求。

他點點頭，接受她道謝。

他們沈默下來。流火的光射進破屋，掃清了陰影。雖然她很疲倦，但全身每一種感官都強烈體會到冷風吹在臉上的寒意，還有托在掌心裡的石頭重量，以及他帶進來的灰塵氣息。詠歎調聽見自己的呼吸聲，察覺到他的專注背後那股沈靜的力量。她完全意識到自己身在何處，在這兒跟他一起，跟她自己一起。

她從不曾有過這樣的感覺。

「我的族人會慶祝第一次月經來潮。」過了一會兒，他說道，聲音溫柔而低沈。「部落裡的婦女會準備一場盛宴。她們送禮物給那個女孩——女人。當天晚上，她們會陪伴她，所有的女人在同一棟房子裡。還有……我不知道之後發生什麼事。我姊姊說，她們會講故事，但我不知道是些什麼樣的故事。我猜她們會解釋月經的意義……關於妳會經歷的改變。」

詠歎調臉蛋發熱。她不想改變，她想保持原狀回家。「會有什麼意義？從任何角度看，似乎都是一件可怕的事。」

「現在妳可以生小孩了。」

「那太原始了！我來的地方把小孩看得很特別。很慎重地創造出來，每一個，不是胡亂做實驗，每一個人都是深思熟慮後的產物。你根本不懂。」

太遲了。她想起他試圖解救一個小男孩；替她做鞋子；殺死三個人；救她的命。這個外界人做這些事都是為了那個男孩，顯然這兒對小孩也是同樣的重視，但話一說出口就收不回來了。

她不確定自己為什麼在意。他是個兇手，滿身都是暴力的符號。她對一個兇手冷酷，有什麼大不了？

「你以前也殺過人，是嗎？」她已經知道答案。儘管如此，她還是想聽他親口告訴她沒有。對她說些話，讓她不至於每次想起他怎麼對付那三個人，就覺得惴惴不安。

他沒回答。他永遠不回答問題，這讓她感到厭煩，他那雙保持警覺的沈默眼睛也讓她作嘔。「你殺死過多少人？十個？二十個？你會記錄數字嗎？」詠歎調提高嗓門，發洩心中的毒素。他起身向門外走去，但她不停口。她停不下來。

「如果你做記錄，別把索倫加進去。你並沒有殺死他，但我知道你嘗試過。你打碎了他的下巴，碎了。但也許禍頭子、應聲蟲和佩絲莉可以算在你名下。」

他咬緊牙關道：「妳知不知道，如果那天晚上我不在，會發生什麼事？還有昨天？」

她知道。要不然她就完了。她強自壓抑的恐懼，懼怕那些表面上好像很友善、卻會吃人肉的人。那可怕的幾小時，她一個人奔跑，尋覓箭山蹤影，生怕在黑暗中走錯方向。她不顧一切對他冷嘲熱諷，但她知道這股憤怒真正的原因何在。她再也不相信自己的判斷了。在這種地方她懂些什麼？連莓子都可以毒死她。

「又怎樣？」她咆哮道，翻身站起。「就算你救了我的命又怎樣？你離開了！你真以為那麼做，你就能變成一個好人？殺死三個人去救一個人？還去找這些東西來給我？說三道四，好像這現象發生在我身上是種光榮似的？一點也不光榮！它根本不應該來的，我又不是動物。」她哽咽得說不下去。「我沒有忘記你怎麼對待那些人。我不會忘記的。」

他諷刺地冷笑。「如果這樣妳會好過一點，我也不會忘記。」

「你有良心嗎？還真感人。是我的錯，我誤會你了。」

他在一轉眼的瞬間衝過來。詠歎調情不自禁抬起頭，正好面對那雙憤怒的綠眼睛。「妳對我一無所知。」

她知道他的手已經搭在臀側的刀上。詠歎調的心跳得好兇猛，她聽見它在耳朵裡咚咚響。

「要殺我你早就動手了。你不傷害女人的。」

「妳弄錯了，地鼠。我殺過女人。妳再繼續說，就會成為第二個。」

她唇間迸出壓抑的哭聲。他說的是真話。

他轉身背對她，站了一會兒。「烏鴉族會報復。」他道：「妳要來的話，我們得出發了。趁夜走。」

他離開後，她站著喘息了一會兒，思考剛剛發生的事。她說了哪些話，他又承認了哪些事。她不願意去想食人族會用什麼手段報復，或外界人如何奪走女人的生命。

詠歎調低頭看著那條藍色毛毯。她盯著看，呼吸逐漸緩和，尖叫和哭泣的衝動也消退了。靴子。起碼現在她有靴子了。

18 游隼

雖然在黑夜裡趕路，但他們速度很快。非如此不可。三個烏鴉族遇害，必然會讓他們的族人發起報復大搜索。烏鴉族中一定有個能鎖定阿游氣味的靈嗅者，他們一定會披上黑斗篷、戴上面具來追捕他，所差只是時間早晚而已。

阿游犯了烏鴉族最最不能容忍的大忌。他們認為吃人肉可以把死者的靈魂吸收到體內，把那三個人扔在那兒，任令食腐屍的動物鯨吞蠶食，他不僅是殺人，也被認為謀害了永恆的靈魂。烏鴉族在找到他之前，絕不會停止復仇的追尋。他應該燒掉那幾具屍體或埋葬他們，採取任一種行動都可以為他爭取到更多時間。他看一眼走到十步外的詠歎調。有好幾件事他都該用不同方式處理的。

她跟他對望了一眼，把眼光轉開。野獸，她這麼稱呼他。惡魔。她的情緒讓他知道，她對他的看法現在也仍然一樣。從前他聽到這種話會氣瘋，還聞得到她對他所作所為的反應。那都是他非做不可的事，而且是為了她。他不需要別人來告訴他他是什麼東西。他知道，從出生那天開始，他就知道自己是什麼。

登山途中，空氣變得寒冷刺骨。隨著松林越來越茂密，阿游發現自己的感官能力削弱了。他滿鼻子洋溢著松樹的氣味，掩蓋了比較微弱的味道，嗅覺涵蓋的範圍也大幅縮小。他知道自己可以適應，只是得花點時間，但能力無法充分發揮，還是令他擔心。現在他們已深入三不管地帶，他的兩種感官都必須處於最佳狀態，才能避開烏鴉族和藏身在這片樹林裡的其他離散者。

阿游一整個上午都在調適變化，同時找尋獵物的足跡。昨天他跟詠歎調分享了一隻他打到的瘦巴巴小兔子，還有一些掘出來的根莖，但他的肚子還在抱怨。他已經不記得上次把肚皮裝滿是什麼時候的事了。

他全副心思都想著鷹爪。他的姪子現在在做什麼？他的腿會不舒服嗎？他會不會因為發生了這一切而恨阿游？他知道自己在迴避更難面對的問題，有些事就連想到都嫌痛苦。說不定鷹爪沒能活下來，這念頭會讓他永遠與世隔絕。如果發生這種事，那其他一切都不重要了。

中午他們休息了一下。詠歎調靠在一棵樹上，她看起來很疲倦，眼睛下面的皮膚呈淺紫色。即使在疲倦的時候，她的臉還是很吸引人，纖巧，精緻，美麗。阿游搖搖頭，對自己的想法感到訝異。

下午，他們停下來喝水，一條曲折的小溪懶洋洋地穿過一座峽谷。阿游洗了臉和手，然後喝了幾大口冰冷的水。詠歎調一屁股坐在溪邊就沒再動過。

「妳的腳還痛嗎？」

她轉眼看著他。「我餓了。」

他點點頭，他也餓了。「我去找點吃的。」

「我不要你的食物，我不要再拿你任何東西。」

字句帶著恨意，但她委靡而陰鬱的情緒吐露的是更深的絕望。阿游對著她看了一會兒。他明白，起碼這件事與他無關，他也不願意每次肚子空了都要求人才有得吃。

他們繼續前行，沿著小溪往山裡走。這一段是下坡路，草木靠融雪維持青翠，山勢太陡峭，不適合農耕，但打獵的機會比他的老家好。他搜尋動物的氣味，希望能找到狼群之外的味道。再過幾小時，天就要黑了，他知道他們很快就必須休息，以及進食。就在他對滿鼻子松樹味感到沮喪的當兒，忽然聞到一股令他滿口生津的甜香。

「休息一下。」他跑了幾步。「我馬上回來。」

詠歎調立刻坐下，聳聳肩膀。他等著，預期她會說些什麼。他想聽她說話，但她一言不發。

沒多久他就回來了，跪在她面前滿布碎石的溪岸上。松樹高高矗立在他們上方，天色已經很暗，雖然夜晚還要一個多小時才會降臨。小溪在他身後潺潺作響。她瞇起眼睛，看著他手中有許多葉片的樹枝，點綴著暗紅色的莓子。

「你在幹什麼？」

「教妳怎麼自己找食物。」他說，低頭看著樹枝，不知道她會不會笑他，然後罵他野蠻人。「妳很快就能學會根據植物生長的地方以及葉片的形狀，辨認什麼東西可以吃。在那之前，可以先壓碎一小粒果實，聞聞它的味道。」

他偷看她一眼。她坐起身，顯得比較專注。他鬆了一口氣，摘下一顆莓子交給她。「如果聞起來有堅果味，又有苦味，千萬別吃。」

詠歎調把它捏開，低頭嗅了嗅。「沒有那兩種味道。」

「很好，說對了。」發現這些黑莓，算他們走運，它生長在一片荊棘叢裡，又香又甜，熟透了，阿游清楚地聞到。這麼近的距離，他也聞到詠歎調的味道。紫羅蘭，一種他永遠聞不夠的味道。然後還有她的情緒，清晰而強烈。它今天第一次不再洋溢憤怒和厭惡，她散發出來的香調鮮明而活潑，像薄荷。

「其次要看顏色。如果莓子是白色的，或裡面是白色的，扔掉比較安全。」

她檢查那顆莓子。他看得出她的心思在運作，記憶這些訊息。「看起來像是透明的果汁。」

「是的。到目前為止，看起來都不錯。接著妳要把它搓在妳的皮膚上，越柔嫩的部位越好。」他想握她的手，但又想起她不喜歡別人碰。「手臂內側，就在這兒。」他用自己的手臂示範給她看。

她拿莓子在手腕內側摩擦一下，皮膚上留下一道紅色的汁液。阿游皺起眉頭，因為他的心臟忽然突突亂跳，然後他又強迫自己鬆開眉頭。

「然後，妳該等一下。如果沒有起紅疹，就可以放一點在嘴唇上。」

他注視著她把莓子貼在下唇上。即使她已經完成了這個動作，他還是一直盯著她的嘴唇。他知道自己該往別處看，偏偏就是做不到。「對了，很好。如果沒有刺痛感，妳可以把它放在舌頭上。」

阿游還沒把話說完就猛然站起身，害自己差點跌倒。他用手摸摸頭，有點不好意思的感覺，很想哈哈大笑、奔跑或做點什麼別的。他撿起一塊石頭，扔進小溪，試圖把她品嘗莓子的畫面逐出腦海。盡量不要再把她的氣味吸進鼻子裡，雖然他巴不得能這麼做。

「就這樣？」她問道。

「什麼？還沒完。」他滿腦子只想到流火風暴那天晚上她的模樣。她裸露的皮膚和曲線，緊靠在他身旁。「妳先吃少量，等幾個小時，看有什麼反應。現在妳知道怎麼找莓子了。我們要開跑了。」

他交叉雙臂站在那兒，不確定該怎麼辦。他知道自己看她的方式很奇怪，感覺也很奇怪，真的非常奇怪。在此之前，他從來沒把她當作一個女孩，他只當她是地鼠。但現在他眼裡，她所有的女孩特質都顯現出來了。

詠歎調也用同樣的怪表情回看他——眉毛鎖在一起，嘴巴歪向一側，錯綜複雜而壓抑的表情——模仿他。

阿游笑了起來，陣陣笑意掀動他的肩膀。上次別人逗他笑是什麼時候的事？答案很容易就出現，是他跟鷹爪在一起的時候。

「所以這可以吃？」她把那顆莓子舉起來問道。

「是啊，可以。」

她把莓子扔進嘴裡，一口吞下，然後微笑著把樹枝送到他面前。

「妳吃吧。」他說，自顧自地把弓弦綁緊一點。

她吃完，抬起頭來，微笑道：「如果每次找到莓子，我就來問你可不可以吃，似乎還簡單一點，比搓呀嘗呀什麼的快得多。」

「當然。」他說，自覺像個傻瓜。「那樣也行得通。」

19 詠歎調

他們決定輪流睡覺，就在溪旁過夜。她輪到先睡，但躺下以後，卻無法閉上眼睛。夢境令人不安，她還沒有做另一場夢的心理準備。所以她坐在那兒，雖然穿著厚外套，裹著藍毛毯，卻還在簌簌發抖。流火化為一層層薄片移動，遲緩而單薄，看起來跟雲差不多。強勁的風吹得松針窸窣作響，吹得樹枝在她周圍擺動。這一帶有人住在樹幹裡，還有裝扮成烏鴉的食人族。

昨天她兩者都看見了。

「馬龍的地方有多遠？」她問。

「大概三天。」阿游道。他把雕有羽毛的小刀拿在手中，心不在焉地耍著玩。轉個圈，接住握柄，再轉，再接。

游隼，或阿游？她不知道該怎麼稱呼他。用書的封面做鞋給她，教她如何找莓子吃的阿游。身上有刺青，綠眼睛閃閃發光的游隼。他轉著刀，一點都不擔心割傷自己，還會用箭射穿別人的脖子。她看過他割人頭。但話說回來，那是個打她主意的食人族。詠歎調嘆口氣，她的呼吸在寒冷的夜空裡凝成淡淡的霧。她再也不能確定自己對他的想法。

「我們來得及趕到嗎？」她問。

他撇一下嘴唇，好像早已預料到有此一問。「就我所知，烏鴉族還沒有接近。」

這不是她想要的答案，但畢竟還算是一個好消息。「他是怎樣的人──馬龍？」

「朋友，商人，統治者。什麼都有一點。」他望向她顫抖的肩膀。「不能生火。」

「因為煙霧會被人看見？」

他點點頭。「或聞到。」

她看著他不停歇的手。「你都不會坐著不動，是嗎？」

他把刀插進靴子上的一個皮環裡。「不動會讓我疲倦。」

這種論調不合常理，但她不敢追問，以免破壞目前並不牢靠的停戰狀態。

他交叉手臂，又把手臂放開。「妳覺得怎麼樣？」

一種刺痛沿著她脊椎流下。這場面好奇怪。他問她這種問題，感覺遠比實際上應有的更親密，因為她知道他真心想了解。這不是空泛的問候，更無意浪費唇舌。

「我想回家。」

這是個軟弱的答案，她也知道，但教她怎麼解釋？她的身體在改變，不僅是月經來潮而已。

小溪的流水聲和松樹的香氣充滿了她的感官，她全部的知覺都發生了變化。就像她全身所有的細胞都舒展著手臂，打著呵欠，從睡夢中醒轉。沒錯，她的腳很痛，頭也還在痛，下腹也有種悶沈沈的痛。但儘管有這些不適，她並不覺得像一個生命力正在流失的女孩。

阿游站著。阿游，她知道該這麼叫他，不是游隼。好像她的潛意識會決定怎麼跟他打交道。她掀開裹身的毛毯，全身肌肉疼痛，不願意再移動。她想說，既然兩人都睡不著，倒不如繼續趕路。然後她注意到阿游凝視黑暗的神情。

「是什麼？」她一躍站起。「烏鴉族來了嗎？」

他搖頭，仍定睛看著森林，忽然雙手圈成喇叭狀，湊在嘴邊：「羅吼！」

他扯開嗓門，響亮的喊聲差點讓她心跳停止。

「羅吼，你這個臭雜種！我知道你在那兒！我在這兒就聞到你了！」

沒多久，空中響起一聲呼哨，在整個山隘裡迴盪。

阿游低頭看她，笑得很燦爛。「我們轉運了。」

他幾個縱躍，便衝上坡頂。詠歎調必須跑步才跟得上，她心跳的速度比腳步還快。到了山頂，他們面前有一大片裸露的岩石，在黯淡的光線下呈藍色，彷彿海面上一群鯨魚躍出水面。一個黑黝黝的人影站在那兒，手臂交叉在胸前，好像已經等了很久。阿游撲上前去。詠歎調看著他們熱烈擁抱，久久不放，然後開始嬉鬧，互相推來推去。

她小心翼翼走近一點，把這新來的外界人看個清楚。清冷的微光中，他各方面都顯得很優雅。瘦削的體型，鮮明的五官，一頭黑髮剪得很有型。衣著合身，從頭到腳都穿黑色，就她目光所及，沒有起毛的縫邊，也沒有破洞。這是她在虛擬世界裡常遇見的角色，文質彬彬，俊美得不像真人。

「這是誰？」他看見她，問道。

「我叫詠歎調。」她應聲道。「你是誰？」

「哈囉，詠歎調，我叫羅吼。妳會唱歌嗎？」

這問題出人意料，但她憑直覺答道：「是的，我會唱歌。」

「好極了。」站在近距離，她看見羅吼眼睛裡的閃光。他有王子的儀表，卻又有一雙海盜的眼睛。羅吼臉上閃過一個迷人而狡猾的微笑，詠歎調笑了起來，海盜的成分比較濃厚。羅吼見她笑，也跟著笑起來，她當下就決定，她喜歡這個人。

他回頭看著阿游：「我腦子短路了嗎，游，難道她是定居者？」

「說來話長。」

「好極了。」羅吼搓搓手掌。「我們來暢飲幾瓶樂斯酒，寒冷的夜裡最適合長的故事。」

「你在這種地方怎麼會有樂斯酒？」阿游問道。

「幾天前拐來一瓶，麵包和乳酪也夠，我們都不用挨餓。來慶祝一下。有你在，我們應該不久就能找到麗薇。」

阿游的笑容消失了。「找到麗薇？她不是在角族那兒？」

羅吼咒罵一聲。「阿游，原來你還不知道。她逃跑了！我已經送信給維谷。我還以為你是來幫忙找人的。」

「不是。」阿游閉上眼睛，仰起頭，脖子的肌肉因憤怒而繃得很緊。「我們沒收到消息。你守著她，不是嗎？」

「當然，但你知道麗薇的脾氣，她愛做什麼就做什麼。」

「她不能。」阿游道：「麗薇不能愛做什麼就做什麼，潮族要怎麼度過這個冬季？」

「不知道。她這麼做，我也有我自己難過的理由。」

十幾個不同的疑問湧上詠歎調的心頭。麗薇是什麼人？她為什麼要逃跑？她想起阿游藏起那枚鑲藍色寶石的金戒指。戒指是要給她的嗎？她很好奇，但這似乎是個不宜提出的隱私問題。

羅吼和阿游動手用多葉的樹枝搭建一面擋風牆。麗薇可能會遇到什麼事，讓他們沈默不語。雖然不作聲，他們合作的進度很快，好像這種事已做過一百遍。詠歎調模仿他們把樹枝編織在一起的動作，發現自己雖然是有生以來第一次用樹枝搭屏風，表現還算可圈可點。

他們不能起火，但羅吼取出一根蠟燭，讓他們有一個閃爍的光圈可以圍繞。詠歎調剛開始大口吞嚥羅吼拿出來的麵包和乳酪，就聽見樹枝折斷的聲音。寂靜中，那聲音似乎很近。她回過頭，視線被松枝屏風擋住，只聽見倉皇後退的腳步聲。

「那是什麼？」她才剛開始放鬆，這下子心臟又加速跳動起來。

阿游啃了一口硬麵包。「你的朋友有名字嗎，羅吼？」

詠歎調瞪他一眼。經歷過食人族事件後，他怎麼可以對暗中潛伏的陌生人這麼漫不經心？

羅吼沒有立即回答。他迴目四望，好像還在聆聽動靜。然後他打開一個黑色瓶子，喝了一大口，再往自己的袋子上一靠。「是個孩子，與其說是朋友，不如說是個麻煩。他名叫炭渣。大約一星期前，我發現他睡在森林裡，完全不顧慮會被狼群看到或聞到，我應該隨他去，但他年幼……大約十三歲……情況也不好。我給了他一些食物，後來他就一直跟著我。」

詠歎調再次隔著屏風向外窺望。阿游丟下她那晚，她嘗過一個人孤伶伶在黑夜裡的滋味，那段時間無時無刻充滿恐懼，她無法想像一個小男孩過那樣的生活。

「他來自哪個部落？」阿游問道。

羅吼又喝了一口酒，才答道：「不知道。他長得像北方人，」他朝她的方向看了一眼。難道她也長得像北方人？「但我從他口裡問不出名堂。相信我，不論他來自何處，我都很樂意把他送回去。他會現身的，只等飢餓戰勝其他因素，但是別指望他作伴。」

羅吼把他的黑瓶子遞給她。「這叫做樂斯酒。妳會喜歡它，相信我。」他眨眨眼睛道。

「你看起來並不很值得信賴。」

「外表會誤導，我是個打從骨子裡值得信任的人。」

阿游咧嘴笑道：「我認識他一輩子了，他打從骨子裡裝的都是別種東西。」

詠歎調愣住了。稍早阿游聽見羅吼時，她瞥見他微笑，但現在她才看到他完整的笑容，正對著她。他歪著嘴巴，露出不容忽視的犬齒，但正因為這笑容是如此兇猛，更讓人放鬆戒備，就像看到一頭獅子在微笑。

她忽然意識到自己正盯著他看，連忙就著瓶子，倉促喝了一口。詠歎調把酒噴在袖子上，滾下喉嚨的樂斯酒像火山熔岩，熱力散播到她整個胸腔。它的味道像加了辣椒的蜂蜜，又濃又甜，刺激無比。

「覺得如何？」羅吼問道。

「像是把營火喝下肚，不過感覺很好。」她無法正眼看阿游。她又喝了一口，希望這次不至於那麼嗆。另一波烈焰燒灼她全身，烘熱她的臉頰，暖洋洋安頓在她的胃裡。

「妳要一個人獨佔嗎？」

「哦，抱歉。」她把酒瓶遞給他，臉蛋更燙了。

「鷹爪好嗎？」羅吼問道：「還有蜜拉呢？她跟維谷要替鷹爪生個弟弟，運氣如何？」話似輕鬆，語氣中卻暗藏著警戒。

阿游嘆口氣，放下酒瓶，伸手去抓頭髮。「你離開以後，蜜拉的病情惡化，幾星期前去世了。」他看著詠歎調：「蜜拉是……我哥哥維谷的妻子，他們的兒子叫鷹爪，今年七歲。」

詠歎調把這些資訊拼湊在一起，血液衝上她的耳朵。那就是她的同胞擄走的男孩，阿游想救的是他的姪子。

「我都不知道。」羅吼道：「維谷和鷹爪一定傷心欲絕。」

「維谷是傷心。」阿游清一下喉嚨。「鷹爪失蹤了，是我把他弄丟的，羅吼。」他縮起膝蓋，垂下頭，手指交纏，扣在腦後。

雖然燭光黯淡，詠歎調仍看得出羅吼的臉失去了血色。「發生了什麼事？」他低聲問道。

阿游的寬肩膀縮攏，好像他在胸腔裡藏了一個很大的東西，不想放它出來。他再抬起頭時，眼睛異常明亮，眼圈發紅。他用沙啞的聲音敘述了一個詠歎調雖然曾經參與其中，卻從不知道全貌的故事。關於他如何為了尋找藥物，救助那個生病男孩而闖進她的世界，那男孩又如何被她的族人綁架。他告訴羅吼他們的交易，只要馬龍修好她的眼罩，她就可以跟她母親聯絡。他找回鷹爪，魯明娜也可以把詠歎調帶回極樂城。

他說完以後，三人默坐不語。詠歎調只聽見微風搖動樹葉的聲音。然後羅吼開口了。

「算我一份。我們要找到他們，阿游。找回鷹爪和麗薇。」

詠歎調轉臉面對黑暗，她但願佩絲莉在那兒，她想念朋友在身邊的日子。

羅吼喃喃低罵一聲。「準備好，炭渣回來了。」

沒多久，樹葉搭的屏風窸窣作響，然後分了開來。一個男孩站在縫隙處，他的眼睛黝黑而野性，瘦得令人吃驚，骯髒寬鬆的衣服只裹著一副骨頭架子。但詠歎調注意到他皮膚很白，幾乎跟她一樣白。

炭渣砰一聲在她身旁坐下，從糾結成一束束的骯髒金髮底下偷看她。他的上衣鬆垮到詠歎調可以看見他的鎖骨像棍子一樣突出來。

炭渣的目光在她臉上游移，他的眼皮因疲倦而抬不起來。「妳到外界來做什麼，定居者？」他疑惑地問。

他坐得太近，詠歎調向後挪動一下。「我在回家的路上，要去找我母親。」

「她在哪裡？」

「極樂城，那是我們的一座密閉城市。」

「妳為什麼離開？」

「我不是離開，我是被丟出來的。」

「人家丟妳出來，妳還要回去？妳發癡啊，定居者。」

她從炭渣的表情猜測，發癡的意思類似發瘋。「大概是吧，既然你這麼說了。」

羅吼扔了一塊麵包在地上。「拿了快走，炭渣。」

「沒關係。」詠歎調說。炭渣也許不夠有禮貌，但這是個寒冷的夜晚，他能去哪？獨自待在外面？「他可以留下，我不介意。」

炭渣撿起麵包，咬了一口。「她要我留下，羅吼。」

詠歎調看到他咀嚼時顎骨上下移動。「我叫詠歎調。」

「她甚至告訴我她的名字。」炭渣道：「她喜歡我。」

「不會很久。」羅吼喃喃道。

炭渣盯著她，咬嚼麵包時嘴巴張得很大。詠歎調望向別處，他這種粗俗無禮的表現是故意的。

「你說得對。」他道：「我想她已經改變主意了。」

「閉上嘴巴，炭渣。」

「那我怎麼吃東西？」

羅吼坐直上身。「夠了。」

炭渣的笑容充滿挑釁。「你打算怎麼辦？不再給我食物？要把這個拿回去嗎？」他把吃了一半的麵包遞過去。「拿去吧，羅吼，我已經不要它了。」

阿游伸出手，從他手中接過那塊麵包。

炭渣訝異地轉頭看他。「你不該那麼做。」

「你不要了呀。」阿游把麵包湊到嘴邊，在離嘴唇只有幾吋的地方停住。「你真的不要？或者你在撒謊？」他的眼睛在黑暗中閃閃發光。「只要你跟他們道歉，我就還給你。」

炭渣哼了一聲。「我不道歉，不後悔。」

阿游的嘴角挑高，形成一個微笑。「你還是在撒謊。」

炭渣忽然顯得很慌張，他的眼睛在詠歎調和羅吼身上轉了半天，終於又回到阿游臉上。他翻身站起。「離我遠一點，靈嗅者！」他從阿游手中搶過麵包，飛快從屏風的縫隙鑽了出去。

炭渣逃跑的腳步聲逐漸遠去，一股寒意卻襲上詠歎調的脖子。「剛剛發生了什麼事？他為什麼叫你『靈嗅者』？」

羅吼訝異地挑起眉毛。「阿游……她不知道嗎？」

阿游搖搖頭。

「我不知道什麼？」

他仰頭望向夜空，逃避她的目光，然後深深吸一口氣。「我們有些人身上有先天的標記。」他低聲道。「我手臂上的條紋就是這麼回事，標記。它標示我們有一種特別強大的感官。羅吼是靈聽者，他聽聲音特別清楚，而且可以聽到遠處的聲音，有時候遠在好幾哩外。」

羅吼帶著歉意地對她聳聳肩膀。

「那你呢？」

「我有兩種感官。我是靈視者，而且能夜視，我在黑暗中也看得見。」他在黑暗中看得見。她早該知道，他的眼睛會反光，而且他夜間行動從不顛躓。「另外一種呢？」

他直視著她，綠眼睛光芒外露。「我的嗅覺很靈敏。」

「你的嗅覺很靈敏。」詠歎調試圖理解這句話的意義。「多靈敏？」

「很靈敏，我可以聞到情緒。」

「情緒？」

「像是感覺……衝動。」

「你可以聞到別人的感覺。」她聽到自己提高了嗓門。

「是的。」

「經常如此嗎？」她問。她開始發抖。

「一直都如此，詠歎調。我無法避免，我不可能停止呼吸。」

詠歎調渾身發冷。這是在瞬間發生，就像她剛跳進大海。她飛也似的沿著方才炭渣的路線往外跑，衝進黑暗的林中。阿游追在她身後，喊她的名字，求她停步。詠歎調猛然轉身。

「這段時間你一直在做這種事？你知道我的感覺？我讓你很開心？你覺得我的悲慘遭遇很有趣？所以你才不告訴我？」

他又開始抓頭髮。「妳知道妳叫了我多少次野蠻人？妳以為我會願意告訴妳我的嗅覺比狼還靈敏？」

詠歎調伸手摀住自己的嘴巴，他的嗅覺比狼還靈敏。

她想起過去幾天來所有那些可怕的感覺。一連好幾天，她心頭不停歇地迴盪著一首悽慘、悲傷的旋律。月經令她感到多麼可恥。她覺得自己整個兒變成了一個陌生人，嚇得不知如何是好。

他能嗅到她現在的心情嗎？

他把頭歪向一側。「詠歎調，不要覺得不好意思。」

他嗅得到。他真的都知道。

她往後退，但他抓住她手腕。「不要走。不安全。妳知道外面有什麼。」

「放開我。」

「阿游，」一個柔和的聲音說。「我來陪她。」

阿游低頭看她，臉上的沮喪很明顯，然後他放開她的手臂，大步走開，一路留下樹枝折斷的聲音。

「妳想哭可以哭。」阿游離開後，羅吼說道。他交叉手臂。黑暗中，她只看見他夾在臂彎裡的黑色酒瓶反光。「有需要的話，我甚至願意提供我的肩膀。」

「不用，我不想哭，我只想傷害他。」

羅吼輕笑一聲。「我就知道，我喜歡妳是有道理的。」

「他早該告訴我。」

「或許，但他說的也是事實，他無法避免知道別人的情緒。這會改變你們的協議嗎？」

詠歎調搖搖頭，不會的。不久她就明白，她還是會回去陪他走數不清多少哩的漫漫長路。

她倚著一棵樹坐下，撿起一根松針，把它折成許多小段。一旦想通前因後果，一切就似乎顯而易見。基本的遺傳學。外界人人數少，因為基因庫有限，任何變化都可能蔓延得很快。一滴墨水落進水桶，影響力遠大於它落進一個湖泊。加上流火使突變速度加快，大聯合創造了一個適合基因大躍進的成熟環境。

「真是難以置信。」她道：「你們是一個次物種。還有別的嗎？有任何其他特徵發生改變嗎？像是……像是你的牙齒？」

羅吼挨在她身旁，靠著同一棵樹坐下。他不及阿游那麼高，但她還是得仰頭才能直視他。他臉上平滑的部分反映流火的光，他的輪廓線條都很直，比例完美。他也不像阿游下巴上有鬍碴。

「不，」羅吼說，「我們的牙齒都一樣。沒有異能的人，牙齒跟妳們比較像。」

詠歎調直覺地抿緊雙唇。她以前沒想到過，但他說得對。大聯合之前的人，牙齒比較不整齊。羅吼微微一笑，繼續往下說。

「具有不同異能感官的人之間，也有與生俱來的差別。靈嗅者通常比較高，他們是最罕見的異能族群。靈視者最常見，他們不僅會看，也長得很好看，不過在妳感到好奇之前，我先招了，不，我不是靈視者。只是運氣好而已。」

詠歎調不想笑，卻不由得被逗笑了。她很訝異自己跟他相處會覺得這麼輕鬆。「你的同類呢？」

「靈聽者嗎？」他閃現一個淘氣的微笑。「據說我們很狡猾。」

「我猜得到。」她低頭望向他的二頭肌，想像藏在他黑色上衣下面的刺青。「你的聽力有多好？」

「比我認識的人都好。」

「你能聽見情緒嗎？」

「不能，但我觸摸一個人時，能聽見他的思維。只有我如此，不是所有靈聽者都有這種能力。別擔心，我不會碰妳，除非妳要我那麼做。」

她微笑道：「我會讓你知道。」這不像是真的。有人能聞到情緒，聽見思想。接下來還有什麼？詠歎調合攏雙手，對它們呵熱氣。「你怎麼能跟他做朋友，明知道他……什麼都知道？」

羅吼笑了起來。「拜託千萬別在他面前這麼說，他老早就這麼認定了。」他舉起酒瓶，喝了一口。「阿游跟我從小一塊兒長大，還有他姊姊。你熟識一個人到這種地步，是不是靈嗅者，其實沒什麼差別。」

她想這麼說也沒錯。她對佩絲莉的某些情緒很敏感，迦勒也一樣。「但感覺有點……不平衡。他什麼也不說，卻可以知道別人的心情。」

「他不說話是因為他憑嗅覺就能知道別人的情緒。阿游不信任話語，他告訴過我，所有的人都經常撒謊。如果吸一口氣就能知道真相，他幹嘛浪費力氣去聽假話。」

「因為人不只是情緒。各人有各人的想法，做每件事都有一定的邏輯。」

「是啊，但換個角度看，如果不知道別人的感受，也很難理解他們的邏輯。還有，妳錯了，阿游也說話的。注意觀察他，妳會發現他說了很多。」

她知道。這些天來，她一直在解讀他行動的意義。她注意到他用十來種不同方式走路，有時絕頂安靜，有時帶著幾乎按捺不住的暴力，有時帶著動物般輕鬆的優雅。

「他有個姊姊？」她問道。

「奧麗薇亞。」羅吼道，隨即放低聲音，補上一句：「小名麗薇。」

「她也是個靈嗅者嗎？」詠歎調壓根兒不喜歡那字眼。聽起來像變調的「害怕」②。

「跟阿游一樣強大，甚至可能更厲害。我們一直無法判斷，誰的鼻子比較靈敏。」

「她遇到了什麼事，羅吼？」

「她跟別人定了親，那個人不是我。」

「哦。」羅吼跟阿游的姊姊戀愛。她咬緊下唇，嘗到樂斯酒的甜味。她不想追根究柢，提出太多問題，但她滿懷好奇，況且羅吼似乎不介意。「為什麼不是？」

「她是個強大的靈嗅者，這種人太有價值……」羅吼盯著手裡的酒瓶，好像在搜尋正確的解釋。「血液是我們的貨幣。身為異能者，我們會成為最高明的獵人和戰士。我們可以偷聽到入侵的計畫，嗅出流火的變化。血主會在身邊部署一大堆像我、阿游和麗薇這樣的人。交配的時候，他們會挑選同類之中最強大的人。如果不這麼做，就有喪失感官異能的風險。有人會說，危險還不止於此。」

聽他若無其事地提到交配，詠歎調覺得難以接受。「難道孩子不會從不同的父母那兒獲得兩

②「靈嗅者」拼作scire，發音類似「司凱爾」，scare意為「害怕」，發音類似「司給爾」。

種感官能力？阿游不就是如此嗎？」

「是啊，但很少見。阿游這樣的……很少見。」頓了一下，他又說道：「妳最好不要提到他父母。」

她的手滑進外套袖子，手指緊摳襯裡的毛皮。阿游的父母出了什麼事？

「所以麗薇因為是靈嗅者，就一定要嫁給靈嗅者？」她轉換話題道。

「是的，這是大家的期待。」羅吼在樹幹上挪動一下。「七個月前，維谷把她許配給角族的血主黑貂。他們是北方一個很大的部落，冷得像冰的一群人，黑貂是其中最冷的。維谷用她交換食物給潮族，但其中的一半恐怕永遠收不到了。」

「因為她沒去？」

「對。麗薇逃跑了。我們還沒進入角族轄區，某天晚上她失蹤了。其實那正是我一直想做的事。我一路上都在考慮，但沒來得及提出，她就離開了。」羅吼打住，清一下喉嚨。「之後我一直在找她，有次差點找到。幾星期前，我聽兩個商人提到一個追蹤獵物比任何男人都厲害的女孩，他們在孤立樹遇見她，我確定那就是她。麗薇是個一見難忘的人。」

「為什麼？」

「她很高——只比我矮一點點。而且她的頭髮跟阿游一樣，只是比較長。光是這兩點就足夠引起注意，再加上她有種特質……妳會不由自主地盯著她看，因為她讓你著迷。」

「聽起來他們真的很像。」詠歎調無法相信自己竟然把這句話高聲說出口，一定是樂斯酒的影響，害她放鬆了舌頭。

白牙在黑暗中一閃。「確實，好在不是每個方面都像。」

「你去了孤立樹嗎？」

「去了，但等我趕到，她早就離開了。」

詠歎調輕輕吁一口氣。雖然她替羅吼覺得難過，但這正符合她的需要，暫時擺脫原來的思維與身體，暫時忘掉修理眼罩和聯絡魯明娜的念頭。她有一股伸手去握羅吼的手的衝動。如果他們在虛擬世界裡，她一定會這麼做。但她只用手指把袖子裡襯的毛皮扯得更緊。

「你打算怎麼辦，羅吼？」她問道。

「除了繼續找，還能怎麼辦？」

20 游隼

有羅吼在，一切都改觀了。他們整個上午都在趕路，雖然阿游沒聞到烏鴉族的形跡，但他知道他們並沒有脫離危險。到目前還沒有遇到挑戰，反而更令他擔心，但因為有羅吼幫忙，他們可以更早趕到馬龍那兒。阿游被松樹氣味薰得麻木的鼻子若錯過危險訊號，還可以靠羅吼的耳朵彌補。

自從阿游告訴詠歎調他有特殊的感官能力以來，詠歎調沒跟他說過話。她一整個早晨都流連在後面，跟羅吼同行。阿游拼命豎起耳朵，想聽他們說些什麼，甚至但願自己變成一個靈聽者，這可是他有生以來第一次。阿游聽見她因為羅吼說了什麼而哈哈大笑時，終於確定他聽夠了，快步走到聽不見他們的距離外。短短幾個小時內，羅吼跟她說的話比他們好幾天裡說的加起來還多。

炭渣保持在一段距離外，但阿游知道他在。這孩子衰弱到只能拖著腳步，所以發出很多噪音，不需要靈聽者，也能聽見他在樹林裡跟蹤他們。前一天晚上，這孩子身上發出一股怪味，一直撩撥著阿游鼻子的後半部。它會產生一種刺痛，就像流火開始擾動時的反應，但阿游抬頭望去，並沒有看到空中有什麼撩亂，只有幾道模糊不清的雲痕。他不知道是樂斯酒讓他昏了頭，還是松樹擾亂了他的感官。

但他毫無困難就偵察到那個男孩的情緒，炭渣憤世嫉俗的態度或許令羅吼和詠歎調心生反感，但阿游知道真相。恐懼像一層冰冷的霧圍繞在他四周。羅吼猜他十三歲，但阿游估計他至少還要減一歲。他為什麼獨自一人？不論原因何在，阿游都知道肯定不是好事。

大約中午時分，他找到一頭野豬的蹤跡，這頭動物的氣味夠強烈，喚醒了他麻痺的鼻子。他衝往下坡，然後告訴羅吼把野豬趕到他埋伏處的最佳路線。

他們一輩子都用這種方式狩獵。羅吼在遠處就可以清楚聽見阿游的指示，但他跟阿游聯絡的方式比較複雜。靈聽者天生善於模擬自然界的聲音，所以這麼些年來，他們把鳥鳴聲轉化成專用的語言。

阿游聽見羅吼吹口哨，提醒他。準備好，牠來了。

阿游一箭正中野豬的咽喉，牠倒地時，又在牠心臟補上一箭。他跪下來收回箭矢時，忽然意識到這是最純粹的運用他能力的方式。他不由得緬懷那段只從事簡單活動、專心把它做好的生活。但這份滿足並不持久，羅吼快步跑來，阿游立刻知道事態不妙。

每次他們聯手狩獵，羅吼總喜歡自吹自擂，四處炫耀，聲稱最大的功勞屬於他。但這次他看一眼野豬，就閉上眼睛，連續幾次迅速地把頭偏向一側。他還沒開口，阿游已經知道是怎麼回事了。

「烏鴉族，阿游，來了一大尿桶。」

「多遠？」

「難說。根據風向，大約七哩吧。」

「腳程可能不止，這中間都是山。」

羅吼點點頭：「我們充其量只領先半天路程。」

阿游把豬肉割成條塊，在火上烤過。流火開始擾動，形成奔騰的河，他鼻子後側又刺痛了起來。風暴會使情況更加複雜。他跟詠歎調、羅吼一起進食，他們三個都沒花什麼工夫把肉嚼爛。他們需要在肚子裡囤積食物的力量，才能跑贏烏鴉族。馬龍的寨子還在兩天路程之外，他知道，抵達以前，他們無法再做停留。

離開前，他把火勢弄旺，添了一堆青綠的木頭，煙可以暫時掩蓋他們的氣味。然後他用一根樹枝挑起他刻意留在一旁的一塊肉，吩咐詠歎調和羅吼先走，他隨後趕上。

他找到炭渣蜷縮在樹根上。他在不安的夢境中扭動，斑斕的光線在他骯髒的臉上變幻，顯得更加幼小，臉上少了譏誚的表情，也更添幾分脆弱。刺痛感大幅蔓延，阿游不由得捏捏自己的鼻梁。「炭渣。」

他猛然坐起，不記得身在何處，拚命眨眼，揉眼，終於看清楚阿游時，登時滿臉驚慌。

「別來煩我，靈嗅者。」

「別怕。」阿游道：「沒事。」他把樹枝伸出去。炭渣看了一眼，他吞口水時，喉結上下動個不停。他不肯接，所以阿游把樹枝插在地上，再退後幾步。「給你的。」

炭渣一把抓起肉，立刻把牙齒嵌進肉裡，忙不迭將它撕開。看到這孩子飢不擇食的表情，阿游的心頭一緊。這跟他和詠歎調、羅吼剛趕著吃完的那餐飯截然不同，這是真正的飢餓，激烈的程度不亞於一場生死搏鬥。阿游想起昨晚炭渣粗魯地啃食麵包的情景，他明白這孩子無非是企圖隱藏他的需求有多麼迫切罷了。

他應該把要告訴炭渣的話交代清楚，然後就離開。阿游不想炭渣被扯進他招惹烏鴉族留下的爛攤子。他望向東方，馬龍的寨子就在那兒，羅吼和詠歎調不會領先太多，他還可以再耽擱個幾分鐘。阿游把弓從肩頭卸下，坐了下來。

炭渣的黑眼睛飛快望過來，但他繼續狼吞虎嚥。阿游從箭囊裡取出幾支箭，趁等待時檢查箭羽。他一直好奇羅吼為何要幫助炭渣，但現在看著這孩子的窘境，他終於明白了。潮族若收不到黑貂的第二批食物，是否也會落得這等地步？

「為什麼那女孩跟你一起？」

阿游抬起頭。炭渣還在咀嚼，但樹枝已經乾淨了，沒有一絲肉屑殘留。他的眉毛打了個結，滿臉不豫之色。

阿游聳起肩膀，露出一個自鳴得意的微笑。「這還用問嗎？」男孩瞪大了黑眼睛。「開玩笑的，炭渣，不是那麼回事。我們只是互相幫助，解決一些問題。」

炭渣用髒兮兮的袖子在臉上抹了一把。「但是她很漂亮。」

阿游一笑。「真的？我沒注意到。」

「沒注意到才怪。」炭渣露出笑容，好像他們剛達成一個重要的協議。他撥開臉上的頭髮，但頭髮又掉到眼睛上。他的頭髮打了很多亂糟糟的結。阿游忽然意識到，那跟他自己的頭髮一樣。

「什麼樣的問題？」炭渣問道。

阿游吁了一口長氣。他既沒有時間，也沒有精力把他們的故事重說一遍，但他可以直接跳到跟目前有關的部分。他身體前傾，手肘撐在膝蓋上。「你聽說過烏鴉族嗎？」

「食人族？有啊，我聽說過他們。」

「兩天前的晚上，我跟他們起了糾紛。我離開詠歎調去打獵，回來的時候，發現他們找到了她。三個人堵著她。」阿游把手滑到箭頭上，手指抵著鋒利的箭尖。這個故事也不好講，但他注意到炭渣的表情開朗了些，怨懟的面具消失了。現在他只是個小男孩，專心聽一個驚險刺激的故事。於是阿游繼續說下去。

「他們對血飢渴，我幾乎嘗得出他們對她的飢渴。或許因為她是個定居者……不一樣……我不知道，但他們不會輕易離開。我用弓箭射倒兩個，第三個用我的刀。」

炭渣舔舔嘴唇，黑眼睛充滿狂喜。「所以現在他們在追捕你們？你只是救了她。」

「烏鴉族可不會這麼看待這件事。」

「但你非殺死他們不可。」他搖搖頭：「一般人就是不懂。」

阿游知道自己一臉震驚。炭渣說話的方式很特別，好像這是一種他熟悉的負擔。「炭渣……你懂嗎？」

男孩的眼神忽然提高戒備。「你真的看得出我有沒有撒謊？」

阿游聳聳肩膀，用力點一下頭。「真的。」

「那我的答案是也許。」

阿游無法相信。這小孩……這可憐兮兮的小鬼頭殺過人？「你出了什麼事？你的父母呢？」

炭渣的嘴唇扭曲成一個卑鄙的笑容，他的情緒變成一陣突如其來的涼風。「他們死在流火風暴裡，大概兩年前的事。颼一聲，他們就沒了。真慘。」

阿游不需借助感官就知道他在撒謊。「你是被驅逐的嗎？」血主會把殺人犯和盜賊放逐到三不管地帶。

炭渣放聲大笑，那種聲音屬於年紀比他大很多的人。「我喜歡這裡的生活。」他的笑容消退。「這兒是我的家。」

阿游搖搖頭。他把箭枝放回箭囊裡，抓住弓，站起身。他沒時間玩這種把戲。「你不能再跟蹤我們，炭渣。你不夠強壯，這太危險，趁還有時間，趕快掉頭吧。」

「你不能命令我怎麼做。」

「你知道烏鴉族怎麼對付小孩子嗎？」

「我不在乎。」

「要在乎。往南走，距這裡兩天的腳程，有個村落。如果你需要睡覺就爬到樹上。」

「我不怕烏鴉族，靈嗅者，他們傷害不了我。沒有人能。」

阿游幾乎要笑他了，這是不可能的吹牛。但炭渣的情緒冷靜、警覺而清醒。阿游再吸一口氣，等它因謊言而泛出酸味。

毫無酸味。

趕上詠歎調和羅吼時，阿游的心思像走馬燈般轉個不停。他故意落後幾步，因為他需要空間，也因為他心頭還縈繞著炭渣的話。*他們傷害不了我。沒有人能。*他說這話的時候有十足的把握。但炭渣怎麼可能這麼有自信？

阿游不知道自己是否讀錯了這孩子的心情。是松樹或是炭渣奇怪的、類似流火的氣味，讓他的鼻子失常？或炭渣的心智受損？他是否為了獨自求生，把自己劃歸為不可觸摸的禁忌？下午的時光飛快而無聲地流逝，阿游還在奮鬥，冀圖了解。

黃昏時分，他們走出茂密的松林，進入一個形勢崎嶇的盆地。北方地平線上，排列著一大片尖聳的山峰。羅吼離開詠歎調身邊，走在後面，以便對他們和烏鴉族之間的距離有更清楚的概念。

阿游跟她並肩而行。他數了二十步才開口道：「妳要休息嗎？」他不知道她怎麼撐得住。他自己的腳很痛，而且還沒割傷，也沒起水泡。

她灰色的眼睛轉向他。「你幹嘛浪費力氣問？」

他停下腳步。「詠歎調，我的感官不是這樣運作的。我可以告訴妳，如果妳——」

「我還以為在這種地方，我們不應該說話。」她邊說邊走，全然無意放慢腳步。

阿游看著她走遠。怎麼會這樣，現在他想說話，她卻沒興趣？

過了一會兒，羅吼回來了。「不是好消息。烏鴉族分散成小組，他們要包圍我們，我們也喪失了領先的優勢。」

阿游挪一挪背上的弓和箭囊，眼睛看著他最好的朋友。「你不需要這麼做。詠歎調和我必須趕到馬龍那兒，但你不需要。」

「當然，游，我走就是了。」

他早知道會得到這種答案，阿游也不會在患難關頭丟下羅吼。但炭渣是另一回事。「那孩子走了嗎？」

「還跟在後面。」羅吼道：「我告訴過你，他是個纏人精。你先前那番小演講根本沒用，現在他恐怕永遠走不掉了。」

「你聽見了？」

「每一個字。」

阿游搖搖頭，他忘了這位朋友的耳朵有多麼靈光。「你聽壁角都不會累嗎？」

「從來不會。」

「你認為他幹了什麼好事，羅吼？」

「我不在乎，你也不應該在意。來吧，我們追上詠歎調。她在那個方向。」

「我知道她走哪個方向。」

羅吼重重拍一下他肩膀。「只是確定你有注意到。」

那天入夜後，路程在眼前變得朦朧一片，阿游的思緒彷彿像夢境一般鮮明。他的想像中，忽而炭渣在海灘上，被一群定居者拖進飛行器，忽而鷹爪被一群披黑斗篷、戴烏鴉面具的男人包圍。破曉時分，烏鴉族已經將他們包圍，像一張網，阿游決心再努力一次，他不要炭渣因他而死。

「我馬上回來。」他道。他回頭走下坡，羅吼和詠歎調繼續前進。目光所及，看不見炭渣的人影，但阿游知道他就在不遠處。他讓鼻子裡的刺痛感帶領他去找那名男孩。

找到炭渣時，他先在後面跟蹤一會兒，看他在樹木間穿行。這孩子以為沒人在看時，就露出一種迷失、悲傷的表情。這時他變得幾乎隱形，不像他蔑視與嘲弄別人時那麼明顯易見。

「你自願離開的最後機會。」阿游道。

炭渣往後一跳，罵道：「你不可以偷偷溜到我背後，靈嗅者。」

「我早說過，你該離開。」前方地形變得開闊，成為一片寬廣的高原。炭渣再也沒有林木可掩護，供他自行逃離。現在再不走，就只好跟他們一起受困。

「這不是你的地盤。」他張開皮包骨的細手臂說：「我也無須聽命於你。」

「離開這裡，炭渣。」

「我告訴過你，我愛去哪就去哪。」

阿游取下弓，抽出一支箭，瞄準炭渣的咽喉。他不知道自己要做什麼，但他不能眼睜睜看著這個瘦小的孩子因他而死。「趁還來得及，趕快走。」

「不要！」炭渣大喊道：「你需要我！」

「馬上離開。」阿游把弓滿滿地拉開。

炭渣發出一種低沈的咆哮。阿游吸一口氣，他鼻子深處的痛楚變得更尖銳，彷彿刀刺。

炭渣黝黑的眼睛裡閃現一蓬藍色的火焰，阿游以為那是他眼睛反映流火的光芒，但光焰越來越亮。閃爍的藍色線條沿著炭渣軟塌塌的衣領而上，繞了他的脖子一圈，蜿蜒爬上他皮包骨的下巴和臉頰。阿游無法相信自己的眼睛。炭渣的血管閃閃發光，好像裡面竄動著流火。

撕裂的痛苦湧上阿游的手臂與臉龐。「不論你在做什麼，趕快停止！」

羅吼與詠歎調向他們狂奔過來，羅吼手中拿著刀，他們看見炭渣時都愣住了。阿游的心臟發瘋似的狂跳。炭渣燃燒的眼睛瞪著他，眼中卻沒有他，而是無盡的空洞與明亮。

阿游咬緊牙關，渾身肌肉開始痛苦地抽搐。「炭渣，停止！」

那孩子舉起雙手，流火在他手上縱橫交錯。空氣中的電流大幅上升，又一波刀割的痛楚刺穿阿游的皮膚。

他究竟是什麼？

阿游舉在面前握弓的手指關節忽然覺得灼燙，距他手指幾吋外的鐵製箭頭已變成橘紅色。出於本能反應，他很快調整一下目標，放出那支箭。

強光炸裂，阿游頓時喪失視力，看不見自己射中了什麼。他倒在地上，抱住手臂，縮成一個圓球，自己卻一無所知。不知過了多久。只知道有一件可怕的事發生了。他在自己背上的肉煮熟的味道中悠悠醒轉，只覺得全身疼痛不堪，耳中傳來一陣陣野獸的哀嚎，原來是他自己發出的。

「不許靠近！」炭渣吼道。阿游瞇著眼睛，看見羅吼和詠歎調站在山坡上，兩人都目瞪口呆，無法動彈。阿游滿鼻子都是焦味，來自燒焦的頭髮、羊毛和皮膚。

炭渣跑到他身旁跪下。「怎麼回事？」他問道：「你逼我做了什麼？」炭渣眼睛裡的藍光消退了，他的血管融回皮膚下面。

阿游無法回答。他不知道手是不是還長在身上，他甚至沒辦法低頭去看。

炭渣顫抖，他全身抖個不停。「我做了？你射箭……你要射死我。」

阿游搖搖頭。「只是想要你離開。」

炭渣面如死灰。他無力地站起身，幾乎不能保持平衡。「我沒有地方可去。」他說，話哽在喉頭。他彎腰駝背，好像肚子捱了一記重拳般直不起身，蹣跚地走進樹林裡。

羅吼和詠歎調飛奔過來。羅吼看一眼阿游的手，臉色立刻變得灰白。

阿游迎上他的眼睛。「幫助他，帶他回來。」

「幫助他？我要割斷他喉嚨。」

「把他帶回來就是了，羅吼！」

羅吼離開後，阿游仰面躺下，穿過樹梢向上望，流火在上空迴轉。他閉上眼睛，專心調節呼吸。

「阿游，可以讓我看看嗎？」

詠歎調跪在他身旁。「讓我看看。」她柔聲道，伸手去握他的手。

他坐起身，一聲呻吟由他喉間迸出。然後他第一次看自己的左手，它腫成正常尺寸的兩倍大，手指關節上的皮膚烤成焦黑，紅色的大水泡堆在掌面上，沿著手腕一路蔓延。阿游的胃翻騰不已，眼冒金星。他硬吞下一股湧到嘴邊的酸水。不是嘔吐，就是昏倒。也許兩種狀況都會發生。

「低下頭，深呼吸。我馬上回來。」

她回來時，遞給他那瓶樂斯酒。阿游舉瓶就口，一口氣把剩下的酒都喝光。他把瓶子扔到一旁。詠歎調拿起他燒傷的手，放在腿上，把袖子拉高。她手中有一長條紗布繃帶，他想起那曾經是她的腰帶。她在繃帶上灑了些水。

「我把它包起來，阿游，免得發炎。」

他背上全是冷汗。阿游只敢接觸她的眼光一秒鐘，唯恐她看出他的恐懼。他點點頭，又垂下頭。

她碰觸他的關節，一開始輕盈得像羽毛，但他全身發寒，肩膀抖動。詠歎調不得不歇手。

「繼續。」他說，免得自己改變心意，索性把這條手臂扯斷，那樣說不定還少痛一點。他仍低著頭，看著自己的眼淚滴在皮褲上，形成一個一個黑點。他很想要求她唱歌，他記得她的聲音，曾經讓他心馳神往，即使他不知道她唱些什麼。但這時樂斯酒已發揮作用，麻木了一部分痛楚，解救了他。阿游抹一把臉上的淚痕，站起身，但還有點不穩。

詠歎調先用紗布包裹他的手腕，然後逐一包紮每根手指。她已恢復鎮定，做得很專心。他看著她，逐漸沈入樂斯酒麻痺心智的迷霧裡，越來越深。

她在觸碰他，他不知道她有沒有想到這一點。

「你曾經看過像他那樣的人嗎？」她問。

炭渣。血液中有流火的男孩。「沒，從來沒看過。」他口齒不清地答道。阿游覺得這簡直不可能，但他不能否定親眼看到的場面，尤其證據剛好又是周遊他全身的一陣陣劇痛。有多少次他仰頭望天，覺得跟天空有特殊的關聯？好像流火不僅是某種遙遠的力量？好像他自己的力量會隨著流火起落、流動？他應該信任自己的感官，炭渣會使他的鼻子產生同樣的刺痛，而且他早就知道這孩子隱瞞著一些事。

「我本來想幫忙……但越想追上就落後越多。」這些話脫口而出，顯得笨拙，卻是事實。

詠歎調從他手上抬起頭。「你說什麼？」

她的臉晃動而模糊，最後他總算找到焦點。

「沒什麼，沒事。一些蠢話。」

羅吼回來了，他把炭渣像獵物一樣扛在肩上，手臂在一側，腿在另一側。

「他死了嗎？」疑問從阿游口中迸出，四個字像同時發音。

「很不幸，沒有。」羅吼上氣不接下氣地說道。

炭渣被羅吼放下，就自動縮成一團。他抖得比先前還厲害，把臉埋在泥土裡。阿游看到他頭皮上有好幾塊光禿禿的寬條，是原先沒有的。他的衣服燒黑了，幾乎完全掛不住。

「我們必須放棄他，阿游，他太衰弱了。」

「我們不能那麼做。」

「看看他，游隼，他連頭都抬不起來。」

「烏鴉族一定會經過這裡。」阿游眼前又湧起一大片金星，他咬牙切齒說道。少說幾個字，他告誡自己。少動，只要呼吸就好。

詠歎調拿了條毯子給炭渣蓋上，她彎腰湊過去：「是流火的影響嗎？」

阿游仰頭張望。流火好像被沖刷過，看起來很柔和，消退成當天稍早那種雲淡風輕的模樣。他的痛苦太劇烈，所以沒注意到。接著他也察覺到鼻子裡已沒什麼刺痛，幾乎毫無感覺。炭渣一定跟流火的湧現有某種關係。

「你們走吧。」炭渣的聲音沙啞。

「聽他的話，阿游。到馬龍那兒的路還很遠，而且有二十個烏鴉族在追趕我們。你真的要為了這個小惡魔，拿我們大家的性命冒險嗎？」

阿游沒有力氣吵架。他爬起身，全心全意掩飾自己蹣跚的腳步。「我揹他。」

「你？」羅吼搖頭，笑聲很乾澀。「他不是鷹爪，阿游！」

阿游很想打他一拳，便打算走到羅吼面前，但他的腿卻讓他歪向一側。詠歎調跳起身，向他衝來，但他已恢復平衡。有一瞬間，他低頭直視她的眼睛，看到她眼中的擔憂。她轉向羅吼。

「他說得對，羅吼，我們不能這樣丟下他。再吵下去，只會浪費時間。」

羅吼從詠歎調看向阿游。「真不敢相信我竟然會做這種事。」他走到炭渣身旁，粗魯地把那孩子甩上肩膀，轉向山上開步走，一路謾罵著最惡毒的髒話。

現在他們保持緊密的距離前進。詠歎調走在阿游的右側，她腳上的水泡和傷口都藏在靴子裡。羅吼大步走在他左側，呼吸粗重，肩上扛著一百磅額外的重量，攀登馬龍的山。阿游把手臂靠在胸前，但沒什麼效果，每走一步，他都感覺心跳令他的手震動。他口很渴，第一個小時就喝光了每一個皮袋裡的水，卻沒有覺得好過一點。

樂斯酒的效力消失後，他開始跟一陣陣令他幾乎昏厥的劇痛搏鬥。但他還注意到另一件事，松樹的蔽障消失了，各種氣味以一貫清晰、分明、刺激的強度襲來。他的鼻子功能恢復了。

烏鴉族身上的惡臭隨風飄來，他算出有二十多種不同的氣味。近處，更濃郁的是詠歎調和羅吼的心情。

從他們身上，他只嗅到恐懼。

21 詠歎調

詠歎調用灼熱的眼光望向林蔭深處，搜尋烏鴉面具和黑斗篷。他們的行動太慢，而且三不五時得歇一下，好讓羅吼喘口氣。真正休息的時候，她也沒有錯過阿游蒼白臉孔上鬆了一口氣的表情。不知怎麼回事，她雖然腳上傷痕累累，卻成了他們之中腳程最快的人。

她目光落在阿游裹著繃帶的手上，白色的紗布在落日餘暉中特別醒目，上面染著鮮血。她從未見過這麼嚴重的傷勢，無法想像他承受的痛楚。剛才發生的事她簡直難以置信。

炭渣是什麼人？人類怎麼可能擁有那種力量？詠歎調知道有些動物能放電，例如魟魚和電鰻。但一個男孩？這像是虛擬世界裡才會發生的事。但她不是才得知靈嗅者和靈視者、靈聽者的存在嗎？炭渣的能力難道不是另一種突變嗎？控制流火乍看是基因上的一大突破，但仍然是有可能的。

她沈浸在抬起腳、放下腳的節奏中，直到羅吼忽然停步，把炭渣拋在地上，毫不考慮把動作放溫柔一點。

「我再也揹不動他了。」

夜幕已降臨，一輪滿月燦然掛在天上。流火變得很微弱，只剩淡淡的光暈。他們面前有一片開敞的平地，前方的山勢再度向上攀升，又出現茂密的森林。

炭渣仍縮著身子，眼睛緊閉，但他已經不發抖了。阿游搖搖晃晃站在他身旁。

「我們快到了。」他朝那個長滿樹木的山坡歪歪頭示意。「就在那裡。」

羅吼搖頭。「我的腿。」

阿游點頭道：「我來揹他。」

炭渣眼睛張開一條縫，找尋阿游。「不要。」他聲音很小，像一聲嗚咽。他翻到一側，背對他們。

阿游對著他看了一會兒，然後抓住炭渣的手腕，把這孩子的手臂搭到他肩膀上，又用受傷的手臂攬著炭渣的腰，拉他站起來。他們互相攙扶，開始前行。阿游躬著腰，配合炭渣的身高。

經過詠歎調面前，炭渣抬頭看了她一眼，黑眼睛裡閃著淚光。詠歎調察覺，那是慚愧。他燒傷了那隻現在正扶持著他的手。

詠歎調猛然轉身。「那是什麼？」夜晚出現新噪音，來自遠處的營營聲。

「鈴鐺。」羅吼怒目瞪著樹林說。

她想起哈里斯的話。「用來趕走邪靈。」她道。

「應該是逼我發瘋吧。」羅吼從袋裡取出一樣東西。他把一頂黑帽子戴在頭上，沈重的護耳垂下來，遮住他的耳朵。「它讓我失去方向感。」

阿游回過頭。他把頭略微抬高，眼睛掃視四周，以自然而狂野的姿勢吸了口氣。這是他的本性。靈嗅者。靈視者。他跟羅吼四目相對，兩人交換無聲的默契。

「我們得快跑。」羅吼說。

恐懼貫穿她全身。她看一眼掛在阿游旁邊的炭渣。「有他在，你怎麼跑？」

她還沒問完，他已開始行動。詠歎調從口袋裡掏出她收集的石頭，把它們扔在地上。

跑沒幾分鐘，她就開始抽筋，覺得噁心想吐。這讓她很困惑，因為她一整天都沒有吃東西。但她繼續往前跑，她的靴子總是踢到小石頭，每一步都刺痛她腳底。前方樹木隱隱出現，陰森的樹影羅列在山腳下。樹林可以供他們藏身。她跑了又跑，但好像總是無法更接近那些樹。

「他們也在跑。」阿游開口時，已經又過了一段時間。一小時？一分鐘？他臉上毫無血色，即使在黑暗中她也看得出來。

她不知道黎明何時來臨，帶來了灰濛濛的霧，也不知道他們何時跑上了有樹木生長的斜坡。忽然她就置身松樹之下，好像忽然被傳送到某個虛擬世界。

「走啊，炭渣，跑啊。」阿游對他說。

炭渣拖著腳步，他連自己的體重都幾乎承受不住。

詠歎調咬緊嘴唇，急切地在林中搜索烏鴉族的蹤影。現在鈴聲更響亮了，就像羅吼先前說的，它讓人失去方向感。「我來揹他，阿游。」

阿游放慢腳步。他頭髮滑膩膩的全是汗水，顏色變深，濕淋淋的上衣黏在身上。他點點頭，讓她接過炭渣。炭渣的身體觸手冰涼，眼珠子已經往後翻。羅吼出現在他的另一側，他們兩人合力，奮不顧身，在越來越響亮的鈴聲中，拖著炭渣爬上越來越陡峭的山坡。

羅吼停下腳步。「前面都是山坡，沒有我，妳爬得動嗎？」

「可以。」她轉過身，心一緊。「阿游呢？」

「拖延烏鴉族去了。」

他離開了？他回去了？

羅吼抽出他的刀。「繼續前進，去找馬龍。幫我們請救兵。」

他衝下山坡，黑衣消失在陰影中。詠歎調抓緊炭渣枯瘦的肋骨，努力前進，每一步都被驚恐壓得喘不過氣。她無法壓抑一個念頭……要是再也看不見他們怎麼辦？如果這是她最後一次見到阿游怎麼辦？她不要這樣的結果。

「幫幫我，炭渣。」

「我不行了。」她身旁傳來的聲音比耳語還有氣無力。

她幾乎是走到石牆前面才看見它。它非常突兀地矗立在常綠樹木之間，築得非常高，有她身高的好幾倍。詠歎調跟炭渣一起蹣跚走過去，把空著的那隻手掌心貼在粗糙的牆面上。她一定要摸到才敢確定它真的存在。她沿著牆走，保持很近的距離，肩膀貼著牆壁，直到找到一扇厚重的木門。一個螢幕嵌在牆這頭的水泥裡。看到她的世界裡的裝備出現在外界，她不由得發出一聲驚呼。

她對滿布灰塵的螢幕揮手。「我要求救！我要找馬龍！」她開始斷斷續續抽噎，仰頭望向高高在上的一座塔。

「救命啊！」

有人往下看，一條黑影映著明亮的清晨天空。她聽見遠處有叫喊聲，幾分鐘後，牆裡的螢幕亮了起來。出現一個男人，有張胖嘟嘟的臉，皮膚白淨，藍眼睛，潤澤的奶油黃頭髮有仔細梳理過的痕跡。

他臉上浮現一個難以置信的笑容。「一個定居者？」

大門轟隆一聲打開，令她膝蓋抖得咯咯響。

詠歎調跌跌撞撞走進一個鋪滿青草的大院落，為了扶持炭渣，她的肩膀已痠痛不堪。石板街道連接疏落的石砌房舍與花園，仍在圍牆之內的遠處，有飼養山羊和綿羊的羊圈。幾根煙囪散出裊裊青煙。有些人瞪著她看，但好奇的成分多於訝異。這兒看起來就像一個中世紀的虛擬世界，只不過中間那座大建築物，比較像一個灰盒子而不像古堡。

那棟房子牆上攀滿常春藤，卻絲毫沒有使水泥建築顯得柔和。入口只有一個，沈重的鐵門在她眼前靈活地滑開。螢幕上那個圓臉男人出現了，他快步向她走來，身材矮胖，動作卻不失優雅，一個年輕人緊跟在他身後。她在那兒站的時間已久，身後的大門開始合攏。

「不！」她說。「還有兩個人要進來！游隼和羅吼。他們叫我來找馬龍。」

「我就是馬龍。」他的藍眼睛望向那扇門。「阿游在外面嗎？」他對身旁那個瘦長的年輕人很快下了幾道命令，吩咐手下在牆上就位，又派其他人下山去幫助阿游與羅吼。

兩個男人走上前，從她身旁接過炭渣。他們扶起他時，炭渣的腦袋無力地下垂。

「送他去看醫生。」馬龍吩咐道。回過頭來面對她時，他表情變得柔和，雙手交握，頂著柔軟的下巴，眼中亮起一朵笑容。「可喜可賀，良辰吉日。看看妳。」

他有模有樣攙起她的手臂，引導她走向那棟四方形建築。詠歎調沒有反對，她幾乎走不動了，就讓自己依靠在他軟綿綿的身側。香水氣味湧進她的鼻子，檀香、柑橘，清潔的味道。打從上次離開虛擬世界，就沒再聞過香水了。

趁他帶她進入室內這段空檔，她急急忙忙解釋烏鴉族的情況。他們穿過一個氣密室，這兒門戶洞開，已經不具有原來設計的功能。再經過一條寬闊的水泥走廊，來到一個大房間。

「我已經派了最優秀的手下去幫忙，我們可以在這裡等候他們。」馬龍道。

這時她才發覺馬龍一身維多利亞時代的裝扮。黑色燕尾服裡穿著藍色絲絨背心，甚至還戴了一條白色真絲蓬鬆領巾，穿著鞋罩③。

她身在何處？不小心撞進了一個什麼樣的地方？她轉身打量這房間，尋求答案。房間兩邊都裝了3D電視牆，跟大聯合之前一般人使用的一樣，畫面裡有森林，青翠茂密，隱藏式擴音機傳出啁啾鳥鳴。其他牆面都鋪了花樣繁複的帷幔，每隔幾呎就有一個擺放各式收藏品的玻璃箱。一個印地安頭飾；一件老式足球衫，背後用大字印著45這個數字；一份紙本雜誌，封面有個黃框，裡面畫著恐龍。每件展示品都有打光，好像古代的博物館，引導詠歎調的目光從一個色彩繽紛的焦點移動到下一個。

房間正中央，幾張又厚又軟的沙發排放在一張設計繁複、桌腳彎曲的大茶几四周。詠歎調腦中靈光一閃。她在巴洛克虛擬世界裡看過類似的桌子，路易十四時代的作品。她偷窺馬龍一眼。他是什麼樣的一個外界人？

「這是我的家，我叫它台爾菲④，阿游和羅吼就叫它箱子。」他親切地一笑，補充道：「我

---

③馬龍戴的puff tie是一種窄幅的長條圍巾，在領口交叉綰結後，將下襬塞進背心或外套裡，把露出的部分拉成蓬鬆狀，主要作為裝飾之用。他腳上穿的spats，是用皮革或布料製作，套在腳踝外面，包覆著褲管、襪子和一部分鞋面。最初可能有防污的作用，但後來的鞋罩大都採用白色或淺色材質，比它們要保護的衣物更不耐髒，反而變成炫耀穿著者生活優渥的道具了。

④Delphi是阿波羅神廟所在地，古代信奉希臘神祇的人每有疑難，都來這兒請求神諭，為他們指點出路。

想知道的事好多，但我必須等待，當然。請坐。妳看起來很累了，而且站著恐怕也不能讓他們快點回來。」

詠歎調向沙發走去，忽然自慚形穢。她身上好髒，馬龍的家卻是那麼富麗堂皇，沒有半點瑕疵，但她再也克制不住坐下來的渴望，於是坐了下來，唇間迸出一聲卸下重擔的嘆息。柔軟的沙發被她的身體壓得下陷，跟她的背和腿契合為一。她伸手摸摸巧克力色澤的布料。難以置信，真絲面的沙發，竟然出現在這裡，外面的世界。

馬龍在她對面坐下，胖嘟嘟的雙手合攏，擱在腿上。他看起來像個第四代，眼睛裡卻洋溢著孩子氣的好奇。

「阿游受了傷。」她說：「他的手燒傷了。」

馬龍發出更多道命令。詠歎調根本不知道房間裡還有其他人，直到他們快步離開。「我這兒有醫療設備，他一進來就可以治療。石雷特會辦妥這件事。」

她猜石雷特就是剛才外面那個高個子青年。她道：「謝謝你。」她的眼睛還是不聽話，硬要閉起來。「我不知道。我不願意拋下他，但他在我知道之前就離開了。」她不自覺地說。

「親愛的……」馬龍擔心地看著她說。「妳需要休息。他們一到，我就通知妳好嗎？」

她搖搖頭，跟又一波湧來的疲倦對抗。「他們來之前，我哪兒也不去。」她雙手交疊，放在腿上，驀然想起這手勢跟母親一模一樣。

隨時，阿游就會趕到。

隨時。

22 游隼

到處都是鈴聲，阿游無法判斷哪個聲音最接近。他掃視森林。「你在哪？」

他的眼睛鎖定在動作上。山下有兩個烏鴉族鬼鬼祟祟地向他接近，斗篷在地上拖曳，他們沒戴面具。阿游知道他們在哪一刻看見他，恐懼掠過他們的臉，他們隨即閃到樹後。

阿游從肩上取下弓，但他燒傷的手指動彈不得。他要怎樣才能把弓拉開？烏鴉族在樹後窺探，測試危險的程度。有了把握之後，他們分幾次飛撲向前，緊握著他們的刀。

他必須採取行動。詠歎調和羅吼帶著炭渣，行動太慢。除非他能擋住烏鴉族，否則他們到不了馬龍那兒。

阿游坐在原地，用腳頂開弓身，用沒受傷的手摸索著把箭搭在弦上，再把腿伸開，弓弦往後拉，然後放鬆。這一箭射得很笨拙——從小時候偷玩父親的弓以來，他就不曾用腳射過箭——但箭還是飛了出去，逼得烏鴉族重又四下散開，找尋掩護。

「阿游，你的弓！」

羅吼跑過來，從阿游背後把箭囊取下。他接過阿游的弓，搭上箭，發射。阿游立刻站起，抽出刀，發現形勢顛倒——羅吼拿弓而他使刀——但這樣他們可以移動，逼退烏鴉族，同時接近馬龍的地盤。他成為羅吼的眼睛，搜索輕舉妄動衝過來的烏鴉族。他負責找目標，由羅吼發箭。

阿游察覺背後有動靜，立即轉身，十幾個人從山上向他們跑來。阿游把刀握得更緊。他們人數太多，也太接近。不久便發現他們不是烏鴉族。

「馬龍的人，羅吼！」

羅吼轉身，睜大眼睛。箭從他們身旁飛過，射向烏鴉族。他們趁機快跑，腳下砂石飛濺。他們不停地跑，直到跨越大門，進入馬龍的庭院。

許多人包圍住他，要他跟著走。阿游照他們的話做，他已經說不出話了。他跌跌撞撞進了箱子，穿過馬龍的走廊，除了移動雙腿，什麼也不想。

他被帶領著穿過一道沈重的鐵門，進入一個空曠的大房間，地上鋪著亮晶晶的瓷磚。難聞的味道湧進他鼻子，酒精、塑膠、尿液、鮮血、疾病。醫院的味道令他憶起去年的蜜拉，以及現在的鷹爪，他的腿快撐不住了。

他已經到了目的地。馬龍會修理智慧眼罩，然後他會找到鷹爪。

一個穿醫生罩袍的人問阿游幾個跟他的手有關的問題，阿游心思渙散，只聽見破碎的字詞。他望向羅吼，希望他知道答案，這時走廊另一頭卻傳來喊聲。

「炭渣。」羅吼道，但阿游已跑了過去。他推開集結在一扇門口的一堆人，掃視房間。布簾把這兒分隔成許多小間，每個隔間裡都有床。炭渣癱倒在最左側的角落裡，黑眼睛裡有狂野的表情。他的惡臭在阿游鼻腔深處爆發，接踵而來的是他的恐懼造成的冰冷灼痛。

「不要靠近我！退後！」

「他本來昏迷不醒。」一位醫生說道：「我想給他做靜脈注射。」

炭渣罵個不停。

「鎮定。」阿游道：「安靜下來，炭渣。」

「我們得使用鎮靜劑。」有人說。

炭渣的目光轉到阿游肩上，喊道：「退後，要不然我把你們通通燒死。」

阿游的鼻子劇烈刺痛，所有的燈光開始閃爍，然後熄滅。阿游用力眨眼，強迫自己的眼睛調適，但一片漆黑中，連他的眼睛也不管用。「大家出去。」他張開手臂說。他可不能讓炭渣把這些人通通燒傷。「羅吼，帶他們出去。」

他和羅吼在黑暗中摸索著，把所有的人趕了出去。之後阿游把門關上，先靠著門喘口氣。他看不見炭渣。隔了很久，只聽見走廊裡傳來隱約的說話聲。最後炭渣開口了。

「誰在那兒？」

「是我，阿游。」阿游皺起眉頭。截至目前為止，他可曾告訴過炭渣自己的名字？

一道溫暖的銀光從門縫下透進來，外面走廊裡的燭光足夠他看見房間裡的東西。

「你喜歡受傷啊？」炭渣問道：「你要我把你的另外一隻手燒傷嗎？」

阿游已經鬥志全失，他猜測炭渣也跟他一樣。這孩子縮在一個角落裡，勉強保持站姿。阿游走到最靠近炭渣的那張床旁邊，他坐下時，床嘎吱作響。

「你在做什麼？」過了一會兒，炭渣問道。

「坐下。」

「你該離開，靈嗅者。」

阿游沒回答。他不確定自己能不能離開。他已經用光了最後一滴力氣，肌肉不斷抽搐，吸飽汗水的上衣越來越冷。

「我在哪裡？」炭渣問道。

「一個朋友的地方，他名叫馬龍。」

「你來這裡做什麼，靈嗅者？你以為你能幫助我？就這樣？」他等阿游回答。見他不回話，炭渣便滑到地板上。

微弱的光線中，阿游看見炭渣把頭埋在手裡。他的憤怒已減弱，變得冷卻黯暗，直到成為一片全然冰冷的黑暗，阿游的心開始狂跳。像這樣的一種憤怒，感覺好熟悉。

「你應該丟下我。你還不知道我是什麼嗎？」孩子的聲音破碎，阿游也聽見低低的抽泣。

阿游吞下喉嚨裡一陣緊縮的感覺，坐在床上動也不動，也不出聲，讓鹹味跟房間裡所有其他氣味混合。慢慢來，他告訴自己。這孩子體內有道撕裂的傷口，直達靈魂深處。阿游知道那種感覺，需要時間來修復。

「你能……你的手指還能動嗎？」

阿游低頭看著自己的手。「不太能。我想，消腫以後應該會好一點。」

炭渣呻吟一聲。「我差點殺死你。」

「你沒殺死我。」

「但差一點就成功了！那東西在我身體裡面，一旦噴出來，就會有人受傷、死掉，都是我害的。」炭渣摀著臉，發出淒厲、痛楚的啜泣。「出去。求求你。」

阿游不想就這麼離開他，但他可以確定，炭渣滿心羞愧。如果他硬要留下，炭渣就再也不可能正視他了，他希望跟這孩子面對面，他必須跟這孩子把話說清楚。阿游悄悄離開那張床，倚靠疲乏的腿再度站起。

他只是暫時離開，他還會回來。

23 詠歎調

「詠歎調？」

詠歎調硬把自己從有生以來最深沈的睡眠中拉出來。她不斷眨眼，直到所有的模糊消失，變得清晰。

阿游坐在她床畔。「我到了。馬龍……他說要告訴妳。」

她知道他平安抵達了。石雷特來報信時，她跟馬龍在一起。但看到他本人，她還是有種如釋重負的感覺。「你花了好長時間，我差點以為烏鴉族抓住你了。」

他的眼睛閃爍著好笑的神氣。「難怪妳睡得那麼熟。」

她也笑了。石雷特帶她到臥室時，她只想趁阿游的手接受治療時，洗洗手，躺下來休息一會兒。但她看到那張床，就放棄了保持清醒的希望。

「你還好嗎？」她問道。他臉側有泥巴塊，嘴唇乾裂，但看不到新的傷口。「你的手怎麼樣？」

他舉起手臂，從手指到手肘打了白色的石膏。「裡面又軟又清涼，他們還給了我止痛藥。」

他一笑：「效果比樂斯酒好。」

「那炭渣呢？」

阿游低頭看他的石膏，笑容消失了。「他在病房裡。」

「他們有辦法幫助他嗎？」

「我不知道。我沒有透露任何與他有關的事，他也不准任何人靠近他。晚點我會去看他。」

他嘆口氣，疲倦地揉揉眼睛。「我不能把他丟在外面。」

「我知道。」她道。她也不能。但她也不否認，炭渣跟其他人相處很危險。他還是個孩子，但她已親眼看見，他把阿游的手臂傷成什麼樣子了。

阿游歪歪頭。「我把智慧眼罩交給馬龍了，他正在修理，一有消息他就會通知我們。」

「我們成功了，盟友。」她道。

「是的。」他微笑道。那是她只看過一、兩次的獅子式的微笑，溫柔而討人喜歡，還帶一點羞澀。它展現出一整個她全然不了解的他。她怦然心跳，低下頭，突然發現他們竟然在同一張床上，獨處。

他忽然全身緊繃，好像他也剛剛才意識到同一件事，然後轉臉望著地面。她不想要他離開。好容易他跟她說話的時候，他們之間完全沒有嫌隙。不需要借助樂斯酒或羅吼插科打諢。她說出心頭想到的第一句話：「羅吼在哪？」

他眼睛瞪大了一點。「樓下。我可以去叫他——」

「不用……我只是想知道他有沒有平安回來。」

太遲了，他已經伸手去開門。「一點擦傷都沒有。」他遲疑了一下：「我也要去找個地方昏死一下。」他道，隨即離開了。

有一陣子，她瞪著原來他在的位置發呆。他為什麼要遲疑？他本來想說什麼？

她把自己埋在溫暖的被窩裡，雖然仍穿著一身髒衣服，但感覺得到腳上繃帶溫和的壓力。她隱約記得回答過石雷特詢問她為何走路會跛的問題。

床畔有盞燈，照亮了色調柔和的乳白色牆壁。她在一個房間裡，四面堅實的牆壁環繞著她。這兒好安靜，聽不見風聲颼颼，烏鴉族的鈴鐺，也沒有自己奔跑的腳步聲。她抬頭望去，看見一片靜止不動的天花板。完全靜止。自從上次跟魯明娜分開後，她不曾有過這麼完整的安全感。

床面很低，很光滑，床上鋪著豪華而沈重的錦緞。有面牆上掛了一幅馬諦斯的畫，只是很簡單的一棵樹的速寫，但每一根線條都富有表情。她瞇起眼睛。那是馬諦斯的真跡嗎？一件東方地毯鋪在地板上，帶來秋季的色彩。這麼多好東西馬龍是怎麼收集到的？

睡意又來拉扯她。進入夢鄉前，她許願要再夢見魯明娜，要一個比上次好的夢。這個夢裡，她要唱母親最愛的那首詠歎調。然後魯明娜會離開座位，走到台上，把詠歎調緊緊擁進懷裡。

她們會團圓。

再醒來時，她拆掉腳上的繃帶，走進相連的浴室，花了一整個小時淋浴。熱水嘩啦嘩啦沖在疲倦肌肉上的感覺真好，幾乎讓她哭出來。她的腳真是慘不忍睹，淤青、水泡、疤痕累累。她把腳洗乾淨，用毛巾包起來。

她回到房間時，很驚訝地發現床已經重新鋪好了。一小包摺好的衣服放在被面上，還有柔軟的絲質拖鞋。那堆衣物最上方有朵紅玫瑰。詠歎調小心翼翼拿起花，輕嗅它的芬芳。美極了，比虛擬世界裡的玫瑰花香更淡雅，但虛擬世界裡的玫瑰不會讓她心跳加速。阿游還記得她問過玫瑰有什麼樣的香味嗎？這是他的回答嗎？

衣服都是純淨的白色，離開夢幻城以來她就沒見過這樣的白，而且比她過去一星期以來穿的迷彩服合身多了。她把衣服穿上，注意到自己的大腿和小腿都起了變化。雖然吃得很少，她卻變得更強壯。

她聽見有人敲門。「請進。」

一個年輕女人走進來，身穿醫生的白罩袍。她長得很漂亮，皮膚黝黑，四肢修長，顴骨很高，有雙杏眼，髮辮從前額往後編，編成一條粗繩，當她在床側跪下時，髮辮垂在前面晃動。她把一個鐵箱放在地上，扳開厚實的鎖釦。

「我叫玫瑰。」她道：「我是這裡的一個醫生，我來幫妳的腳再做一次治療。」

再做一次。她熟睡期間玫瑰已經做過治療。詠歎調坐在床上，讓玫瑰解開毛巾。鐵箱裡的醫療用品都很現代化，跟密閉城市用的類似。

「我們提供醫療服務。」玫瑰隨著詠歎調的目光望去，說道。「這是馬龍維持台爾菲的一種方式，很多人旅行好幾個星期來這兒接受照顧。這些傷口看起來已經好很多了，皮膚癒合得很好。等一下會有點刺痛。」

「這是什麼地方？」詠歎調問道。

「它有很多不同的角色。大聯合之前，它是個採礦場，後來充當核子避難所。現在它是少數幾個可以安全生活的地方之一。」玫瑰抬起眼，說道：「絕大多數時間，我們避免沾惹外界。」

詠歎調無話可說。他們出現時，受了傷，還遭到食人族追逐。玫瑰說得對，他們來時的模樣實在不高明。

她靜靜看著玫瑰把一種軟膏塗在她的腳底，產生一種清涼、緊繃的感覺，糾纏她一整個星期的疼痛立刻紓解了。玫瑰把一個檢查生命跡象的儀器貼在詠歎調手腕上，機器發出嗶聲後，她檢視後面的小螢幕，皺起眉頭：「妳出來多久了？」

「八——大概十天吧。」她答道，為發燒昏迷那段時間加了兩天。

玫瑰驚訝地挑起眉毛。「妳有脫水和營養不良。我從來沒有治療過定居者，但就我所知，妳在其他方面都很健康。」

詠歎調聳聳肩膀。「我並不覺得快要……」

死了。

她沒把話說完，沒有人會比她對自己的健康狀況更覺得意外。她想起這趟旅程剛開始的時候，她把頭枕在阿游的袋子上。她累得要命，痠痛深入骨髓裡。她仍然有那種不適感，而且她的肌肉和腳都還需要休養，但現在她很有把握，一切都會痊癒。她已經不抽筋，不頭痛，也沒有生病的感覺了。

她的健康還能支撐多久？還要多久才能修好智慧眼罩，聯絡到魯明娜？

玫瑰把檢查儀器放回箱子裡。

「妳也治療游隼嗎？」詠歎調問道：「跟我一起來的？」她輕易就能想見他手指骨節上密布的水泡。

「是的，妳會好得比他快。」她用手按著敞開的箱蓋，準備關上。「他來過這裡。」

詠歎調知道她被引導著往下問。「是嗎？」

「一年前。我們變得很親近。」玫瑰道，不留一絲誤會的空間。「至少我以為是那樣。靈嗅者有那種能力，他們清楚知道該說什麼話，哪些話會對妳產生什麼效果。他們會給妳妳想要的，卻不會把自己交給妳。」她捲起袖子，露出沒有任何標記的雙頭肌。「除非妳是他們的同類。」

「妳還真……坦白。」詠歎調緊張地笑起來。她情不自禁地想像阿游跟她親密的畫面。美人兒，比阿游和詠歎調都年長好幾歲。她覺得自己的臉蛋發熱，卻忍不住提出下一個問題。「妳還愛他嗎？」

玫瑰哈哈笑了起來。「我恐怕還是不要回答的好。我已經結了婚，懷了小孩。」

詠歎調盯著玫瑰平坦的小腹。她一向這麼坦白嗎？「我不明白妳為什麼要告訴我這件事。」

「馬龍要我幫助妳，所以我就這麼做了。當初我就知道自己陷入了什麼樣的狀況，也知道永遠不會有結果，所以我認為該讓妳知道。」

「謝謝妳的警告，但我要離開了。何況，阿游跟我只是朋友，其實連這一點也還不確定。」

「他要求我先來照顧妳，直到他得知妳已經睡著了。他告訴我，妳帶著那些傷走了一個星期都沒有呻吟。我覺得沒什麼好不確定的。」玫瑰砰一聲把箱子關上，唇上帶著淡淡的笑容。

「走路要小心，詠歎調，盡量不要碰妳的腳。」

24 詠歎調

詠歎調踏進走廊，玫瑰的話還在她心中迴盪。光滑的水藍色牆壁上掛著織錦毯，絢麗多彩的絲線編織出古代的戰爭場面。一側是個打著燈光的壁龕，擺著真人尺寸的大理石雕像，雕刻的那對男女看不出是在生死搏鬥，還是熱情相擁，很難判斷。走廊另一頭，欄杆上飾有鍍金葉片的大扶手梯通往樓下。詠歎調一笑，台爾菲的每件東西都來自不同的時間與地域，馬龍的家就像同時置身十來個不同的虛擬世界。

阿游的聲音沿著樓梯飄上來。有一陣子，她閉上眼睛，聽他拉長低沈的尾音，即使在外界人當中，他那種慢條斯理的說話方式也很獨特。他談到他的家，潮族的山谷，談到他擔心流火風暴以及其他部落侵襲。以一個幾乎不說話的人而言，他說起話來很有說服力，簡單扼要而篤定。過了幾分鐘，她搖搖頭，對自己這麼肆無忌憚地偷聽別人說話，感到羞愧。

沿著樓梯走下去，又回到那個有沙發的房間。羅吼坐一張，阿游橫躺在另一張，馬龍在羅吼旁邊，盤膝而坐。她沒看見炭渣，這也不意外。阿游一看見她就停止說話，坐直上半身。她試著不去思考這代表什麼，是不是有她在場，他就不願意往下說。

他跟她一樣換上了新衣服。沙黃色的上衣，顏色比較接近黑色而非咖啡色的皮褲，沒有補了又補的補靪。他頭髮往後梳直，在燈光下發亮。沒受傷那隻手的指頭打鼓似的輕敲著石膏，還刻意不看她這方向。

馬龍走上前來，握住她的手，這動作極為親切，令詠歎調不忍拒絕。他穿著一件只能稱之為吸煙外套⑤的西裝，可笑的酒紅色絲絨長版西裝，邊緣緄了黑緞，還束了一條綴黑流蘇的黑緞腰帶。

「啊。」他圓嘟嘟的面頰堆滿笑容，說道：「妳收到了，滿合身的。我還替妳準備了其他衣服，親愛的，但現在這套很合適。妳覺得怎麼樣，達令？」

「很好，一切都要謝謝你，還有玫瑰花。」她補了一句，忽然覺悟跟衣服一起出現的玫瑰花，原來是馬龍送的。

馬龍靠過來，捏一下她的手。「送大美人的小禮物。」

詠歎調緊張地打個哈哈。她在夢幻城不算是出色的女孩，只有歌聲與眾不同。因自己不具備的優點而受到稱讚，感覺很奇怪，但同時也覺得很開心。

「我們開動吧？」馬龍問道：「我們有很多事情要討論，順便也可以利用這段時間把肚子填飽，相信你們都很餓了。」

他們跟著他走進一間布置得跟台爾菲其他區域一樣富麗堂皇的餐廳。牆上貼著金色與猩紅色的壁布，從地板到天花板掛滿油畫。水晶與銀製器皿映著燭光閃閃生輝，房間裡到處閃爍著光芒。奢華的裝潢卻讓詠歎調心頭一痛，這兒讓她聯想到歌劇院。

「我一輩子都為這些寶物賣命。」馬龍在她身旁說道：「但吃飯是件大事，妳覺得呢？」羅吼替她拉開椅子，阿游卻直奔長方桌的另一頭。他們才剛坐下，就有人來幫他們倒水斟酒。這些人都衣著高雅，打扮得一絲不苟。詠歎調開始明白馬龍經營這個聚落的策略，用工作交換安全，但服侍他們的人看起來都生活得很好。她在馬龍的圍牆裡看到的每個人都顯得健康、滿足，而且忠貞。玫瑰就是如此。

馬龍舉起酒杯，戴滿珠寶的柔軟手指像孔雀尾羽般張開。詠歎調看到藍光一閃，馬龍戴著阿游收起來的那枚鑲藍色石頭的戒指。詠歎調心中暗笑，以後她再看到玫瑰花或戒指，要記得不可以濫下斷語。

「歡迎老朋友回來，也歡迎一位意想不到、卻無比歡迎的新朋友。」

湯端上來了，香氣令她食慾大振。其他人動手進食，她卻放下湯匙。真是眼花撩亂，從外面那個匱乏殘酷、為求生必須拼命奔跑的世界，來到這麼五光十色的盛宴。照理來說，她應該很快就能調適，因為她一輩子都在不同的虛擬世界之間穿梭。但這一刻卻令她感觸良多，對眼前這一切滿懷感激，雖然感覺是那麼奇怪。

他們很安全。他們很溫暖。他們有食物。

---

⑤ smoking jacket，顧名思義，是吸煙時穿的外套。煙草引進西歐以來，富裕的紳士為了避免昂貴的外出服在抽煙喝酒時沾染異味或被煙灰燙傷，會準備吸煙外套更換。但逐漸的這種只在「享受人生」時穿著的衣服形成另一種時尚，採用奢華而有光澤的衣料，還加上大量印花、繡花、緹花裝飾，藉以與正式場合的服裝做出區隔。

她再次拿起湯匙，慶幸手中有它的重量。啜飲第一口時，滋味像無數小火花在她舌頭上爆開，她已經好久沒吃到有油水的食物，這道用蘑菇和奶油調配的濃湯實在太好喝了。

她瞥一眼阿游，他坐在首位，馬龍的正對面。她以為他會手足無措。他的地盤在森林裡；這一點她非常有把握。但他顯得很自在。剃乾淨了鬍子，他下巴和鼻子的線條更英挺，綠眼睛也更明亮，跟頭上的水晶燈一樣閃閃發光。

他指點著詢問一名侍僕：「這種季節你們從哪兒找來的羊肚菌？」

「我們在這兒種植羊肚菌。」那年輕人答道。

「很好吃。」

詠歎調眼光落在湯裡。他知道湯裡有羊肚菌，而她只嘗出蘑菇味，但他清楚地知道蘑菇的品種。嗅覺和味覺互相關聯。她想起魯明娜有次告訴過她，這兩者是在影像、聲音、觸覺之後，最後加入虛擬世界的感覺。尤其嗅覺，虛擬複製的難度極高。

她又望了阿游一眼，注意到他用嘴唇抿住湯匙。既然他的嗅覺那麼強，味覺是否也比一般人敏銳？不知什麼緣故，這念頭讓她羞紅了臉。詠歎調連忙喝幾口水，用水晶杯擋住臉。

「馬龍在修理妳的智慧眼罩。」阿游道。他規規矩矩地稱之為智慧眼罩，不說是道具或鏡片了。

「阿游一把它交給我，就開始修了。截至目前的觀察，它應該沒有損壞。我們正設法修復它的電源，因為要避免觸發定位訊號，所以有點棘手，但我們會辦到。很快我就會知道需要多少時間了。」

「裡面應該有兩個檔案。」詠歎調道。「一段錄影和我母親給我的一段訊息。」

「能找到的，我們都會找出來。」

詠歎調第一次又有了希望，真正聯絡到魯明娜的希望。而且阿游也會找到鷹爪。阿游迎上她的目光微笑，他也有同樣的感覺。

「我不知道要怎麼感謝你。」她對馬龍說。

「恐怕也未必都是好消息。修復電源是小事，但讓它跟虛擬世界連線，聯繫妳母親，就困難多了。」馬龍抱歉地看她一眼。「我曾經嘗試突破虛擬世界的安全防禦，始終沒能成功，不過還沒有試過借助智慧眼罩或找定居者幫忙就是了。」

詠歎調就擔心這一點。黑斯一定會封鎖她，不讓她進入虛擬世界，但她希望「歌鳥」檔案能幫他們聯絡上魯明娜。

喝完湯，下一道菜是用濃郁的葡萄酒醬汁燉煮的牛肉，進食中，馬龍提出有關密閉城市的種種問題。詠歎調說明了從生產食物乃至空氣和水的回收利用，幾乎每件事的自動化處理方式。

「沒有人工作？」羅吼問道。

「只有少數人在真實世界裡工作。」詠歎調瞥了阿游一眼，找尋厭惡的神色，但他只顧埋頭大吃。他一定很難得吃到這麼豐盛的一餐，跟來此途中吃的幾頓飯不可同日而語。

她為他們說明密閉城市裡的偽經濟，有人累積虛擬財富，也有黑市和駭客。「但這些都不能改變現實。除了執政官，所有其他人分配到的居住空間、服裝和飲食，都完全相同。」

羅吼從桌子對面湊過身來，露出魅惑的微笑，黑頭髮掉下來遮住眼睛。「妳說每件事都在虛擬世界裡發生，妳是說真的『每件事』嗎？」

詠歎調緊張地笑起來。「是啊，尤其那種事，虛擬世界裡沒有風險。」

羅吼的笑容更燦爛。「妳只要想，就會身歷其境？真的感覺很真實？」

「我們幹嘛老談這個啊？」

「我要一個智慧眼罩。」他道。

阿游翻個白眼。「不可能一樣的。」

馬龍清一下喉嚨。他的臉有點紅，詠歎調知道自己的臉也紅了。其實她不知道真實與虛擬是不是一樣，但她可不想告訴他們這一點。

「烏鴉族後來怎麼了？」她問道，急於轉變話題。這時候他們該已走遠了吧。

她四下張望，沒有人答話。最後馬龍拿起餐巾，把嘴擦得乾乾淨淨，然後說道：「就我們所知，他們仍集結在高原那兒。殺死血主是很嚴重的罪名，詠歎調，他們會守候到最後一刻。」

「我們殺了一個血主？」她問，幾乎無法相信自己剛用了殺死這樣的字眼。

阿游抬起綠眼睛。「唯有這樣才能解釋他們的人數為什麼那麼多。而且，是我下的手，詠歎調，與妳無關。」

都怪她做的事，都怪她離開那個破山洞去採什麼莓子。「所以他們還在守候？」

阿游往椅背上一靠，下巴繃得很緊。「是的。」

「我們在這裡很安全，我向妳保證。」馬龍說：「圍牆最矮的地方也有五十呎高，而且日夜有弓箭手站崗，他們可以讓烏鴉族不敢靠近。天氣快轉涼了，寒冷和流火風暴來臨，烏鴉族就會離開去找棲身之所。我們只希望在那之前，他們不會採取什麼魯莽的行動。」

「他們有多少人？」她問。

「將近四十個。」阿游道。

「四十？」她無法置信。四十個食人族在追他。這些天來，她只巴望著找到在極樂城的媽媽，巴望魯明娜會派一架飛行機來接她。靠她錄下那段索倫劣行的證據，可以洗清罪名，在極樂城開始新生活。但阿游怎麼辦？他還有可能離開馬龍這兒嗎？如果離開，豈不是要一輩子逃竄，躲避烏鴉族嗎？

馬龍對著酒杯搖搖頭。「這種艱難時刻，烏鴉族的生存力很強。」

羅吼點頭道：「幾個月前，他們摧毀了黑鰭族的村子，那是西邊的一個部落。他們前幾年收成不好，大家都差不多。後來又有一場流火風暴直接命中村子。」

「我們到過那兒。」阿游道，看她一眼。「就是那個屋頂破掉的地方。」

詠歎調艱難地吞下一口口水，想像夷平那個村落的風暴有多大威力。阿游在那兒幫她找到靴子和外套，她穿了好多天黑鰭族人的衣服。

「他們受到慘痛的打擊。」阿游道。

「確實。」羅吼表示同意。「他們一天之內失去半數的族人。血主洛登送信給維谷，提議率領殘餘族人歸順潮族。對一位血主而言，這是最大的恥辱。」他頓了一下，黑眼睛瞥向阿游。「但維谷拒絕了這個建議，他宣稱他不能再收容任何一張嗷嗷待哺的嘴巴。」

阿游好像被刺了一下。「維谷沒告訴我。」

「當然沒有，阿游。你會支持他的決定嗎？」

「不會。」

「後來我聽說，」羅吼繼續道：「洛登向角族出發。」

「去找黑貂？」馬龍問道。

羅吼點點頭。「大家常談起那個地方。」他告訴詠歎調：「沒有流火襲擊的地方，他們稱之為永恆藍天。有人說，那不是真的，只是一場晴朗天空的夢，但還是經常有人悄悄提起。」

羅吼回頭看著阿游。「這地方的傳聞層出不窮，據說它是黑貂發現的。洛登相信這件事。」

阿游湊過上半身，一副隨時要從椅子上跳起來的模樣。「我們得弄清楚是不是真的。」

羅吼伸手按住刀：「如果我去找黑貂，絕不是為了打聽永恆藍天。」

「如果你去找黑貂，應該是為了達成使命，把我姊姊交給他。」阿游的口吻冰冷。詠歎調的眼睛在兩人身上轉來轉去。

「黑鰭族後來怎麼了？」馬龍問道。他鎮定地把肉切成一個完美的四方塊，好像完全不覺得氣氛忽然變得緊張起來。

羅吼喝了一大口水，才說道：「黑鰭族在野外遭疾病襲擊時，已經很衰弱了。後來烏鴉族來把最強壯的小孩帶回部落。剩下的呢……呃，就照烏鴉族的慣例處理了。」

詠歎調低下頭。她盤子裡的醬汁開始顯得太紅了一點。

「真可怕。」馬龍說，把盤子推開。「聽了會做噩夢。」他對她微笑道：「妳很快就會把這一切都遺忘，親愛的。阿游告訴我，令堂是一位科學家。她做哪方面的研究？」

「遺傳學。我不清楚此外還有什麼。她為監督所有密閉城市和虛擬世界的委員會工作，也就是中央政治局，那是高層級的研究，不准談論的。」

這麼說令詠歎調有點不好意思，好像母親不信任她可以託付機密情報似的。「她對工作很投入。她幾個月前離開，到另一個密閉城市工作。」她補充道，覺得有必要多交代一點。

「令堂不在夢幻城？」馬龍問道。

「不在。她到極樂城去做研究。」

馬龍以極快的速度放下酒杯，它從水晶杯邊緣濺出來，濡濕了乳白色的桌布。

「怎麼了？」詠歎調問道。

馬龍握住椅子的扶手，手上的戒指閃爍著紅光與藍光。「上星期來的商人帶來一則謠言。只是謠言，詠歎調。妳剛聽羅吼提到永恆藍天，有人的地方就有謠言。」

整個房間開始繞著她旋轉。「到底怎麼回事？」

「很抱歉告訴妳，極樂城遭到流火風暴襲擊，聽說它已毀滅了。」

25 游隼

阿游站在詠歎調房門外，肺像風箱般鼓動。馬龍這兒有很多討人喜歡的特色，食物，床鋪，食物。但這麼多門和牆壁使他接收情緒的能力大受限制。他想到過去幾星期來，他巴不得能喘口氣。只要能接觸不到詠歎調或羅吼的心痛，即使一小時也好。但現在他卻特地到這兒來，鼻子湊著詠歎調的門縫東嗅西嗅。

他什麼也沒聞到。阿游把耳朵貼在木頭上，還是沒有用。他低低罵了一聲，快步下樓。他走到一樓一個空蕩蕩的大廳，這兒只掛了一幅好像不小心潑到顏料的大畫，還有一座電梯的笨重鐵門。阿游按下按鈕，來回踱著方步，等電梯開門。裡面沒有按鈕，這鐵盒子只會下降到一個地方，馬龍稱之為中心。

十秒鐘後，他開始出汗。他不斷下降，深入，再深入，想像著逆向爬回來要走多少級階梯。電梯速度放慢，停止，但他的腸胃還繼續下沈了一、兩秒鐘。他想起第一次來此的感覺，很難遺忘。終於門開了。

一股潮濕悶沈的泥土味迎面襲來。他打了幾個噴嚏，大踏步穿過一條寬敞的走廊，向盡頭的光源走去。許多板條箱沿著兩側牆壁擺放，堆得很高，甚至頂端還堆著零星物品，蓋滿灰塵的花瓶和椅子，塑膠模特兒的手臂，繪有櫻花的紙屏風，沒有弦的豎琴，裝滿門把、鉸鍊和鑰匙的木箱。

他上次來的時候，探索過每一個箱子裡的東西。收藏在中心裡這些七七八八的東西，就像馬龍擁有的每一件東西，讓他對大聯合之前的世界有更多了解。那是維谷早他好幾年就在書本裡找到的世界。

阿游循著走廊盡頭喀啦喀啦的聲響找去，走進那個大房間前，他先跟羅吼和馬龍點點頭。一大排電腦佔據了房間一側，大多數都很老舊，但馬龍也有幾台定居者的設備，造型跟詠歎調的智慧眼罩一樣新穎。還有一面跟牆壁一樣大的螢幕，跟樓上休息室裡的電視牆同樣規格。他看到畫面裡顯示的就是到馬龍這兒來的山路，他們最後經過的那片高原。色彩很奇怪，影像也很模糊，但他認得那些在帳棚之間走來走去，披著斗篷的人影。

「我裝了一台微攝影機。」坐在木製辦公桌前的馬龍說道。他用一片薄薄的遙控器操縱壁上的影像。詠歎調的智慧眼罩在他桌上，放在一片像是花崗岩的黑色厚石板上。「有流火，它撐不了多久，但在它完蛋前，可以讓我們先看看他們在做什麼。」

「安營立寨，準備長期居留，他們就在做這件事。」羅吼道。他佔據了唯一的一張長沙發，兩腳架在一張小桌子上。「依我估計，從上次統計完，又多了十個人。終於有一個部落追隨你了，游。」

「謝了，羅吼。可惜不是我想要的那種。」阿游嘆口氣。烏鴉族會離開嗎？他又該怎麼離開這兒呢？

馬龍猜到他的想法。「阿游，有些老隧道深入山腹。其中大部分都不能通行，但我們或許能找到一條完好的。明早我就派人去探索。」

阿游知道馬龍無非是想安慰他，但這只會讓他為自己惹出這麼多麻煩感到更難過。隧道嗎？他一想到用這種方式離開就害怕。光是待在這個房間裡，已經讓他冷汗直流。但除非烏鴉族主動放棄，否則他也想不出別的法子離開台爾菲。

「智慧眼罩有消息嗎？」

馬龍的手指在遙控器上滑動，牆壁上的螢幕畫面變成一串數字。「我估計，可以在十八小時十二分二十九秒後完成解碼，讓它開始運作。」

阿游點點頭，明天傍晚智慧眼罩就可以使用了。

「阿游，即使我能給它充電，我想你們兩個還是要準備面對不測。虛擬世界受到的保護比密閉城市更嚴密，牆壁和能量屏障相形之下都不算什麼，我可能沒法讓你跟鷹爪聯絡上，或讓詠歎調跟她母親連線。」

「我們必須試試看。」

「會的，我們會盡最大努力。」

阿游朝羅吼抬一抬下巴：「我需要你。」羅吼毫無異議就尾隨他身後。他在電梯裡說明他需要什麼。

「我以為你已經去找過她了。」羅吼道

阿游瞪著金屬門。「還沒有……我去了，但沒看見她。」

羅吼笑道：「然後你要我去？」

「是的。你去，羅吼。」需要解釋詠歎調跟他說話比較輕鬆嗎？

羅吼在電梯壁上一靠，叉起手臂。「還記得我想跟麗薇說話，卻從屋頂上摔下來那次嗎？」

在擁擠的電梯裡，他無可避免地嗅出羅吼情緒的變化。那是思慕的味道。他一直希望羅吼和麗薇有一天能擺脫他們對彼此的迷戀，但他們總是緊擁著對方不放。

「本來我是隔著木板上的一個洞跟她說話，記得嗎，阿游？她在閣樓裡，剛下過雨。我失去平衡，就滑了下去。」

「我記得你跑給我老爸追，褲子掛在腳踝上。」

「對啦。我摔下來的時候，在磚頭上刮破了褲子。我記得我從來沒見過麗薇笑得那麼開心過，差點就想停止逃跑，專心看她笑的模樣。但光是聽她的笑聲也夠好了。全世界最好聽的聲音，麗薇的笑聲。」羅吼的笑容消逝了一會兒。「他跑得好快，你爸。」

「而且他非常強壯，比他跑的速度還厲害。」

羅吼沒再說話，他知道阿游是怎麼長大的。

「講那個故事有用意嗎？」電梯門一開，阿游就走了出去。「你要來嗎？」

「你自己從屋頂上跌下去一次看看，阿游。」門關上時，羅吼說道。

電梯載著羅吼的笑聲，降回中心。

阿游走進詠歎調的房間時，她坐在床沿。她雙臂交叉，低低放在小腹上面。只有床畔一盞小燈亮著，光線剛好在陰影中切割出一個正三角形，落在她交疊的手臂上。房間裡瀰漫著她的氣味，早春的紫羅蘭，第一朵綻放的花。要不是她的情緒那麼低落，他頗有可能迷失在那股香氣裡。

阿游回身關上門。這個房間比他們讓他和羅吼共用的房間小。他看了看，除了床鋪，沒有地方可坐。倒不是他想坐，但他也不想站在門旁。

她抬頭望過來，眼睛哭得又紅又腫。「馬龍又派你來了？」

「馬龍？不是……他沒有。」他不該來的。他幹嘛關上門，一副要待很久的樣子？現在離開又會顯得很奇怪。

詠歎調擦掉臉上的淚水。「那天晚上，在夢幻城。我到農六去，就是為了想知道她好不好。極樂城的連線斷了，我好擔心。當時我看到她留的訊息，還以為她沒事。」

阿游瞪著她身旁的空位。只不過四步遠，感覺卻像一哩那麼遙遠。他走過去，覺得像是要跳崖。他坐下時，床搖晃了好幾下。他到底有什麼毛病啊？

他清一下喉嚨。「那只是謠言，詠歎調。靈聽者就喜歡散播亂七八糟的消息。」

「可能是真的。」

「但也可能是假的。說不定那個城市只有一部分遭到破壞，就像那天晚上那個圓頂？我進去的地方坍掉了。」

她轉身面對牆上的畫，沈浸在思緒裡。「你說得對。密閉城市的設計就是各個部分的損壞都是獨立的，有很多方法使災害不至於擴大。」

她把頭髮掠到耳後。「我只是想知道。我覺得她沒有死……但萬一事情發生了怎麼辦？萬一我現在應該哀悼她怎麼辦？萬一我哀悼而她沒死怎麼辦？我好怕猜錯，我好恨這種什麼也不能做的狀況。」

他彎下腰，趴在自己腿上，拉扯石膏的邊緣。

「你對鷹爪也是這種感覺，不是嗎？」

他點點頭。「是的。」他道。「正是如此。」他一直在逃避他做的每件事可能都是白忙一場的恐懼。鷹爪說不定已經死了，他不准自己這麼想。萬一鷹爪因他而死怎麼辦？鷹爪在哪兒？阿游知道她了解。這個定居者女孩知道，失去一個深愛的人，可能再也見不上面，是什麼樣的感覺。

他清了一下喉嚨，用手搓搓臉。「馬龍說他明天會拿到檔案，也可以連上線。」

「明天。」她道。

這個字眼浮懸在室內的寂靜裡。阿游緩緩吸口氣，鼓起勇氣，把好幾天來一直想說的話說出口。一旦修好智慧眼罩，一切就會改變。這可能是他告訴她的最後機會。

「詠歎調……人人都會碰到不知所措、心情低落的時候。人與人之間的差異，就在於這種時刻他們會採取什麼行動。過去幾天，妳忍著腳傷繼續往前走，不論妳根本不認得路……也不跟我計較。」

「我不知道這是稱讚還是道歉。」

他偷看她一眼。「兩者都是。我可以對妳更和氣一點。」

「你至少可以多說幾句話。」

他微笑。「這我不知道。」

她笑了起來，但眼神隨即又變得很嚴肅。「我也可以更和氣一點。」

她往後挪動，背靠著床頭板。黑髮披在肩上，烘托出她纖巧的下巴，粉紅色的嘴唇兩端翹起，露出一個淺笑。

「我原諒你，但有兩個條件。」

他往後靠，用那隻好手撐著身體。他偷看她一眼。她穿合身的衣服很好看，迷彩服不適合她。他覺得這麼看有罪惡感，卻情不自禁。「是嗎？什麼條件？」

「首先告訴我，你現在是什麼心情？」

他用一聲咳嗽掩飾詫異。這絕對不是什麼好主意，他尋思如何用客氣的方式拒絕。過了一會兒，他說道，「我試試看。」隨即開始抓耳撓腮，對自己竟然同意做這種事感到大吃一驚。

「好吧……」他撥弄著石膏的邊緣。「氣味對我而言，不僅只是味道而已，它們有重量，有時候也有溫度，還有顏色。我想這跟一般人對氣味的闡釋不一樣。我父親那邊的血緣很強大，可能是靈嗅者當中最強大的一支。」他停下來，不想予人自吹自擂的印象。他發現自己的大腿繃得很緊。「所以，我現在的情緒可能很冷靜，而且沈重。悲傷都是這樣的。黑暗、濃重，好像潮濕的石頭發出的味道。」

他看她一眼。她沒有要笑的樣子，所以他繼續往下說：「還有別的。大多數時候，很多很多次……一種情緒會有好幾種不同的氣味。緊張的情緒味道很刺鼻，就像月桂葉嗎？像它那麼明亮而刺痛嗎？緊張的情緒很難忽視。這恐怕是一部分的因素。」

「你為什麼緊張？」

阿游低頭看著手上的石膏，微笑道：「這個問題讓我緊張。」他強迫自己正視她。但看著她也無濟於事，只好盯著那盞燈。「我做不來，詠歎調。」

「現在你知道那是什麼感覺了，我在你旁邊覺得多麼暴露。」

阿游微笑道：「妳真詭詐。妳想知道我現在為什麼緊張嗎？因為妳還有第二個條件。」

「其實不算是條件，比較像是要求。」

他全身每個部分都緊緊鎖住，等著聽她接下來要說什麼。

詠歎調把被蓋拉到身上，把自己裹住。「你可以留下嗎？我覺得如果你今晚待在這兒，我會睡得好一點，也許我們可以一起想念他們。」

他當下的衝動是答應她。她靠在床頭板上看起來好美，她的皮膚比圍繞在她四周的床單還要細柔光滑。但阿游感到遲疑。

靈嗅者跟別人相處最危險的狀況就是一起入睡，情緒會在睡眠的和諧中混淆。它們會互相糾纏，自行連結。如此一來，靈嗅者會被收服。就如同他跟鷹爪的關係。

他不知道為什麼到現在才想到這件事，但他其實毋庸擔心。靈嗅者幾乎不可能被不具備同種異能的人收服，而她是個定居者，是跟靈嗅者最不相干的一種人。更何況，他已經在跟她相隔不到一呎的距離睡了一個多星期，再睡一天能造成多大差別？

阿游望一眼柔軟的地毯，又望向詠歎調。「我會在這裡。」

26 詠歎調

馬龍弄了個倒數計時器，顯示他們還需要多少時間，就可以安全恢復智慧眼罩的電源。早晨他帶詠歎調下樓到中心去時就叫她看。

七小時四十三分十二秒。

這只是估計的數值，但以詠歎調對馬龍的了解，這數字應該相當精確。這房間跟台爾菲其他區域比起來，特別空曠而寒冷，只擺了一堆電腦設備、一張辦公桌外加一張沙發。它有種神聖的氣氛，感覺好像除了馬龍，沒有人會到這兒來。詠歎調注意到有瓶玫瑰花放在一張小茶几上。

「我看妳很喜歡另外那朵。」馬龍道，露出一個得意的微笑，然後就默默開始處理放在他辦公桌上的智慧眼罩。

詠歎調的眼睛簡直無法離開牆上螢幕的那些數字。當初農六錄下的畫面還在裡頭嗎？還有「歌鳥」的檔案呢？她能找到魯明娜和鷹爪嗎？才過了一小時，馬龍就邀她一塊兒到外面散個步，她立刻答應了。她的腳還在痛，但一個人待在這裡，她肯定會發瘋。時間從來沒過得這麼慢。

在台爾菲的圍牆裡走動時，她四處找尋阿游的蹤跡。晚上她一直沒睡，聽他呼吸穩定的節奏，但早晨醒來時，他卻不在那兒。

跟著馬龍來到室外，詠歎調立刻注意到庭院裡有些變化。只有少數幾個人在外面走動，全然不是她帶著炭渣闖進來時那副忙碌的景象。

「大家都到哪兒去了？」詠歎調望一眼天色，她看過比頭上那種呈葉脈紋路的氣流可怕得多的徵兆。

馬龍臉色一整。他拉起她的手臂，勾在臂彎裡，沿著鋪鵝卵石的小徑往前走。「今天早晨，我們收到幾支烏鴉族從牆外射進來的箭，只是趁黎明前隨便放幾支冷箭，主要目的無非是引起恐慌。這方面他們成功了。我本來希望他們不要追得那麼緊，但是看起來……」

馬龍望向台爾菲，打住話頭。玫瑰和石雷特快步向他們走來，玫瑰的黑辮子在身後甩動，她還沒停下腳步就急著開口。

「那孩子，炭渣不見了。」

「他是從東側大門出去的。」石雷特連忙補充，他看起來對自己很不滿。「塔樓看見的時候，他已經在外面了。」

馬龍挽著她的那隻手臂忽然緊繃。「當前這種情況，不容許有這種事情發生，不可以的。誰負責站崗？」他跟石雷特大步走開，一路氣呼呼地叨念著。

詠歎調也無法相信。經過這一切，費盡千辛萬苦把他帶到這兒，炭渣竟然跑掉了。「阿游知道嗎？」她問玫瑰。

「不知道，我想他不知道。」玫瑰不滿地嘟起嘴巴，然後她眼珠一轉：「妳可以先試屋頂，他通常都在那兒。」

「謝謝妳。」詠歎調立刻衝向台爾菲。

玫瑰帶點兒嘲弄，在她背後喊道：「看來妳的腳快好了！」

詠歎調搭電梯到台爾菲最高樓層，爬上屋頂，一大片空蕩蕩的水泥平面，只在最外圍有一圈木頭欄杆。阿游靠著欄杆而坐，仰頭望著流火，受傷的手臂架在膝蓋上。他一看見她便露出微笑，大步走過來。

走到她面前，他收起了笑容。「發生什麼事了？」

「炭渣跑了，他離開了。抱歉，阿游。」

他臉色一緊，然後望向別處，聳聳肩膀。「沒關係，我甚至不認識他。」他沈默了一會兒。

「妳確定他離開了嗎？他們有去找他嗎？」

「是的，警衛看到他離開。」

他們走到屋頂的邊緣。阿游用手撐住欄杆，朝著樹梢眺望，沈浸在思緒中。詠歎調望著長長的圍牆，呈一大弧形，環繞著台爾菲。她看到昨天她進來的大門，以及每隔一定距離部署的塔樓。垂直落差約七十呎的下方，飼養動物的圍欄和菜園組成整齊的幾何圖形，她方才就在那兒。

「誰告訴妳我在這上面？」阿游問道，臉上已沒有失望的陰影。

「玫瑰。」詠歎調微笑道：「她告訴我很多事。」

他縮了縮脖子。「真的？她說了什麼？算了，別告訴我，我不想知道。」

「真的不想？」

「啊……好殘忍，妳是在對我落井下石。」

她笑了起來，他們又恢復沈默。兩人之間的沈默感覺真好。

「詠歎調。」過了一會兒，他道：「我很想陪妳一起等智慧眼罩，但我沒法子待在中心裡，撐不了多久，在那麼深的地底下，我心裡會怕怕。」

「你心裡會怕怕？」這麼一個能置人於死地的大塊頭，有時說出來的話卻很孩子氣。

「心神不寧？覺得不安？坐不住？」

她微笑道：「那我跟你一起在這上面等，好不好？」

「好啊。」他咧開大嘴道：「我就希望這樣。」他把兩腿從木頭欄杆下面伸出去，掛在邊緣。詠歎調盤起腿，坐在他旁邊。

「這是我在台爾菲最喜歡的地方，讀風的最佳地點。」

一陣微風吹過，她閉上眼睛，探究他話中的意義。她在涼風中嗅到煙和松樹的氣味，手臂兩側的皮膚繃緊起來。

「妳的腳還好嗎？」他問。

「還是有點痛，但好多了。」她說，這麼一個簡單的問題卻讓她心動。他關心這件事，並不是當作寒暄。他總在照顧別人。她說：「鷹爪有你這麼一個叔叔，真是幸運。」

他搖搖頭。「不，是我害他被抓走的。我只是試著彌補，別無選擇。」

「為什麼？」

「我被他收服了。我們透過情緒產生一種結合，我能感覺他的心情，不僅是聞到而已。他也一樣。」

她無法想像跟一個人產生這樣的聯繫。她想起羅吼和玫瑰都提到過，靈嗅者只跟同類相聚。阿游向前靠，交叉手臂，搭在欄杆上。「跟他分開，就好像失去一部分的自己。」

「我們會找到他的，阿游。」

他把下巴也靠在欄杆上。「謝謝。」他道，眼睛盯著下面的庭院。

詠歎調的目光挪到他手臂上。因為打石膏的緣故，他把袖子拉高到手肘以上。他的兩頭肌鼓起的部分縱橫交錯著強壯的血管。他的標記包括一條呈一定角度彎曲的折線和一條波浪形的曲線。她有一股想摸摸看的衝動。她的眼光又移到他的側面，沿著他鼻尖的隆起，找到他嘴唇邊緣一道細細的疤痕。也許她想摸的，不僅是他的手臂而已。

阿游的頭猛然轉過來，她知道他「知道」了。燥熱脹滿她的臉頰，他也嗅到她的窘迫。

她滑行到邊緣，像他一樣，兩腿掛在屋頂外面，裝出好像對下面發生的事很感興趣的樣子。庭院顯得比剛才生氣勃勃，到處有人走動。有個人嫻熟地揮著斧頭劈柴；一隻狗對著一個手中高舉著牠搆不到的東西的女孩汪汪叫。雖然她努力把注意力集中在目睹的景象，卻還是覺得阿游在看她。

「你找到鷹爪以後要去哪裡？」她轉移話題問道。

他又放鬆四肢，靠在欄杆上。「我要送他回家，然後組成自己的部落。」

「怎麼組？」

「就是找個人來跟隨你。不論出於自願或被迫，讓他接受你的領導。然後再找一個，逐漸增加。直到湊夠一群人，可以佔領一塊地為止。如果有必要，戰鬥也可以。」

「怎麼強迫別人跟隨你？」

「挑戰。勝利者可以饒失敗者一命，並且贏得效忠，要不然……自己想像吧。」

「我懂了。」詠歎調道。效忠。結盟。生死關頭的誓言。這都是他生活中習以為常的觀念。

「也許我會往北走。」他繼續道：「看能不能找到我姊姊，把她交給角族。或許我能趁還來得及，消弭一場紛爭。我也想進一步了解永恆藍天是怎麼回事。」

詠歎調很想知道，他要怎麼處理他跟羅吼的交情。硬把相愛的兩個人拆開好像並不公平。

「那麼妳呢？」他問道：「等我們找到妳母親之後，就要回那些虛擬的地方，所謂的虛擬世界去嗎？」

她喜歡聽他說虛擬世界這字眼的方式，緩慢而鏗鏘有力。她更喜歡聽他說等「我們」找到妳母親的口吻，好像這件事一定會發生，好像它是毫無疑問的。

「我想我會回去唱歌吧，我母親總要求我那麼做。我一直不……我一直都沒有真的想要唱歌，但現在我很想做這件事。歌曲就是故事。」她微笑道：「也許是因為現在我有自己的故事可以說了。」

「我一直在想它。」

「你一直在想我的聲音？」

「是啊。」他聳聳肩膀，裝得既害羞又不在乎：「從第一天晚上那次開始。」

詠歎調費了好大勁，才沒讓自己露出一個自豪得莫名其妙的微笑。「那是《托絲卡》裡的歌曲，一齣古老的義大利歌劇。」那首歌原來是寫給男高音的。詠歎調唱時會把音調稍微提高到自己的音域，同時又維持原來迷惘、哀傷的韻味。「那首歌講一個男人，一個被判處死刑的藝術家，他唱他心愛的女人，他以為再也見不到她了。那是我母親最喜歡的詠歎調。」她微笑：「除了我以外。」

阿游把腿縮回來，背靠著欄杆而坐，臉上滿是期待的笑容。

詠歎調笑起來。「當真?在這裡？」

「當真。」

「好啊……我得站起來，站著唱比較好。」

「那就站著吧。」

阿游跟她一起站起身，臀部靠在欄杆上。他的笑容讓人分心，所以她仰頭對流火凝視了一會兒，把冷空氣吸進肺裡，期待在胸中擾動。她會記得這一刻。

歌詞從她口中流瀉而出，從她心中源源不絕湧現。那些充滿戲劇張力、慷慨激昂的字句，曾經令她覺得尷尬，總以為，誰會把自己交付給這麼原始的激情？

正如現在的她。

她讓那些字句飛越屋頂，穿過樹木。她在詠歎調中渾然忘我，任它帶她翱翔。但即使在唱歌的時候，她也知道，下面那個男人停止了劈柴，就連狗也不叫了，甚至連樹木也靜下來聽她吟唱。唱完後，她目中含淚。她但願母親能聽見她歌唱，她從不曾唱得這麼好。

她唱完時，阿游閉上眼睛。「妳的聲音跟妳的氣味一樣甜美。」他說，他的聲音低沈而平靜：「像紫羅蘭一樣甜美。」

她的心在胸腔裡靜止。他覺得她有紫羅蘭的味道？「阿游……你想知道歌詞說些什麼嗎？」

他立刻張開眼睛。「想。」

她花了一會兒工夫回想歌詞，然後鼓起勇氣，正視著他，說給他聽——所有的一切。

「星光多麼燦爛，大地多麼芬芳。果園的門吱呀一聲，沙上傳來腳步聲。她走進來，花朵般芳香，撲進我懷中。哦，甜蜜的吻，流連不去的愛撫。慢慢地，顫抖地，我細看她的美。如今我追求真愛的夢已永遠失落，生命最後的時刻飛逝。我即將在絕望中死去，對生命的熱愛卻更勝以往。」

他們不約而同伸出手，好像有某種力量把他們的手結合在一起。詠歎調看著他們交纏在一起的手指，讓她知道觸摸他是什麼感覺。溫暖而多繭，既柔軟又堅硬。她吸納了他的恐怖與美麗，還有他的世界。過去這幾天的每一分鐘，一切的一切，像她有生以來的第一次呼吸，將她充滿。她從來沒有像現在這麼熱愛生命。

27 詠歎調

她跟阿游一起回到中心時，倒數計時器上只剩四十七分鐘。羅吼跟馬龍一起坐在控制台前。她隱約有他倆低聲交談的印象，還有阿游在沙發後面來回踱步的印象。除了螢幕上的數字，她沒法子專心在任何事情上。

媽，她無聲哀求。要在啊。求妳一定要在。我需要妳。

阿游和我都需要妳。

她本來以為計時器顯示為零的時候，會熱鬧地宣告，警報會嗶嗶響或發出某種噪音。但什麼都沒有，一點聲息也沒有。

「我這兒有兩個檔案。」馬龍道：「都離線儲存在智慧眼罩裡。」

馬龍把它們拉到螢幕上。一個檔案只有日期和時間，讀取到長達二十一分鐘的錄影。另一個檔案有標題「歌鳥」。

詠歎調已經不記得阿游什麼時候到沙發上陪她，或什麼時候牽起她的手。她不知道自己為何沒有注意到這些事。但後來回想起來，她之所以沒有跌落沙發，魂飛魄散，完全多虧了有他在。

他們決定先看過檔案，再設法跟魯明娜聯絡。詠歎調要求先看錄影。他們兩個都需要這檔案，用來交換鷹爪，洗清她名譽的證據。於是她打起精神，準備面對縱火現場與索倫，還有佩絲莉垂死的聲音。她無法相信自己竟然希望有這樣的檔案存在。

壁上螢幕播出煙霧瀰漫的森林，房間裡響徹佩絲莉驚慌的聲音。詠歎調親眼看見的畫面在螢幕上播放，下方是她的腳模糊的影子，不時閃過她跟佩絲莉牽著的手。驚心動魄的火焰、煙霧與樹木。索倫抓住佩絲莉一條腿的畫面出現時，阿游在她身旁說道：「妳沒有必要通通看完。」

她對他眨眨眼睛，感覺像剛從失神狀態中醒來。還剩下六分鐘，但她知道這段影片是怎麼結束的。「夠了。」

螢幕轉暗，寂靜降臨。他們錄到那段過程了。感覺應該是一場勝利，但詠歎調只想哭。她仍聽見佩絲莉的慘叫在耳中回響。

「我要看另一個檔案。」她道。

馬龍點擊「歌鳥」。魯明娜的臉幾乎佔據了整個螢幕，她的肩膀跟整個房間一樣寬。馬龍把影像調整到一半大小，但她還是比正常人大很多。

「那是我母親。」她聽見自己說。

魯明娜對攝影機微笑。一閃即逝、緊張的笑容。她一頭黑髮都往後梳，束在腦後，這是她一貫的風格。她身後有幾排架子，擺著有標籤的盒子。她在某個庫房裡。

「跟一個攝影機說話，假裝它就是妳，感覺很奇怪。但我知道是妳，詠歎調。我知道妳會看到、聽到這個檔案。」

她說話很大聲，房間裡到處都聽得到。她舉手撫平身上那件灰色醫生罩袍的領子。

「我們這兒出了問題，極樂城在流火風暴中受到嚴重損害。執政官估計這座密閉城市有百分之四十已被污染，由於發電機故障，這數字似乎每小時都在攀升。中央管理委員會承諾要幫忙，我們正在等他們行動。我們沒有放棄，妳也不該放棄，詠歎調。

「災難一發生，我就想通知妳，但中央管理委員會關閉了我們跟其他密閉城市的連線，他們不想讓恐慌擴大。但我找到一個管道，我希望能把這消息傳送給妳，我知道妳一定很擔心。」

詠歎調的心停止跳動。魯明娜坐著往後靠，螢幕上看不見她的手，但詠歎調知道它們一定交疊著放在她腿上。

「我還要告訴妳一件事，詠歎調。這麼多年來，妳一直想知道的一件事。我的工作。」她對攝影機露出一個短暫的微笑。「妳一定很高興聽到。

「我得從虛擬世界開始說起。大聯合期間，我們被迫住進密閉城市，所以中央管理委員會創造了它們，讓我們產生空間的錯覺，這妳是知道的，但結果卻發現，它所提供的種種可能性，太有吸引力了。我們賦予自己飛翔的能力。意念一轉，就能從白雪皚皚的山巔來到海邊。如果可以避免，為什麼要讓自己疼痛？如果根本沒有受傷吃痛的危險，為什麼要受恐懼煎熬？我們增加我們以為的優點，消除所有的缺點。那就是妳所了解的虛擬世界。正如他們說的，**比真的還好**。」

魯明娜對攝影機看了一會兒，然後伸手向前，撳下一個攝影機看不見的按鍵。一幅彩色的人類大腦掃瞄圖出現在她左肩上方，佔據了四分之一的螢幕。

「中央的藍色區塊是大腦最古老的部分，詠歎調。它叫做邊緣系統，控制我們很多最基本的機能。我們的求偶衝動，我們對壓力與恐懼的理解與反應，我們快速做出決定的能力。一般所謂的直覺反應，都是這一區產生的反射作用。說得簡單一點，這是我們的野獸本能。在虛擬世界裡馴養了幾個世代後，我們大腦這個部分的用途大幅減少。妳想啊，女兒，一件東西太久不用，會發生什麼結果呢？」

詠歎調啜泣一聲，這是她母親典型的作風。她總是用提問的方式教育她，讓她自行思考答案。

「就沒有用了。」詠歎調說。

魯明娜點點頭，好像聽見了她的回答。「它會退化。這在我們非得依賴直覺不可的時候，是場大災難。快樂和痛苦逐漸混淆不清，恐懼變得很刺激。我們非但不迴避壓力，還追求壓力，甚至沈迷在壓力之中。賦予生命的意願變質成奪走生命的慾望，結果就是理性與認知崩潰。說簡單一點，它會造成精神崩潰。」

魯明娜頓了一下。「我畢生都在研究這種疾病，大腦邊緣系統退化症候群。二十年前，我剛開始研究的時候，這種症狀的發作還是獨立事件，為數不多。沒有人相信它會構成真正的威脅。但過去三年來，流火風暴的威力以驚人的速度擴大。我們的密閉城市受損，切斷了我們跟虛擬世界的連線。發電機故障，備用發電機故障……我們落入無力處理的可怕困境。整個密閉城市都發作大腦邊緣系統退化症候群。我想妳可以想像，詠歎調，六千名受困者全體罹患這種疾病，會是什麼樣的混亂狀況。現在我眼睜睜看著它在我周圍發生。」

她暫時不看攝影機，隱藏自己的臉。

「接下來我要說的話，會讓妳恨我，但我不知道會不會再見到妳，我不能再瞞著妳這件事。我的工作引導我研究外界人，尋求透過基因解決問題的方案。他們面臨壓力與危險時，沒有我們這種危險的反應。事實上，我看到的反應正好相反。中央管理委員會替我們安排，把他們帶到我們的研究室來，我就這樣遇見妳的父親。目前我研究外界人的兒童。出事以後，我的工作比較容易推動。」

詠歎調的心收縮，收縮，扭曲，痛得無法忍受。

這不可能發生。

她不是外界人。

不可能是真的。

魯明娜舉起手，壓住自己的嘴唇，好像她也無法相信自己剛說的話，然後她又把手放下。再開口時，她的聲音急促，激動的情緒已無法掩飾。

「我從來不認為妳在任何方面遜人一等。妳屬於外界人的那一半，是我最愛的部分。那就是妳的堅持，你對我的研究和虛擬世界的好奇。我知道妳的激情來自妳的那個部分。

「我相信，妳一定有上千個疑問。我之所以沒告訴妳，是為了保護妳。」她頓了一下，對攝影機展現一個淚汪汪的微笑。「這樣總是比較好，不是嗎，讓妳自己去找答案。」

魯明娜伸出手，準備關掉錄影，她痛苦的表情塞滿了螢幕。她遲疑了一下，又往後一坐，纖瘦的肩膀緊張地起伏，嬌小的身軀抖個不停，好像她控制不住自己。看到她這樣，淚水從詠歎調眼中湧出。

「幫我一個忙，歌鳥？為我唱那首詠歎調好嗎？妳知道是哪首吧？妳唱得好美。不論我在何處，我知道我一定會聽見的。別了，詠歎調，我愛妳。」

螢幕轉黑。

詠歎調沒有四肢。

沒有心。

沒有思想。

阿游出現在她面前，眼中的憤怒與傷痛閃閃發光。剛才發生了什麼事？魯明娜剛剛說了什麼？她研究外界人的兒童？

像是鷹爪？

阿游抓起那張小茶几，翻倒了那瓶玫瑰花。他喉間發出一聲怒吼，用力把茶几往螢幕扔去。花瓶先啪地一聲碎裂在她腳下，接著螢幕轟隆一聲，一大蓬玻璃可怕地爆炸開來。

他離開後很久，玻璃屑仍如雨絲落在地上。

她在樓上的休息室又看了三遍母親的訊息。馬龍一直陪著她，拍她膝蓋，柔聲安慰。

她低頭看手中揉成一團的手帕。她的心好痛，好像在身體裡面碎裂，痛苦似乎越來越嚴重。

她告訴馬龍：「那種事發生在農六，那種病，大腦邊緣系統退化症候群。」詠歎調憶起索倫凝視著火焰，彷彿蒙了一層翳的眼睛瞪得老大，禍頭子和應聲蟲那麼聚精會神，甚至佩絲莉都會害怕樹倒在她身上。「唯一的差別在於，那天晚上是我們故意關掉連線的。」

詠歎調閉緊眼睛，不願想像農六的亂象以更大規模出現時會是什麼場面。她母親所在的城市全面爆發暴動。一千個索倫到處放火，扯掉別人的智慧眼罩。在流火與大腦邊緣系統退化症候群的雙重威脅下，魯明娜能有什麼機會？

馬龍眼中滿含悲憫。他忙了一天，看起來很疲倦，頭髮蓬亂，襯衫皺巴巴，還有一塊濕漬是他摟著她、讓她哭個痛快的結果。「妳母親知道會發生這種事，她發這則訊息給妳，對這種事一定會早有準備。」

「你說得對。她會這麼做，她凡事都做好準備。」

「詠歎調，我們現在可以試用智慧眼罩。只等妳準備停當，我們就設法把妳送進虛擬世界，說不定可以聯絡上她。」

她連忙點頭，眼中又溢滿淚水。她好想看見母親，知道她還活著，但她要說什麼呢？魯明娜有那麼多事瞞著她，她不讓詠歎調知道自己的真相。

她有一半外界人的血統。

一半。

她有種感覺，好像半個自己剛剛消失了。

馬龍把智慧眼罩遞給她。詠歎調拿著它，雙手抖個不住。「萬一什麼都沒有？萬一聯絡不到她呢？」

「妳高興在這裡住多久就住多久。」

他不假思索說道。詠歎調望著他圓嘟嘟、和藹的臉。「謝謝你。」但她不敢提出下一個浮上心頭的問題。

如果我發現是她抓走了鷹爪，怎麼辦？

但她非知道不可。詠歎調把智慧眼罩扣在左眼上，這儀器有點不舒服地吸附著她的皮膚。她看到智慧螢幕上有兩個離線檔案，索倫的錄影、她母親的留言。

她按照程序用思想發出指令，叫出虛擬世界，馬龍則用腿上的遙控器監看一切活動。

歡迎進入虛擬世界！智慧螢幕上閃現字跡，接著又出現比真實更好！

過了一會兒，出現另一則訊息。

禁止使用。

她趕緊取下智慧眼罩，因為不想看見那幾個字。「馬龍，我們失敗了。我回不了家，阿游也找不回鷹爪了。」

他捏捏她的手。「還不到絕望的時候。這個辦法幫不了妳，但我想到別的點子。」

28
游隼

阿游大步走上屋頂時，烏鴉族正在吟誦。他用沒受傷的手扶住欄杆，望向松林樹梢，聆聽他們從遠方傳來的鈴聲。奔跑的衝動使他腿上的肌肉抽搐。他想逃跑。雖然現在他與天空之間毫無阻隔，他仍覺得自己像一頭困獸。

不可能是真的。他一直怪自己害鷹爪被抓走，因為他拿了智慧眼罩，所以定居者才來找他算帳。現在他卻懷疑——有沒有可能定居者要利用鷹爪做實驗？他是否在詠歎調的母親手中飽受折磨？一個把無辜的孩童偷走的女人？他不准自己想像鷹爪痛苦的模樣。

他從箭囊裡抽出一支箭，向烏鴉族射去，完全不在乎距離太遠，他連看都看不見他們。他詛咒著射出一支又一支的箭，讓它們飛出牆外，飛過樹梢。最後他捧住抽痛的手，倚著電梯間頹然倒下。

他一整晚瞪著流火，想著鷹爪、炭渣、羅吼與麗薇。怎麼每件事都牽涉到尋找與錯過，為什麼沒有一件事發展出應有的結局。黎明來臨，晨光悄悄升起，與流火會合，但他腦海裡只有詠歎調的世界天翻地覆時她臉上的表情。得知她跟他其實是一樣的，使她心膽俱碎。他聞到了。她的情緒帶給他猛烈的衝擊，火與冰，射進他的鼻子，直入他的肺腑。

阿游充其量只睡了一小時，羅吼就上到屋頂來了。他以靈聽者那種貓一般的絕佳平衡感蹲在欄杆上，雖然背後懸空，距地面那麼遠，也毫不恐懼。他交叉雙臂，眼神冰冷。

「她不了解她母親的工作，阿游。你看到的，她跟你一樣吃驚。」

阿游坐起身，揉揉疲倦的眼睛。睡在水泥地上，讓他全身肌肉僵硬痠痛。「你要幹嘛，羅吼？」他問道。

「我送口信來。詠歎調說，你如果想見鷹爪就到樓下來。」

他和羅吼進入休息室時，詠歎調和馬龍都已經在那兒。

她一看見他，就從長沙發上站起來。她眼睛下面有一圈紫色的陰影。阿游無法克制地深深吸氣，搜索整個房間，找尋她的情緒。他找到了，她的痛楚，好深、好痛的傷口。對身為外界人感到憤怒而可恥，討厭做一個像他一樣的野蠻人。

「這個可以用了。」她舉起她的智慧眼罩說：「我試用過，但進不了虛擬世界。我的識別碼不管用，他們把我封鎖了。」

阿游的膝蓋一軟，完了，他失去了找到鷹爪的機會。他困惑地轉向羅吼，卻發現他極力壓抑一抹笑意。

「我進不去。」詠歎調道：「但你說不定可以，阿游。」

「我？」

「是的，他們只封鎖我。眼罩還可以用。我進不去，但你說不定可以。」

馬龍點點頭。「這儀器透過兩種方式辨識使用者身分，ＤＮＡ和腦波。詠歎調的身分立刻被否決了，但換成你，我可以設法在認證時製造一些靜電和噪音。今晚就可以做些測試。我想我們可以在你被發現是未經授權的使用者之前，偷到一點時間，說不定會成功。」

這些話對他毫無意義，他唯一聽懂的是最後那句鄉：說不定會成功。

「我母親的檔案裡有她的研究的密碼。」詠歎調道：「如果鷹爪在那兒，我們或許找得到他。」

阿游覺得吞嚥困難。「我可以找到鷹爪？」

「我們可以試試。」

「什麼時候？」

馬龍挑起眉毛。「現在。」

阿游轉頭就往電梯裡衝，忽然變得身輕如燕，但馬龍舉起一隻手。「且慢，阿游，我們最好在這兒做。」

阿游停止不動，他已經忘了自己在樓下幹的好事。雖然滿臉羞愧，他還是強迫自己面對馬龍的目光。「我不會修理，但我會想辦法賠償。」

馬龍很久沒回答，然後他偏一下頭。「不必了，阿游。有朝一日，我想我會很高興你欠我一份人情。」

阿游點點頭，接受了這個協議，便走到後方牆上的一個展示櫃前面。他裝作欣賞畫中一艘孤單的船碇泊在灰色水湄，實則在釐清心情。最近他做了不少承諾。**我會找到鷹爪。我會把詠歎調送回家。**但是除了把整個食人族部落引到馬龍門口，又打壞了一套昂貴的設備之外，他做了什麼？馬龍怎麼還對他有信心呢？

在他身後，詠歎調和馬龍討論著怎麼教他如何穿過某種他甚至不確定自己是否了解的東西。阿游開始冒汗，汗水沿著他的肋骨流下。

「你還好吧，阿游？」羅吼問。

「手痛。」他舉起手臂道。這不盡然是撒謊。他們都看著他，然後又看看骯髒的石膏，好像大家都忘了這回事。阿游不怪他們。要不是手痛得厲害，可能連他自己都會忘記手上的傷勢。

沒幾分鐘，玫瑰就過來，把詠歎調拉到一旁，低聲跟她交談。玫瑰交給詠歎調一個金屬盒，就離開了。

詠歎調和阿游找了一張長沙發坐下。他看著她剪開他左手的石膏，她的手指微微顫抖。他吸入她的心情，她跟他一樣害怕，不知道即將在虛擬世界裡找到什麼。他知道羅吼說得對，她真的完全都被蒙在鼓裡。不論是她自己的真相，或她母親的工作。

阿游想起她在她房間裡說過的話。

我們可以一起想念他們。

她是對的，有她在會容易一點。阿游把右手放在她手上。

「妳還好嗎？」他低聲問道。這不是他真正想知道的事。她當然不好。他要知道的是，她是否還認同他們一起的這件事。因為無論怎麼困惑、懊悔、憤怒，他都還是很在乎這件事。

她抬起頭，點一下頭。他就知道她的承諾還是算數。不論以後發生什麼事，他們都要一起面對。

他的手看起來比較有手的樣子了。紅腫消了不少，水泡乾癟掉了。他最擔心的是那幾塊又皺又黑的傷口，但手指可以活動，他就放心了。詠歎調塗抹在焦黑皮膚上的一種軟膏，氣味刺鼻，害他打了幾個噴嚏，然後滲入他手指關節的那種清涼刺痛，讓他流了更多汗。真是奇怪，坐在真絲沙發上滿身汗水直流。他不喜歡這樣。

詠歎調用柔軟的繃帶把他的手重新包紮好時，馬龍走過來。他伸手想把智慧眼罩往他臉上戴，轉念又交給詠歎調，說：「還是妳來做吧。」

先是玫瑰，現在又是馬龍，阿游再也不能否認這已是一種共識。透過詠歎調接觸他最安全。他不知道自己做了什麼把這消息公告周知。真不明白他這麼一個一輩子透過嗅覺觀察別人情緒的人，怎麼這麼不會隱藏自己的情緒。

詠歎調接過眼罩。「我們先處理生物科技的部分——直接把眼罩戴上。你會覺得有種壓迫感，好像要把你的皮膚吸進去。但它不久會放鬆，然後內層薄膜會變軟，到時候你就又可以眨眼睛了。」

阿游僵硬地點點頭。「好的。壓迫感。不算太壞。」

是嗎？

詠歎調把那塊透明眼罩壓在他左眼上時，他閉住呼吸，手指嵌進沙發柔軟的扶手裡，努力不讓眼睛眨動。

「你可以閉上眼睛，或許有幫助。」詠歎調道。他照辦，看到一片閃爍的星星，讓他知道自己即將昏倒。

「游隼。」詠歎調抓住他前臂。「不會有事的。」

他專心體會她清涼的觸感，想像她秀氣白皙的手指。壓迫感出現時，他從牙縫裡吸氣，那股力道讓他聯想到海中的暗流。一開始覺得還可以承受，但接下來它變得越來越強勁，你開始害怕被它拖走。那股力量強大到接近痛苦邊緣時，忽然放鬆，讓他吐了一口大氣。

阿游睜開眼睛，眨了幾下，感覺很像只穿一隻鞋走路，所有的感覺和行動都在一側，另一側則有一種強烈受保護的感覺。他透過眼罩可以清楚視物，但他注意到其間的不同。顏色太明亮，景物好像沒有深度。他搖搖頭，加諸臉上的重量讓他咬緊牙關。「接下來怎麼辦？」

「不急，不急。」馬龍調整手中的控制器，羅吼從他肩上觀察。

「我們先到一個森林的虛擬世界。」詠歎調告訴他：「那兒沒有別人，所以你可以有幾秒鐘的時間適應。你一旦進入中央管理委員會的科學研究虛擬世界，我們就不能讓你引起任何注意，而且行動必須非常迅速。在你練習切進切出不同虛擬世界時，馬龍會監視極樂城的連線有沒有恢復，他會替你導航。你看到的一切，我們都可以從電視牆上看到。」

他心頭一時湧起十來個不同的問題，但詠歎調微笑道：「你看起來好帥。」他就全忘記了。

「什麼？」他不明白這種時刻怎麼會說這種話。

「準備好了嗎，游隼？」馬龍道。

「好了。」他答道，雖然他全身都在吶喊，不好。

灼熱的刺痛沿著脊椎升起，衝向頭皮，最後在他鼻腔深處轟然炸開。他右眼看見休息室，詠歎調關心的眼神。羅吼挨在她肩後，扶著沙發的靠背。馬龍一遍又一遍地說：「放輕鬆，游隼。」他左側出現一片常綠樹的森林，松樹的味道深深烙印在他的鼻腔。影像在他眼前變得模糊，晃動。阿游看看這邊，又看看那邊，但他就是沒法子讓任何一個景象穩定下來，強烈的暈眩立刻出現。

詠歎調捏捏他的手。「鎮定，阿游。」

「怎麼回事？我做錯了什麼？」

「沒事，盡量放鬆。」

畫面在他眼前搖晃。樹木；握住他手的詠歎調的手；松樹的枝葉搖擺；羅吼跳過沙發，站在他面前。沒有一樣東西是靜止的，所有的東西都動來動去。

「把這個拿開。拿掉！」

他拉扯智慧眼罩，忘了該用沒受傷的手。他扯不下它來。燒傷的手背一陣劇痛，但是跟刺進他頭顱那種萬箭穿心的痛，根本算不了什麼。他口中湧出大量熱呼呼的口水。他霍然站起，衝進浴室。或他以為自己在這麼做，因為他既要閃避樹木，也要閃避牆壁，而且做得很不好。他重重撞上不知什麼硬物，肩膀和頭傳來巨響。他跌倒時，羅吼扶住他，他們一起衝進浴室。羅吼扶著他站立，阿游對自己的平衡已沒有把握。

他覺得觸手冰涼。陶瓷，不再是樹木。

「我可以了。」

他獨自在浴室裡，在裡面待了很長一段時間。

清醒後，他脫下上衣，披在頭上，衣服又濕又重，都是他的汗水。他仍覺得頭暈噁心，好像剛經歷過想像所及最嚴重的暈船。他在虛擬世界裡撐了多久？三秒？四秒？這樣怎麼找得到鷹爪？

詠歎調在他身旁坐下。他提不起勇氣走出藏身的地方。一杯水出現在他面前。

「我第一次進入你的世界，也有同樣的感覺。」

「謝謝妳。」他道，把水一飲而盡。

「你還好吧？」

他不好。阿游握住她的手，把臉靠過去，貼著她手心。他吸入她紫羅蘭的體香，從中獲得力量。讓它安撫他肌肉的顫抖。詠歎調的大拇指沿著他的下巴滑動，刮過他的皮膚，發出輕微的嚓嚓聲。這麼做有點危險，她的味道對他有莫大的影響力。但他沒法子思考這件事，因為這是他現在的需求。

「你喜歡虛擬世界嗎？」羅吼問道。

阿游從上衣底下抬起眼睛。羅吼站在浴室門口，他還看見馬龍在外面大廳裡。

「不怎麼喜歡。再試一次嗎？」他道，雖然他實在很懷疑自己是否受得了。

回到休息室，燈光已經調暗。有人送來一台風扇。這些安排讓他尷尬，雖然確實有助於鎮定他的神經。阿游試圖解釋他的感受。

「你必須試著忘記這裡。」詠歎調道：「忘記真實的世界，把注意力放在智慧眼罩上，就會開始覺得可以接受。」

阿游點頭，好像這番話有道理，於是她和馬龍繼續指點他該怎麼做。放輕鬆，試著這麼做，也試試看那麼做。

然後羅吼說：「游，就像沿著箭頭往前看。」

這他辦得到。射箭跟他站在哪裡、他的弓和他的手臂都沒有關係。整整十年，他沒再考慮過這些條件，他唯一想到的就是他的目標。

他們又叫出那片森林。影像就像上次一樣，分散他的注意，但阿游想像自己正瞄準一片閃過眼前的捲曲樹皮。樹木在他周圍靜止，那是一種突如其來、令人震驚的靜止。不知怎麼，其他人也都察覺了，因為他聽見馬龍說：「這就對了。」

他專注在樹木上的時間越久，它們就顯得愈越定。阿游的身體在輕柔的微風中變得涼快，但那風不是來自電風扇。風中送來松香的味道。松樹，雖然他一眼望去，看到的都是針樅木。那氣味太強烈了。他還聞到新鮮的樹汁，不僅是樹的呼吸而已。空中完全沒有人類或動物的氣味，就連他在一棵樹根下看到的野菇也沒有味道。

「有點像，卻又不一樣，是嗎？」

他轉過身，在樹林裡找尋詠歎調。「聽起來好像妳在我腦子裡。」

「我在外面，坐在你身旁。試著走幾步，阿游。再待幾秒鐘。」

他發現所謂走幾步只要想著走動就行了，這跟現實裡的狀況不太一樣。他仍然覺得頭昏，不踏實，但他動了，一步接著一步。現在他在森林裡面，感覺應該像回到家一樣，但他的身體卻堅持他來到馬龍的地盤就一直有的那種感覺。就因為這感覺，他一有機會就往屋頂上跑。

然後他想到一件事，連忙跪下。他用沒受傷的那隻手拂開地上的乾松針，抓起一把泥土。它乾燥鬆散，質地細緻。不是他通常在松林裡看見的那種結硬的土塊和碎石。阿游晃動手掌，讓泥土從指縫間漏下，直到掌心只剩幾顆小石頭。

「你明白了？」詠歎調柔聲道。

確實。「我們的石頭比較好。」

29 詠歎調

詠歎調透過阿游的眼睛觀察，看到電視牆裡的他站在那兒，拍掉手中的泥土，好像那是真的，好像它會黏附在他身上似的。

詠歎調望向馬龍。他搖搖頭，示意還不能跟極樂城連上線。今天她找不到魯明娜了，這一點她已有心理準備，詠歎調按捺下失望的打擊。他們必須找到鷹爪。

「我們要帶你進入科學研究的虛擬世界，阿游。跳進另一個虛擬世界，感覺會有點奇怪……你只要盡可能保持冷靜。」

一個圖像上出現紅色的**DLS** 16字樣，懸掛在森林前面。**DLS**就是大腦邊緣系統退化症候群的代稱。她和馬龍花了一整晚駭進她母親的檔案，規劃整個過程。她知道阿游不能閱讀，所以馬龍要用遙控器控制阿游的位置。阿游回頭張望，圖像正在追蹤他的行動。

「我們出發了，游隼。」馬龍道。

阿游在她身旁低罵一聲，這時壁上螢幕的畫面已重組成一間整潔的辦公室。辦公桌對面有一張比例恰到好處、擺著方形靠枕的小紅沙發，矮茶几上有一盆肥美的羊齒蕨。辦公室一側有扇玻璃門，通往植有黃楊木圍籬的庭院，庭院裡還有噴泉。另一側的牆上，等距離排列了四扇門：實驗室、會議室、研究室、實驗對象。

詠歎調也覺得頭暈，她從沒看過母親的辦公室。她的眼神停留在辦公桌後面那張空椅子上。魯明娜曾經在那把椅子上消磨過多少個小時？

「阿游，進第四道門。」她對他說。「最右邊的門。實驗對象。」

他走了進去，這兒是一條長走廊的盡頭，兩側有更多扇門。他跑向最近的一扇。

「琥珀。」詠歎調念出小螢幕上的名字。他走向下一扇門。「布林。」再下一扇。「克拉拉。」

阿游沒有動，他站在標示克拉拉的門前面。詠歎調不知道發生了什麼事，她只能透過他的眼睛觀看。在虛擬世界裡，她看不見他的臉。坐在她身旁的他，看起來很平靜，但她知道事實並非如此。「怎麼回事？」

羅吼在她身旁咒罵一聲。「她是我們的族人，那女孩去年從潮族失蹤了。」

馬龍焦慮地看她一眼。「詠歎調，他必須往前走，我們時間不多了。」

阿游拔足狂奔，經過佳世寶，經過小雨，直奔鷹爪。他撞開房門，衝進一個牆壁上滿是高飛的老鷹、漩渦狀的藍天、漁船在海裡撒網等生動圖畫的房間，房間正中央擺著兩張襯有軟墊的舒適椅子。但沒有人。

「他在哪裡？」阿游迫切地問。「詠歎調，我哪裡做錯了？」

「我不確定。」她原本以為一開門就會把孩子召喚到虛擬世界裡來，但她沒把握。這一切都是新經驗。

她沒猜錯。鷹爪很快就現身了，出現在一張椅子上。他瞪大眼睛，立刻衝到房間另一頭，遠離阿游。

「你是誰？」他問。以這麼幼小的孩子而言，他的語氣極具威嚴，聲音裡充滿怒火與勇氣。他是個四肢纖細的小東西，一雙綠眼睛，色澤比阿游深，棕黑色的頭髮跟他一樣捲曲成一束束垂下來。他是個令人一見難忘的小孩。

「鷹爪，是我。」

鷹爪懷疑地窺視他。「我怎麼知道？」

「鷹爪……詠歎調，他為什麼不認我？」

她慌忙搜尋答案。這是虛擬世界，這兒的任何東西都不可信任，要變成別的東西或改頭換面成別人，都太簡單。鷹爪已經學會這一點。「告訴他一些事。」她道，但已經太遲了。

阿游開始抓狂，連聲咒罵。他轉向門口。「我怎麼帶他離開這裡？」

「你不能，你只是在虛擬世界裡跟他共處，他實際在別的地方。問他他在哪裡，問他所有其他你想知道的事。趕快，阿游。」

阿游單膝跪下，眼睛落在燒傷的手上。「他應該認得我。」他壓低聲音道。

鷹爪靠近一點，試探著。「你的手怎麼了？」

阿游扭動浮腫的手指。「可以說是一場誤會。」

「看起來很糟……你贏了嗎？」

「如果你真的是鷹爪，就不會問我這種問題。」

詠歎調知道阿游正對著他的姪兒微笑，她可以想像他扭曲的笑容，揉合了羞澀與兇猛。

那孩子眼中閃出熟悉的光芒，但他沒有動。

「鷹爪，看起來像是你，但我聞不到你的心情。」

「這個地方沒有心情。」他理直氣壯地說。「所有的氣味都關掉了。」

「雖然淡了，但還是很強……吱吱，是我呀。」

孩子臉上的猜疑全消，他撲進阿游的懷抱。

詠歎調看著螢幕上阿游的手，撫摸鷹爪的後腦。「我好擔心你，爪兒。」她身旁的他在沙發上挪動，用手捧住腦袋，他已經習慣同時置身兩個地方了。詠歎調伸手按著他的肩膀。

鷹爪掙扎著脫離他的懷抱。「我一直想要你來。」

「我盡可能快點趕來。」

「我知道。」鷹爪說。他咧嘴露出一個缺了好幾顆牙的微笑，他伸手抓住一綹阿游的頭髮，把幾根金髮夾在細瘦的小手指間揉搓。詠歎調一輩子沒見過這麼溫柔的動作。

阿游摟著他的肩膀。「你在哪？」

「在定居者的密閉城市裡。」

「哪座城市，鷹爪？」

「夢幻城。孩子們都這麼說。」

阿游拍拍鷹爪的手臂，捏著他的下巴，摸摸他的小脖子。「他們沒有傷——」阿游的聲音哽住了，「傷害你？」

「傷害我？我每天吃三頓水果。我在這裡可以跑，好快。我還會飛，阿游叔叔。我們整天就是在這些虛擬世界裡轉來轉去。他們甚至在虛擬世界裡打獵，但大部分獵物都太容易得手了，你只要——」

「鷹爪，我要救你出去，我會想辦法。」

「我不想離開。」

阿游的肩膀在詠歎調手底下繃緊。

「這不是你該歸屬的地方。」阿游道。

「但我在這裡覺得很好。醫生說我每天都要吃藥，它會讓我的眼睛出水，但我的腿不痛了。」

詠歎調跟羅吼和馬龍交換了一個擔心的眼色。

「你要留下？」阿游問道。

「是啊，而且你也來了。」

「我還是在外面，我只進來這麼一次。」

「哦……」鷹爪失望地嘟起嘴唇。「這樣對部落比較好，我猜。」

「我沒有跟潮族在一起。」

鷹爪皺起眉頭。「那麼誰當血主？」

「你父親呀，鷹爪。」

「不，不是他，他在這兒跟我一起。」

沙發上，詠歎調的身旁，阿游的身體猛然一震。羅吼也在一旁發出不滿的嘶聲。

「維谷在這裡？」阿游問道。「他被俘虜了？」

「你不知道？他試著來救我，被他們抓到了。我跟他見過幾次面，我們一起去打獵，克拉拉也在這裡。」

「他們抓到你父親？」阿游又問了一遍。

馬龍忽然坐直上身。「他們發現他了！我們必須關機。」

阿游猛力抱住鷹爪。「我愛你，鷹爪。我愛你。」

老鷹翱翔在流火天空裡的圖畫漸漸淡出。

螢幕轉為漆黑。

有大約一秒鐘的時間，沒有人移動。然後沙發搖晃，阿游全身一震，咒罵著回過神來。「拿掉這東西！」

「必須你自己來，阿游。不要亂動——」

他已經跑掉了，幾大步就衝到房間另一頭。他停在螢幕前面，雙膝跪地。詠歎調腦筋一片空白，立刻趕到他身旁，用手臂環繞著他。阿游緊緊抱住她，發出一聲窒息的悲鳴，就把頭埋在她頸窩裡。他的身體化為一道痛苦的螺旋，緊緊纏在她身上，他的淚水像冰涼的羽毛，拍打她的皮膚。

30 游隼

詠歎調帶他上樓，把他拉進她的房間。阿游隱隱覺得，好像不該來這兒，但他的腳步卻一點也沒放慢。他走進房間，沈重地往床上一坐。詠歎調打開燈，保持燈光黯淡，然後就在他身旁坐下，伸手與他十指交扣。

阿游舉起受傷的那隻手，伸縮手指，湧起的痛楚像是一重保證。

他還在這裡。

他還有感覺。

「鷹爪看起來沒受傷。」過了一會兒，他道：「他看起來沒事。」

「是啊。」她咬緊嘴唇，皺著眉頭思考。「我知道他們不會傷害他，我知道我母親絕不會做那種事，我們不是殘酷的人。」

「抓走無辜的小孩不叫殘酷？他們抓走了鷹爪，詠歎調！還有我哥哥。他們不屬於那裡，他們不是地鼠。」

他立刻發覺說這種話很愚蠢。她被踢出她的家，跟所有的人斷絕來往，包括她母親在內。她又屬於哪裡？一陣寒流穿過他全身。阿游臉部肌肉抽搐，他不確定這是因為吸入她的心情，或來自他自己的歉疚、他自己的悲傷。「詠歎調，我不該那麼說。」

她點點頭，卻一句話也不說，只瞪著他們緊握的手。阿游吸一口氣，到處都是她甜美的紫羅蘭香氣。他目光移到她脖子上嫩滑的皮膚，他好想貼在那兒呼吸，就在她耳朵下面的位置。

「他好像你，阿游。他走路的樣子，他的動作。他崇拜你。」

「謝謝妳。」想到鷹爪，他不禁喉嚨一緊。他放開她的手，仰躺在床上，用手臂遮著臉。他剛剛才跟她在螢幕前緊緊擁抱，他手上的繃帶沾著他們的淚水還濕答答的，但現在的感覺不一樣，他不願意讓她看見自己這種模樣。

令他意外地，她在他身旁躺下，把頭靠在同一個枕頭上。阿游的心開始劇跳，他偷窺她一眼：「我甚至沒有問妳有什麼感覺。」

她悲哀地一笑。「這問題很可笑。」

「我意思是說，妳在想什麼。」

詠歎調瞪著天花板，瞇起眼睛，陷入沈思。「很多事情現在有了意義。我被扔出來的時候，以為自己會死在這兒。每件事都不對勁，痛苦、迷失、孤單。」

阿游閉上眼睛，沈浸在那種處境下必然會有的情緒裡。他嗅到她的恐懼與傷心。從前他只是知道，現在他真正感覺到。

「現在我最主要的感覺是……鬆了一口氣。我知道我為什麼活著，為什麼我的身體開始改變。現在……就像是我又可以活下去，像是我可以呼吸，而且清楚知道這與活下去有關。但還有很多事我需要了解。我從來沒想到我母親會對我撒謊，我想不通她是怎麼辦到的。」她轉過頭來看著他。「你怎麼會那樣傷害一個你深愛的人？」

「有時候，人就是對最愛的人最殘忍。」他看到她眼中閃過一道光。有個他不希望她提出的問題。至少不是現在，因為他的傷口還這麼痛，最好永遠不要問。幸好這時她的好奇心消褪了，他舒了一口氣。

「所以，妳不恨那件事？」過了一會兒，他問：「知道自己有一半……野蠻人血統？」

「我怎麼能恨自己生命的一部分？」

他一點都不懷疑這句話是說給他聽的，他不假思索就握住她的手，把它貼在他胸口，只覺得那就是它該在的位置。她的眼睛從從他們的手轉到他的標記上。阿游的心猛烈撞擊他的肋骨，她一定感覺到了。

「你會成為潮族的血主？」她問道。

「我會。」他自己的話令他詫異。他想當血主已經很久了，卻從沒有想到事情會這麼發展。但他從頭到腳都知道，他必須回家去爭取領導潮族的權利。他們不能在飢餓中捱過這個冬天，還加上內鬥和血主地位之爭。他們需要他。然後他想起在高原上紮營的烏鴉族，他們正等著他，他怎麼能在冬季來臨前離開馬龍的寨子？

阿游低頭看著那隻貼在他胸口的小手。他知道他要去哪裡，但她呢？「詠歎調，妳打算怎麼辦？」不知怎麼回事，光是提出這種問題，就有種對不起她的感覺。

「我要去極樂城。我必須弄清楚我母親是否還活著。昨晚馬龍跟我談過。烏鴉族離開後，他會借一部分手下給我。我不能在這兒坐等可能永遠不會收到的消息。」

「詠歎調，我送妳去。我必須回家，但我可以先送妳去極樂城。」

阿游全身緊繃。他剛說了什麼？他剛做了什麼承諾？

「不了，阿游，謝謝你，但是不需要。」

「我們有交易。盟友，記得嗎？」他聽見自己說。

「我們的交易只是來到這兒，修好智慧眼罩為止。」

「還要找到鷹爪和妳的母親，這部分還沒有完成。」

「極樂城在南方，阿游。」

「不算遠，頂多再一個星期。無所謂。這次我幫妳弄雙好一點的鞋子，還可以幫妳拿妳的石頭，我甚至會回答妳所有的問題。」

阿游根本不知道自己剛做了什麼。當他的部落需要他的時候，多繞一星期遠路的邏輯何在？毫無道理可言，想清楚這一點，他的血就冷了下來。

「你現在可以回答一個問題嗎？」詠歎調問道。

「好啊。」他忽然待不住了。他必須離開，他需要思考。

「你為什麼這麼想送我去極樂城？」

「我想去。」他道。但即使說話的當下，他也不確定自己是否說的是真話。感覺這不僅是想而已，而是一種需求。

詠歎調微笑著轉向他，眼光落在他唇上。房間裡溢滿她甜美的紫羅蘭香氣，深深吸引他，整個包圍他，他感覺到了。一場變動發自他內心深處，他只體驗過一次的一種約束就此成立，忽然間他明白自己為什麼會做出不該給的承諾了。

阿游倉促吻一下她的手。「我需要一點時間。」他道，隨即衝出房間。他關上門，背靠在牆上，壓抑住一聲咒罵。

事情發生了。

他被她收服了。

31 游隼

「十來個對手我們或許應付得了。」羅吼道：「但五十個？」

阿游在休息室的玻璃箱前來回踱方步，看著電視牆裡烏鴉族營地的畫面。晨光裡的畫面比他上次看時更清晰，披黑斗篷的人影在高原上一小簇帳篷之間走動。紅色的帳篷，很適合的顏色。他恨不得拿起弓箭，直接對著螢幕發射。

「那兒的烏鴉族還不止五十個，羅吼。」他道。攝影機只拍出其中一部分。那天一大早，他跟羅吼已爬到城牆上，沿著一座一座瞭望塔，全力施展他們的感官偵察。他們花了好幾個小時，偵察到另有十來個烏鴉族在附近埋伏。他們是崗哨，只要見到他試圖脫逃，就會發出警訊。

羅吼交叉雙臂：「那就算六十個烏鴉族吧。」

馬龍轉動手指上的戒指。「有條礦坑裡的老隧道看起來滿有希望的，但安全開挖得花好幾個星期。」

「那就入冬好一陣子了。」阿游道。到時候暴風雪將不斷橫掃天空，旅行太危險。

「我不能等那麼久。」詠歎調道。

她一直很安靜，雙腿盤在沙發上。他在她眼中一定像個大傻瓜，沒有一句像樣的告別就奪門而出。她完全不知道發生了什麼事。阿游捏著自己的鼻梁，想起被鷹爪收服使他變得多麼軟弱，再也不能自由選擇。他自己的需求總是等到事過境遷才想起來，現在不能再讓那樣的魔咒控制他。他會履行承諾，送她去極樂城，然後就去做他該做的事，趕回潮族村。很快他們就分道揚鑣。在那之前，他只需保持距離。還有，只要有她在附近就盡可能不呼吸。

「我可以給你幾名我的部下。」馬龍說。

阿游抬頭望去。「不，我不能讓你的部下為我送死。」他給馬龍惹的麻煩已經夠多了。「我們不會正面跟他們作戰。」螢幕上，高原往烏鴉族四面八方伸展出去，廣大而開放。他想到那兒去，到外面去，在流火下自由行動。就在這時，他想到一個主意。

「我們可以趁風暴中離開。」

「游隼，」馬龍道：「在流火風暴中離開？」

「烏鴉族在曠野裡，他們必須找掩蔽，這會讓他們失去戒備。而我有辦法避開最厲害的流火。」

羅吼挺身離開牆壁，笑容很熱切。「我們可以通過哨兵，往東走。烏鴉族不會追趕我們。」

詠歎調瞇起眼睛：「為什麼他們不往東追趕我們？」

「野狼。」羅吼道。

「我們最好的選擇就是趁流火風暴來襲時離開，然後走進狼群？」

羅吼咧開嘴。「要不然就面對六十個烏鴉族。」

「好吧。」她仰起下巴道：「什麼都比烏鴉族強。」

那天下午，阿游跟羅吼在屋頂上走來走去。他們花了一整個上午規劃路線，打包行囊。現在除了等風暴醞釀，沒有別的事可做。流火以穩定的速度在上空移動，今天不會有風暴，但明天就難說了。它可能很快就會來臨。

他要怎麼等候？等候就是停滯，也就是思考。他不願意思考鷹爪和維谷困在定居者的城市裡會遇到什麼事。鷹爪怎麼會願意待在那兒？維谷又是怎麼被抓的？麗薇明明知道潮族要付出什麼樣的代價，為何寧可在三不管地帶流浪？

羅吼一把抱住他肩膀，把他摔倒在地。阿游在水泥地跌了個狗吃屎，才知道發生了什麼事。

「一比零。」羅吼道。

「你這可惡的混蛋。」他推倒羅吼，遊戲繼續下去。

比摔角，通常都是他佔上風，但這次因為手傷，他沒使力，所以比較勢均力敵。

「鷹爪摔角都比你強，老羅。」他贏得一分後，扶起羅吼說道。阿游的心情開始變好，他真是閒散太久了。

「麗薇也不差。」

「她是我姊姊。」阿游向他撲去，但正好詠歎調走出電梯，他便中途煞住。有她在場的時候，絕不可以讓羅吼知道他的想法。但他不由得注意到她換了一套合身的黑衣，並且把一頭黑髮束在腦後。羅吼看看他，又望向詠歎調，咧嘴展開一個了然於心的笑容。阿游知道自己麻煩大了。

「我打斷了什麼事嗎？」詠歎調問道，有點困惑。

「沒，我們結束了。」阿游拿起弓，悄悄走開。稍早，他把一個木箱拖到屋頂，放在對面，當作箭靶。他瞄準，手上傳來不怎麼強烈的痛感。

「來得正好，詠歎調。」羅吼在他身後說。「注意看，妳知道阿游是有名的神箭手。」

阿游發箭，箭嗒一聲深深射進松木。

羅吼吹一聲口哨。「好厲害，是不?射得神準。」

阿游猛然轉身，既想笑，又想宰了羅吼。

「我試試好嗎？」詠歎調問道：「到了外面以後，我該知道如何自衛。」

「應該的。」他同意。她學會的任何技能，在他們出了圍牆以後，都對大家有利。

阿游示範給她看如何握弓，雙腳應該站什麼位置，同時盡量站在上風，避免聞到她的氣味。但到了搭箭上弓的時候，光憑嘴說已經不夠。流暢地把弓拉開，需要力量與保持鎮定。節奏與練習，對他而言，這就跟呼吸一樣容易。但他立刻看出，要教會她唯一的方法，就是一個動作一個動作帶著她做。

他走到她身後，力持冷靜。他吸氣時，她的情緒飛快穿過他的身體，她的緊張加深了他的緊張。然後她的紫羅蘭香氣湧上來，使他把全副注意力放在她身上，隔著這麼近的距離看到她的臉，就在他面前。他手忙腳亂，不知如何持弓。她的手搭在他通常放手的位置上，他可不希望弓弦彈回來傷到她。

羅吼不幫忙。「你得靠她近一點，游隼。」他喊道：「她的步法完全錯誤，叫她轉動臂部。」

「像這樣？」詠歎調問。

「不對。」羅吼道。「阿游，幫她修正一下。」

他們終於擺好姿勢時，阿游已滿身大汗。第一次聯手試射，箭啪啦掉在他們前面幾尺遠的水泥地上。第二支箭剛好飛到木箱前面掉落，但弓弦彈到她手臂，留下一條紅腫的痕跡。射第三支箭時，阿游已經不確定是他們哪個人讓弓抖索個不停了。

羅吼跳起身來。「這武器不適合妳，混血兒。」他大步走過來。「看他的肩膀，詠歎調。看他有多高。」阿游連忙離開詠歎調身旁，侷促難安地讓詠歎調把他從頭到腳打量一番。「這樣一把弓，要九十磅的力道才能拉開。它是為小巨人設計的，像他這樣。更何況他是個靈視者。這是神箭手的先決條件。那是他的武器，詠歎調，為他設計的，專屬他這個人。」

「就像你的第二天性，是嗎？」她問他。

「第一天性。但妳還是學得會。我可以幫妳做一把弓，配合妳的體型。」他道，但他看得出也聞得出她的失望。

羅吼抽出他的刀。「我可以教妳這個。」

阿游的心一震。「羅吼……」

羅吼完全了解他在想什麼。

「刀很危險。」他告訴詠歎調。「如果妳不會用，拿著刀的害處比益處多。但我可以教妳幾件事。妳行動敏捷，平衡感也好。遇到緊急關頭，妳會知道該怎麼辦。」

詠歎調把阿游的弓還給他。「好吧，」她道：「教我。」

阿游一邊看著他們，順便找點事做。他在庭院裡找到一棵樹，砍下一根樹枝，然後就趁羅吼為詠歎調示範不同的握刀手法時，坐在木箱旁，削了一批練習刀。羅吼對刀特別狂熱。他對每一種握刀方式的優點都講得太多，但詠歎調聽得如癡如醉，照單全收。整整討論了一小時，他們才選定一種最適合她的槌式握刀法，其實阿游從一開始就知道了。

接著他們講解如何站立和步法。詠歎調學得很快，平衡感也好，一切都如羅吼的預期。阿游看著他們不斷錯身換位，目光在詠歎調和流火之間移動。從她的步法變化看到天色的變幻。

羅吼需要木頭削的練習刀時，已經快黃昏了。羅吼示範最好的進攻部位，應該爭取的進攻角度，應該避免的骨骼，當他告訴她心臟是個好目標，攻心為上時，眼睛還眨個不停。

於是她準備好了。

阿游站在一旁，看他們展開行動，各自把木刀舉在胸前，採取守勢。他告訴自己，詠歎調面對的是羅吼，而且他刻意把練習刀的鋒刃磨得跟他的大拇指一樣鈍。但即使這麼一場簡單的練習，還是會讓他心跳變得太快。

他們相對繞行了幾圈，詠歎調發動攻勢。羅吼從她身旁一躍而過，穩穩舉起刀，往她背後一劃。詠歎調猛然停步，急轉身，手中的刀落地。

阿游衝過去，撲向羅吼。他在距他僅隔幾步之處停下，羅吼怒視他，目光中充滿猜疑。

詠歎調呼吸粗重，情緒變為鮮紅色，純粹的憤怒。阿游的肌肉抽搐，因驚訝和怒火而繃得很緊。

「第一條規則：刀會割傷。」羅吼道，聲音冷酷。「要預期這種事。事情發生時不要發呆不動。第二條規則：絕對不可以丟掉武器。」

「知道了。」詠歎調學會教訓。她把刀撿起。

「你要留下嗎，靈嗅者？」羅吼問他，挑起一側眉毛。他知道阿游已經被她收服了。

「他為什麼要走？」詠歎調道：「你留下，好嗎，阿游？」

「好，我留下。」

阿游在屋頂上繞了一圈，然後爬到電梯間的屋頂上，佔據台爾菲的最高點，在魂不守舍的沈默中看她受訓。他搖搖頭。他怎麼會落得被一個定居者收服呢？

詠歎調學得很快，拿著刀顯得大膽而自信，就像她只不過是在等待適當的時機，以適當的方式展現自己的天賦。他教她辨識莓子真是愚蠢，其實這才是她需要的，保護自己的知識。

黑暗迫使他們停止。遠處傳來烏鴉族的鈴聲。阿游匆匆瞥一眼天色，沒看到變化，感到很失望。他爬下屋頂，她和羅吼走過來時，他小心地保持在上風，謹守距離。

羅吼交叉雙臂，站在電梯前面。「做得不錯，混血兒。但妳得先付我學費才能離開。」

「付你學費？用什麼付？」

「一首歌。」

她笑了起來，鳥鳴似的快樂聲音。「好啊。」

羅吼接過她手中的木刀。詠歎調閉上眼睛，仰臉向著流火，緩緩呼吸幾次，然後便用她的聲音娛悅他們。

這次的歌比上一首溫柔而平和。他還是聽不懂歌詞，然而他覺得那氣氛真完美。搭配松樹環繞的屋頂和清涼暮色的一首完美的歌。

羅吼看著她，眼睛眨也不眨。她唱完一曲，羅吼搖著頭：「詠歎調……這真是……我簡直不能……阿游，你完全不知道。」

阿游強迫自己微笑。「她很棒。」他道，但他真想知道她的聲音在羅吼聽來是什麼感覺，因為他能聽見無限多樣的音色變化。

他們踏進電梯的封閉空間時，詠歎調的體香再度湧進他的鼻子，結合了紫羅蘭、汗水、自豪與力量。他感覺到這一切，體內也湧現一股力量。他再吸一口氣，雖然立足地面，卻像在天空翱翔。阿游情不自禁把手放在她後腰上。他告訴自己，只碰一下，然後就收手。

她抬頭看他，臉蛋脹得通紅。幾縷黑髮黏在她汗濕的脖子上。羅吼跟他們在一起，這是好事。他從沒有像現在這麼受她吸引，被他掌心底下的溫暖肌肉吸引。

「妳今天表現得很好。」

她微笑，眼中有火焰。「我知道。」她道：「謝謝你。」

32 詠歎調

等待期間，詠歎調跟著羅吼受了兩天訓。遠方蚪結成團的流火蓄勢待發，但台爾菲上空的氣流卻保持穩定。她想，說它是「永無天日」的天空不是沒有道理的，它永遠不回應你的願望。

隨著時間一小時一小時過去，她找到魯明娜存活的希望越來越渺茫，但她不肯放棄。她不許自己相信只剩她一個人。她永遠不停止希望，即使那代表她得一直擔心下去。只有一個辦法能脫離這種苦況，就是到極樂城去查明真相。學習用刀是她放鬆心情的唯一出路。她跟羅吼在水泥地上追逐時，沒有空間容納擔憂、傷痛或疑問。所以她從早到晚跟著他練習，結束時付一首歌當學費。詠歎調知道烏鴉族仍在牆外，但至少黃昏時分，再也沒有人把他們的鈴聲聽在耳裡。

他們聽歌劇。

第三天早晨，她走出電梯，看到不一樣的天空，到處是漩渦形的藍光。上空的波瀾還算穩定，但地平線那頭的氣流卻變得更明亮，運動速度也加快，就像梵谷的〈星夜〉出現在她眼前。

她有預感，今天是出發的日子。

她拿起木刀。昨天她刺中羅吼兩次。沒什麼了不起，尤其跟他擊中她幾百次相比，但在戰鬥中，只要狠狠命中一次就夠了。這是羅吼教她的。

她並沒有成為用刀高手的幻想。這裡不是虛擬世界，光一個念頭，不會產生結果。但她也知道，自己會因此擁有較好的機會。生活當中，起碼在她的新生活當中，充其量只能把希望寄託在機會上。機會就像她撿來的石頭。不完美，無法預測，但長時間下來，說不定比絕對有把握還更好。她想道，機會就是人生。

地平線上，流火團開始投下藍色的閃光，那種漏斗的形狀，她記憶猶新。詠歡調看得著了迷，好像它攪起她內心深處的某種東西，不斷迴繞、加溫，在她四肢裡往復穿梭，使她跟這不見天日的天空一樣充滿力量與兇性。

她想，既然來早了，就先獨自做些操練。屋頂上的風勢變強了，風聲令她心情平靜，她沈浸在動作之中。等她終於看到阿游的時候，他已經不知在旁站了多久。他臀部靠著欄杆，叉著手臂，望向樹梢。看到他，她頗感意外。阿游也曾來旁觀羅吼訓練她，但始終保持距離。她也很少在台爾菲內部看見他。她開始認為他已改變心意，不送她去極樂城了。

「時間到了嗎？」她問。

「還沒有。」他抬起下巴示意。「但那個看起來很有希望。我看，就在今晚。」他拿起另一把練習刀。「羅吼還在睡，他來之前，我來訓練妳。」

「哦。」她道，因為這比她差一點脫口而出的「你嗎？」要客氣一點。「好啊。」詠歡調慢慢吸口氣，她的肚子忽然緊張得嗡嗡作響。

兩人一開始對峙，她就知道情況完全不一樣。阿游個頭比羅吼高，肩膀也寬得多。他無畏而直接，跟羅吼的輕盈優雅截然不同。這是阿游。

「你通常都用這隻手作戰嗎？」她問。他用沒受傷的手拿刀，張開紮綁帶的手，保持平衡。

他咧開嘴：「是的。但如果被妳打敗，我可能會改變主意。」

他的臉頰像著了火。她不敢看他，但她必須看他。做好準備。腳步放輕。注意各種徵兆。羅吼教過的招式全部忘得一乾二淨。她盯著他的眼睛時，心裡只想著它們多麼綠，他的肩膀看起來多麼強壯。真的，他看起來多麼雄赳赳氣昂昂。最後她再也無法忍受自己輕浮的念頭。她笑了起來。他從她右側掠過，他的動作比羅吼掀動更多光線與空氣。

他們再度面對面時，阿游露出微笑。

「什麼？」她問道。

「我不知道。」他用袖子抹一把額頭。

「你在笑嗎？」

「是啊。都怪妳，但我還是道歉。」

「你在笑，要怪我？」他以為她是那麼容易打敗的對手？她做了一個極快的前攻動作，木刀向下揮一個半圓。阿游跳往一旁，但詠歎調擦到他手臂。

「這一招不錯。」他仍帶著笑容說。

詠歎調在褲子上擦一把汗濕的手。阿游站回原來的位置，但只站了一會兒，就挺起胸膛，把木刀扔到一旁。

「你幹什麼？」她問。

「我沒辦法專心，我以為能做到。」他舉起雙手：「沒辦法。」然後他走過來一點。詠歎調覺得自己的心不可能跳得更快了，但它竟然還能加快速度，他每上前一步，它就跳得更快一點，直到它像鎚子般敲打她的胸口，他站在她正前方時，她簡直無法呼吸。她的木刀抵在他胸前。她瞪著它，心跳到了喉嚨口。她直愣愣地看著它頂著他的上衣。

「我一直在看妳和羅吼，我想要負責訓練妳。」他的肩膀靠過來。「但現在我發現，那不是我想做的事。」

「為什麼？」詠歎調的聲音很尖，幾乎回不過氣來。

他微笑，臉上閃過一抹羞澀，然後低下頭，向她靠近。「跟妳獨處的時候，我想做別的事。」

該打開天窗說亮話了：「那就做吧。」

他抬起雙手，捧住她的下巴。一側是粗糙的皮膚，另一側是柔軟的紗布。他低下頭，把嘴唇湊到她唇上。他的唇很溫暖，而且比她想像中柔軟得多，但接觸的時間不夠長。她還沒意識到，他已經退開了。

「這樣可以嗎？」他靠得很近，低語道：「我知道不可以碰觸妳……應該由妳主動，照妳的步調──」

詠歎調踮起腳尖，摟住他的脖子，吻了他。他嘴唇的柔軟與溫暖像一波烈火席捲她全身。阿游靜止了一下，然後緊緊擁住她，吻得更深。他們揉合在一起，身體以驚人的完美緊密嵌合。詠歎調從不曾有過這樣的感覺，探索他的味道，感覺他的手臂以何等的力量環繞著她。吸進汗水、皮革和木柴的煙味，那是他的氣味。她覺得就像找到了永恆的一刻，就像他們永遠都應該是這樣。

他們終於分開時，她看到的第一樣東西就是幾顆尖尖的犬齒，展露在她每次看到都覺得沈醉的笑容裡。

「我猜妳很會碰觸。」他口吻很輕鬆，但他環繞她的手臂微微震顫。他調整一下手臂，手輕撫她背部，發出陣陣熱力穿透她全身。

「那是我的初吻。」她道：「我第一個真正的吻。」

他把頭靠過來，抵著她的額頭。金色的捲髮披在她臉上，溫柔地碰到她的臉頰。隨著他吸氣的動作，他的胸膛一起一落。「感覺也像是我第一個真正的吻。」

「我本來以為你在躲我。我以為你改變主意，不想去極樂城了。」

「沒有，我從來沒改變過主意。」

她把手伸到他頭髮裡，無法相信自己在碰觸他。他微笑著，嘴唇再度找到她的唇，她覺得這麼做永遠不嫌多，跟他在一起永遠不會夠。

「好吧，我一點也不覺得意外。」羅吼說著，優哉游哉地走上屋頂。

「麻煩大了。」阿游嘟噥著抽身後退。

「狹小空間對決，詠歎調。妳沒跟我學過這種戰術，不過妳處理得很好。我看是妳贏了。」

詠歎調瞪他一眼，卻抹不掉嘴角的笑意。阿游彎下腰，替她把頭髮拂到後面。「他閃躲時，左側會出現一個空檔。」他湊在她耳畔大聲說。

羅吼翻個白眼。「並非事實，叛徒。」

她開始跟羅吼訓練時，表現糟透了，比第一天還不像樣。她只用眼角餘光作戰，眼睛只顧跟著阿游打轉。即使他躺在屋頂上，用一隻手臂遮住眼睛時，她還是忍不住要看他。實在荒唐，她對他大腿的線條頗感興趣。更可笑的是，他的襯衫縮上去，露出的一小截肚皮，也讓她著迷。

她的每個動作背後都藏了太多動機，每一步都太誇張。羅吼比前幾天逼得更緊，他沒說，但詠歎調幾乎可以聽見他這堂課的重點。**真實狀況中也會有事讓妳分心，要學會置之不理。**

最後她終於收回了專注，全心投入攻防，沈浸在動作與反應的簡單互動中。正練得起勁，阿游忽然站起身。這時她才又注意到他，以及翻攪的天色和強勁的風勢。

「最好到此為止，」他道：「該走了。」

33 游隼

「少了你們，生活會多麼無聊。」馬龍道。他背後，佔據休息室整個壁面的螢幕全黑。他的攝影機終於報銷了。

詠歎調握住他的手。「好羨慕你。無聊的生活，聽起來好棒。」

他們準備好了。阿游把他們的行囊檢查了一遍又一遍。他把鷹爪的刀交給詠歎調，今晚木刀對她毫無用途。他也跟馬龍手下的凱吉和馬克演練過整個計畫，馬龍堅持要他們同行。一旦發現有關極樂城的謠言成為事實，凱吉和馬克就會帶詠歎調回台爾菲。

馬龍擁抱詠歎調，跟她對照之下，他的頭髮幾乎全白了。「這兒永遠歡迎妳，詠歎調。不論發生什麼事，妳找到什麼，這兒永遠有妳的一個位置。」

阿游轉身看那幅灰色海灘上有艘船的畫，海就是下方的一大片藍。看著它，他幾乎嗅到家鄉的味道。要是她被迫回這兒怎麼辦？馬龍這地方距潮族的領地不過一星期路程。有關係嗎？阿游對自己搖頭。沒關係。潮族得知維谷、鷹爪和克拉拉的遭遇後，絕不會接納定居者。更何況之前就已經不會了。他也不會犯跟他父親和哥哥相同的錯誤。混血沒有好結果，他比任何人都更清楚。

羅吼走過來。「身為血主，你可以跟黑貂簽訂新的協議。你可以把麗薇換回來。」

阿游只對著他看了一會兒，一部分因為這建議憑空而來，一部分也因為他知道，確實可以透過血主的身分做這件事。這屬於他的職權範圍，但他不見得會做。這不是個簡單的決定。「不要現在要求我。」

「我現在提出要求。」羅吼對詠歎調偏一下頭：「我以為你現在會用不同的角度看待事情。」

阿游看她一眼，她仍在跟馬龍交談。他唯一想到的就是他們親吻的時候，她的身體跟他貼在一起的感覺。「情況不一樣了，羅吼。」

「是嗎？」

阿游把背袋搭上肩膀，拿起弓箭。「我們走吧。」

他要大地在他腳下快速變得模糊。夜晚湧進他的鼻腔，那種時候，他總是知道怎麼使用手中的武器。

他們從北面城牆上的一道小門出來。阿游把所有氣味吸進鼻子裡，讓泥土和風告訴他，它們發現了什麼。他的鼻子隨著流火的力量嗡嗡作響。他望向天空，滿天都是巨大的渦捲。

他靈活地潛入森林，總算是擺脫了受拘束的感覺。他們兵分兩路，減少行動的聲息。他跟詠歎調躡足爬上山坡，每一步都小心翼翼，同時仔細觀察樹頂。他毫不懷疑烏鴉族會安排異能者放哨，而且可能是靈聽者。他們會睡在樹上，那是夜間最安全的所在。

阿游回頭看去。詠歎調用一頂黑色無邊帽把頭髮包住，跟他一樣用木炭塗黑了臉。她睜大眼睛，十分警覺。現在她自己也有個背袋，一把刀，合身的衣服。就在這一刻，他忽然意識到，她改變了多少。他曾經想過，跟她一起遠行會是怎樣的情形。她可能分散他的注意力。她會害怕，這毋庸置疑。但這次跟他們兼程來找馬龍時大不相同。她掌握了勇氣，並讓它發揮作用。他藉由呼吸知道，她有很強的控制力。

他們悄悄深入山區，台爾菲的城牆逐漸遠去。根據流火的動靜和他鼻子裡的燒灼感判斷，他們的時間還很充裕。大約一小時後，那些漏斗才會如雨降下。

詠歎調拍他後背，要他停步。她指著四十步開外的一棵大樹，有些新鮮的枝葉散落在地面上。抬頭望去，他看見一個人影窩在一個樹杈裡，那人拿著一只象牙色的號角。信號手。阿游頭再抬高一點，又看見另一個人。一對搭檔，負責發警報。

他不知道自己怎麼漏看了他們。更重要的是，他不知道詠歎調怎麼會先看見他們。那兩人正低聲交談，在聊天，阿游只聽見隱約的聲音。他迎上詠歎調的目光，然後慢慢挺起身，搭起一支箭。他有把握命中第一個人。他面臨的挑戰是如何殺死他而不出聲，如果能讓那人不掉下來，更好。

他瞄準目標，吸了幾口氣。應該很簡單，距離又不遠。但只要這人喊一聲，或吹一下他的號角，烏鴉族就會追殺過來。

遠處傳來一聲狼嗥，完美的聲音掩護。他伸直扣住弓弦的兩根手指，把箭放出。他射穿那人的脖子，把他釘在樹幹上，號角從他腿上滑落，卻沒有掉到地上，靠著一根繫帶仍然掛在他手腕上，垂在樹枝下方，像一彎蒼白的月牙飄浮在黑暗中。

阿游掛上另一支箭，瞄準剩下的那個人。絕對是個順風耳，因為他聽見了動靜，急切喊他的同伴。見無人答應，他爬下樹幹，敏捷得像隻松鼠。阿游放出第二支箭。他聽見嚓一聲，他的箭射穿了樹皮。那個順風耳連忙爬到粗大樹幹的另一側，躲在箭射不到的位置。阿游扔下弓，抽出刀，飛奔過去。

那名順風耳看到了他，轉身撲向一片濃密的樹叢。他身材矮小，類似詠歎調的體型，在密集的枝葉間行動極快。阿游沒有放慢速度，他直接穿過樹枝，聽它們在他周圍啪嚓斷裂。那人往下坡跑，在慌亂中東縱西躍，但阿游已把他當作囊中獵物。他縱身一躍，最後幾步作一步跳過，撲上那名順風耳的後背。

兩人一起撞上地面，阿游反手一刀，乾淨俐落地劃過那人咽喉。在他身下扭動的身體鬆弛下來，濃郁的血腥味竄進他鼻子。阿游在那人的衣服上把刀擦乾淨，站起身，呼吸急促。殺人應該比殺獵物困難，但事實不然。他看一眼握在顫抖的手中的刀。只是事後的感受不同。

一股突如其來的濃烈味道，讓他抬起頭。流火開始形成大型的漩渦，風暴即將來臨，這次的規模不容小覷。

他把刀收回鞘裡，一個受壓抑的喊聲讓他全身一緊。

詠歎調出事了。

34 詠歎調

詠歎調剛蹲下，第三個人就出現了，從附近另一棵樹上跳下來，距她僅二十步。她握緊鷹爪的刀，準備作戰，但他並沒有朝她這方向跑來，他快步奔向死去那人掛著的那棵樹。她頓時滿懷恐懼。他要那支號角。如果他警告其餘的烏鴉族，就不僅是她會送命。馬龍的部下、羅吼、阿游，一個都跑不掉。

她一直等到他接近那棵樹幹才跑過去。詠歎調渾然不覺兩腿在移動。她知道自己選對了時機。他正在爬樹，兩手沒空，而且背對著她。她運用速度與奇襲的優勢，正如羅吼教她的。

應該很完美。但只差幾步時，她忽然想到，她學會的致命攻擊點都在身體的前面。她想要伸手繞過去割他的頸動脈，但他已經離地面太遠了。

她不能回頭。他已經聽見她，颼地回過頭。可怕的一瞬間，他們四目相對。羅吼的聲音響徹她耳際，**搶先攻擊，速度要快**。但攻擊哪裡呢？腿？背？哪裡？

那人一推樹幹，向她撲來。她試著舉刀，她真的想那麼做，但他在一片昏亂中跳到她身上。

詠歎調仰天倒下，胸腔裡所有的空氣被一古腦兒壓擠出來。她喘出一聲含糊的呻吟。他壓在她身上，一陣顫抖，隨即癱軟。

她殺死他了。

一陣恐慌淹沒了她，他的頭髮掉進她眼睛裡，他的體重壓在她身上。她試了三次才終於把空氣吸進肺裡。吸到氣以後，才發現他一身奇臭，她憋住呼吸，壓住湧上來的噁心感。一股熱流慢慢滲到她小腹上。

她上方出現一張臉，一個小女孩。眼神兇暴，但長得很漂亮。她快速爬到樹上，把號角掛到脖子上，跳到地面，跑開了。

詠歎調使出全身力氣，把肩膀移到一旁，這樣她就有一隻手臂可以活動。再推一下，那個男人就滾了下去。她很想以最快的速度跑開，若不餵飽她缺氧的肺，她做不了任何事。

又來了一個烏鴉族，大塊頭，突如其來地蹲在她身旁。詠歎調伸手在泥沙裡摸她的刀，腦海裡響起羅吼的話。**永遠不可以放開刀**。

「別動，詠歎調，是我。」

阿游。她想起他戴著帽子，遮住一頭金髮。

「妳哪裡受傷？」他的手按著她的小腹。

「不是我。」她道：「不是我的血。」

阿游把她擁進懷裡，輕聲咒罵，說他以為事情再次發生了。她不懂他的意思，只想緊緊靠著他。她剛殺死一個人，他的血流了她滿身，讓她反胃。但她推開他。

她說：「阿游，我們必須去找羅吼。」

他們還沒站起身，響亮的號角聲已粉碎了寂靜。

他們一起跑過黝暗的森林，手握著刀，遇見一具俯臥的屍體，一條腿擺成斷裂的角度。詠歎調膝蓋發軟。她認得羅吼的身材比例，過去幾天她一直在觀察他，衡量他，以便閃躲他的攻擊。

「不是他。」阿游道：「是凱吉。」

羅吼在一段距離外低聲喊道：「這兒，阿游。」

他們發現他坐著，背倚著一棵樹，一條腿向前伸直，一隻手臂搭在另一邊膝蓋上。詠歎調在他身旁跪下。

「他們有五個。立刻殺了馬克。凱吉和我殺了四個，他去追逃跑的那個。」

「凱吉死了。」阿游道。

羅吼腿下有灘血跡反光。詠歎調看見他黑色的長褲在大腿部位有裂痕，皮膚綻裂，下面的肌肉也割開了。鮮血穩定地流出，映著流火的藍光發亮。「你的腿，羅吼。」她用手壓住他的腿，希望能止血。

羅吼痛得臉都歪了。阿游從背袋裡取出一條皮繩，綁在傷口上方，他的手動作很快。「我來背你。」

「不，游隼。」羅吼道：「我聽見他們，烏鴉族來了。」

詠歎調也聽見了，鈴聲響個不停。烏鴉族出動，追獵他們，不為風暴阻撓。

「我們先把你送回馬龍那兒。」阿游道。

「他們太近了，來不及趕回去的。」

寒意沿著詠歎調的脖子流下。她望向樹林，想像六十個身披斗篷的食人族向他們包抄而來。

阿游咒罵一聲，他把背袋和弓箭交給詠歎調。「跟在我後面，不要落後超過三呎。」他扶起羅吼，像扛炭渣一樣，把他一隻手臂掄過自己的肩膀。他們開步跑，阿游扛著半個羅吼，鈴聲在她耳中顫響。詠歎調跌跌撞撞跑下山坡，刺耳的鈴聲令人發狂。

阿游打量四周的樹木，眼睛瞪得很大，炯炯發光。「詠歎調！」他喊道，轉身向一片裸露在外的岩石跑去。他把羅吼放下，從她手中接過弓箭。

她蹲在岩石後面，挨著羅吼的肩膀，屏住呼吸。阿游站在她另一側，放了一連串的箭，一支接一支，連續不斷。黑夜裡響起警戒的驚呼，烏鴉族向夜空交代最後的遺言。但鈴聲仍然不斷接近。

詠歎調無法把眼光從阿游身上挪開。她曾經見過他這副模樣，以無比的冷靜取人性命。但當時他還是個陌生人，而現在眼前這人是阿游。他怎麼這麼忍心？但他又有什麼選擇？

他的弓出人意料地嗒一聲落在她腳邊的松針上。

「射完了。」他說：「我沒有箭了。」

35 游隼

烏鴉族的惡臭包圍著阿游的喉嚨，他們腰上的鈴鐺在流火光芒下閃爍，現在鈴聲很柔和。追逐已經結束，他們被包圍了。

某個信號一出，他們一致戴上面具，拉起黑斗篷的帽兜。很快阿游面前都是一模一樣的人，幾十張有尖喙的臉飄浮在朦朧的林中。詠歎調站在他身旁，舉刀向前。羅吼站起來，背靠著身後的岩石。

烏鴉族有他們自己的弓箭手。阿游看見了，六個持弓的人瞄準他們，都在不到三十呎的距離。這就是他的死法？也算是恰如其分。剛才他用弓箭殺死了多少人？

一個體格粗壯的人走上前來。他的面具不是用骨頭和皮革製作，而是銀製品。這人以阿游熟知的方式迎風抬起頭，面具映著流火閃閃發光。

「就地躺下，血主。」

他的聲音響亮低沈。這是儀式的聲音。在任何其他狀況下，阿游都會感謝這人把他當血主看待，但現在他只看到這舉動可悲的真相。這是第一次也是最後一次有人這麼稱呼他。

「我不要。」阿游道。

銀面具沈默了很長一段時間，然後他吩咐一名弓箭手：「射他的腿。只射肌肉，不要破壞動脈。」

阿游經歷過好幾次生死關頭，但聽到這些話，他知道死期真的到了。襲上他心頭的不是恐懼，而是那麼多事未能完成的極度失望，那麼多他明明知道自己辦得到的事。

弓箭手舉起弓，眼神穩定，隔著烏鴉族的面具瞄準。

「不！」詠歎調擋在阿游身前。

「退下，詠歎調。」話雖這麼說，但當詠歎調握住他的手，他還是接受了。她走到他身旁，透過某種方式，她知道他需要她，也需要羅吼在旁。有他們兩個在，他就能站在那兒，等一支箭將他射倒。

弓箭手看到他們緊握的手，有點遲疑。

「阿游……」羅吼聲音沙啞，在他們背後說道：「蹲下。」

流火蓄積的電力灼痛了阿游的鼻腔，它在他皮膚上滋滋作響，刺耳而充滿生命力。也在烏鴉族之中掀起一陣騷動，他們掀開面具，看見炭渣時發出畏懼的叫聲。

他大步從烏鴉族中間穿過。他沒穿上衣，血管在皮膚上畫出發光的線條。他走上前，用藍如流火的眼睛四下搜索。烏鴉族慌忙走避，突然掀起一陣鈴聲。

「炭渣。」阿游道。

男孩的眼光落到他身上，停留了一會兒。然後他背對阿游，舉起兩隻手掌。阿游只覺得一陣熱風掃過，像人在尖叫前要吸一大口氣。炭渣用液態的火點燃黑夜時，他攬住詠歎調的腰，跳過裸露的岩石，把羅吼壓在地上。

高熱的閃光洶湧滾過，流火發出恐怖的嘶吼，淹沒了烏鴉族的慘叫。阿游緊閉雙眼，抵擋灼燙的閃電。他盡可能遮蔽羅吼和詠歎調，手指抓緊地面，好像怕他們被颳走似的。

寂靜來得非常突兀，在他耳中留下空洞的隆隆回音。夜晚隨著吹拂阿游手臂的涼風回來。經過漫長的幾秒鐘，他才抬起頭來。燒焦的毛髮、人肉、木頭，刺鼻的氣味混合在一起。阿游試圖跪起，卻只能翻身滾到一旁。

星星。流火破了一個大洞，他看到星星。清晰、明亮的星星。流火泛起一圈圈漣漪，就像一顆石頭扔進池塘，但波動的方向相反。波紋向中心集中，而不是向四周擴散。慢慢用藍光把星星一顆一顆重新遮住。

詠歎調出現在他上方。「阿游，你還好嗎？」

阿游說不出話來，他嘗到灰燼和血的滋味。

「羅吼！」詠歎調道：「他是怎麼回事？」她拉過羅吼的手，按在阿游的額頭上。

現在換成羅吼低頭看著他。「你哪裡受傷，阿游？」

全身都痛。阿游想道，他知道羅吼聽得見。**但主要是喉嚨。你呢？**

「我還好啦。」羅吼轉身對詠歎調道：「他沒事。」

靠著詠歎調扶持，阿游坐了起來。放眼望去，所有的樹木都燒成了黑炭。地上有幾點餘燼發光，但他沒看見火。四面八方不見一具屍體，全部燒光了。炭渣抽光了所有的生命，灰堆裡只剩一個烏鴉面具。銀面具已變形，銀汁像融化的蠟一樣滴落。

不遠處有個餓扁了的光頭人影，躺在極細的灰塵組成的一個圈子裡。阿游掙扎著爬起身。炭渣蜷縮成一團，他全身赤裸，頭上不剩一根毛髮。他血管發出的光芒在阿游面前逐漸消退，縮回他皮膚裡面。

他張開眼睛，只見兩條黑縫。「你看到我做了什麼嗎？」

「看到了。」阿游道，他的聲音斷續不全。

炭渣眼光落到阿游手上。他看著紅腫的爛肉。「我不得不。」

「我知道。」阿游道，他在炭渣的黑眼睛裡看到自己的倒影。他知道擅長結束生命是多麼可怕的事，他知道傷害別人是何等樣的詛咒。

炭渣呻吟一聲，抱住自己的肚子，開始顫抖。他的呼吸變得斷斷續續，整個人緊緊收縮成一顆球。阿游從背包裡取出一條毯子蓋在他身上，然後他把他們所有其他東西藏在岩縫裡。詠歎調像他先前一樣架起羅吼，支撐他受傷的半邊身體。阿游把炭渣抱在懷裡，這孩子皮膚冰冷，讓他吃了一驚。

「我把它點燃了。」炭渣用抖索的嘴唇說。

他們遇到兩名烏鴉族瑟縮在一棵樹的陰影裡。一看見炭渣，他們就抱頭鼠竄。阿游強忍著喉頭的痛楚，吞了一口口水。這孩子接觸到的，就只有恐懼和憐憫嗎？

他們急忙趕到台爾菲，衝進庭院。阿游把炭渣放在倒在石板地上的羅吼身旁。大門裡聚集了許多人，都全副武裝，準備應戰，抵擋入侵，抵擋任何事。上空的流火仍不斷地把縫隙封鎖起來，不論炭渣造成多大的破壞，現在都消失不見了。

馬龍穿過圍上來的人群。「馬克和凱吉呢？」

阿游搖搖頭，然後蹣跚走了十幾步，背對他們。他用拳頭壓住嘴唇，壓抑住罪惡感和所有威脅要湧上來的東西。他身後，詠歎調正告訴馬龍發生了什麼事。有人哭泣，有人詛咒阿游。他們是對的，是他把烏鴉族帶到這兒來，馬克和凱吉因他而死。阿游不認為自己可以逃脫罪責。

馬龍走到他面前。「你必須離開。烏鴉族說不定還會回來。回家去，游隼。把詠歎調送到她母親那兒。」

簡單的幾句話，讓他的神智恢復清醒。他走向羅吼：「你春天再回來。」

羅吼堅定地握住阿游伸出的手。「我一可以動身，就立刻趕去。」

阿游走向炭渣。他知道他不能對這孩子發號施令，他的力量遠超過他。但他也知道炭渣需要他，需要有人幫助他，將他的所作所為以及他可能做到的事賦予意義。說不定阿游也有這種需要。

「你願意跟羅吼一起來嗎？」這問題遠比表面上看來複雜得多。他真正要問的是，炭渣願不願意承諾對阿游效忠。

炭渣立刻回答。

「好。」

36

游隼

阿游與詠歎調一起走出大門。他們從岩縫裡取回各自的物品，就開始狂奔。流火呼嘯而來，丟下一個個漏斗，撼動他們腳下的大地。木頭起火燃燒，煙霧使寒冷的空氣變得濃重。阿游緊握詠歎調的手，帶她避過烈焰。

他們一心只想離台爾菲越遠越好，行動極快。不消幾小時，他們已遠離風暴最猛烈的區域，剩餘的夜晚，就在沈默中趕路。十指交纏，走下一重重山坡。穿過曲折的河流，不時互相輕觸。她牽起他的手，走個十幾步。他摟住她的腰片刻。這些觸摸沒有特定的目的，無非就是說「我在這兒」，或「我們還在一起」。

黎明時分，阿游不能再無視縈繞在他們身上的氣味。他們的衣服與皮膚上，灰燼沾了血已結成塊。流火風暴的硝煙淡了，不能再依賴它掩蓋他們身上的氣味，好讓野狼不要靠近。他們在一條河邊停下，河裡的灰色卵石砌成一座小瀑布，他們匆匆沖洗一遍，水冰得讓人發抖，然後重新出發。他希望這麼做能發揮效用。

幾小時後，詠歎調抓住他手臂。「我聽見吠聲，阿游。我們得找個安全的地方。」她說的話在清冷的午後起了霧。

阿游豎起耳朵聆聽。他只聽見風暴後的寧靜，但狼的體味很濃郁，告訴他有一群狼就在附近。他打量森林，想找一棵牢靠的樹充當蔽身之所，但放眼望去卻都是枝幹又高又細的松樹。他加快腳步，一路咒罵自己，送羅吼和炭渣回馬龍那兒時，為何不多抓一把箭。現在他只能靠一把刀保護他們。用刀對付狼，撐不了多久的。

詠歎調猛然扭頭一望，瞪大了眼睛。「阿游，牠們就在後面。」

幾分鐘後，他也聽見狼群來了，兩聲嗥叫聽起來已太接近。他孤注一擲往最近一棵樹跑去，很糟的選擇。枝幹太低，樹枝脆裂。但他隨即看見一條狩獵小徑，是人跡踏出的泥土路，曲曲折折通往前方一棵樹。那是棵巨大的松樹，枝椏裡搭了一間小木屋。他拼命跑去，詠歎調跟在旁邊，咆哮的聲音更加響亮。下面的樹皮被爪痕撕得四分五裂，一道繩梯從粗大的樹枝上垂掛下來。

他把詠歎調舉到繩梯上。

「牠們來了！」她喊道。「阿游，快爬上來！」

他不能，時機未到，不信任那綻裂的繩索撐得住他們兩人的重量。他抽出刀，轉過身。

「快去！我就在妳後面。」

七匹鬼鬼祟祟的狼進入視線。體型巨大的野獸，有閃閃發光的藍眼睛和銀色的毛皮。牠們的體味像一波嗜血飢餓的紅浪湧向阿游。眾狼抬高發亮的鼻子，像他一樣閱讀氣味，然後耳朵後縮，露出牙齒，後頸的毛根根豎立。

詠歎調已到達頂端，發聲招呼他。阿游返身往上一縱，抓住他能搆到的最高一級繩梯。他把腿往上縮，同時舉刀揮向群狼撲噬的大口。一頭狼被他踢中耳朵，慘叫著跌下去，給他一個用腳找到繩級、往上攀升的空檔。他用力往上爬，攀向梯頂。

詠歎調抓住他，幫他穩住身形。他們沿著粗大的樹枝爬向樹屋。外側兩面牆板都用木板釘得很紮實，另兩側的板壁呈柵欄狀，留下規則的空檔，像個籠子。

詠歎調立刻鑽了進去，他肩膀太寬，無法通過，只好用腳踢破一塊板子。木頭在他的體重下呻吟，他在裡面也站不直，但地板很牢固。他跟詠歎調對望了幾秒鐘，喘著氣，狼群在下面怪吼，用爪子撕裂樹幹。然後他踢開一層樹葉，放下背袋。最後一抹天光轉為灰色，透過柵欄變得朦朧，像在水中視物。

「我們在這上面很安全。」他道。

詠歎調從小屋向外窺探，肩膀繃得很緊。瘋狂的嗥叫仍在持續。「牠們會等多久？」

他覺得沒有必要跟她撒謊。狼群會守候，就像烏鴉族。「不管多久都會等。」

阿游抓抓頭髮，考慮有哪些選擇。他可以製作一些新的箭，但那得花時間，他又把弓丟在下面不知什麼地方，暫時也想不出什麼對策。他跪下，從背包裡取出毯子。他們剛才逃命狂奔，現在還不覺得冷，但很快就會了。

他們坐在一起，夜幕降落在小屋裡。黑暗放大了下方抓咬的聲音。阿游取出水壺，但詠歎調不想喝。她摀住耳朵，用力閉住眼睛。焦慮在她心中沸騰，阿游知道——感覺到——那聲音令她的身體感到多大的痛苦，但他不知道怎麼幫助她。

一個小時過去了，詠歎調沒有移動。阿游覺得快瘋了，但吠聲卻出乎意料地靜止下來。他坐起身。

詠歎調放開摀住耳朵的手，眼中閃過一線希望。「牠們還在。」她悄聲道。

他又靠回板壁上，凝神吸進這片寂靜。但忽然一聲狼嗥再起，使他脊椎涼徹。他繃緊身體，聆聽那聲跟他過去聽過的所有叫聲都不一樣的長嗥。彷彿被收服的感覺，那叫聲給他一種無比深沈而滯重的感受，好像一口氣卡在喉頭，無法再呼吸。其他狼隻相繼加入，發出使他手臂上的汗毛根根豎起的聲音。

過了幾分鐘，嗥叫聲才停歇。阿游等著，期待著，但接著吠叫與抓爬又開始了。身下的地板晃動，詠歎調站起來，走到邊緣，毯子從她肩頭滑落。阿游注視著她低頭看那幾頭狼。她忽然用手圍住嘴巴，做成喇叭狀，然後閉上眼睛。

他還以為是另一頭狼在嗥叫。即使眼睜睜看著她，他也無法相信那聲音是她發出的。下方的叫聲停了。她叫完以後，很快瞥了他一眼，隨即又發出一種更豐富的淒厲長嗚。她以聲樂家的嗓子發出的聲音，比下面任何一頭狼都更強大有力、寬宏嘹亮。

叫完之後，一片寂靜。阿游的心狂跳。

他聽見一聲低低的哀嗚，然後一個濕答答的噴嚏。接著，又過了一會兒，獸類的腳步聲向黑夜退卻。

狼群離開後，他們坐下喝水。阿游的恐懼消散，只剩下極度的疲倦。他盯著詠歎調不放，一再感到不可思議。

「妳跟牠們說了什麼？」最後他問道。

「我也不知道，我只是重複牠們的叫聲。」

阿游喝一口水。「這是天賦妳的禮物。」

「禮物？」她沈思了一會兒。「我以前沒這麼想過，但或許就是這樣。」她微笑道：「我們很像，阿游。我的聲音被稱作鷹揚女高音。」

他咧開嘴。「物以類聚。」

精神安定下來以後，他們吃了一頓簡單的晚餐，就是從馬龍那兒帶出來的起司和水果乾。然後他們各自裹上毛毯，倚著板壁，靜聽風聲吹動周圍的樹枝。

「你在你的部落裡有女人嗎？」詠歎調問道。

阿游瞇著眼睛看她，脈搏加快速度。這幾乎是他最不願意回答的問題。「沒有重要的。」他小心翼翼答道。聽起來糟透了，但這是事實。

「她為什麼不重要？」

「妳知道我會怎麼說，不是嗎？」

「玫瑰告訴過我，但我要聽你自己說。」

「我的感官是最罕見的一種，也是最強大的。對我們而言，維持血緣純粹幾乎比所有其他異能者都更重要。」他揉揉疲倦的眼睛，嘆口氣。「不同的感官混種會帶來詛咒，帶來厄運。」

「詛咒？那不是老早過時的觀念嗎？似乎是來自中世紀。」

「並不是。」他道，努力不讓聲音顯得尖銳。

她考慮了一會兒，秀氣的下巴向前凸出。「那麼你呢？你有兩種感官。你母親是靈嗅者嗎？」

「不是，詠歎調，我不想談這件事。」

「事實上，我也不想。」

他們又陷入沈默。阿游很想靠近她。他很想能重拾過去這一天那種感覺，握著她的手，但她的心情變得很沈重，像夜晚般冰冷。

最後她說道：「阿游，如果我是個靈嗅者，我現在應該聞到些什麼味道。」

阿游閉上眼睛。描述他們之間的差異不會使她跟他更接近，但拒絕回答也無濟於事。他吸一口氣，然後把鼻子告訴他的情報轉告她。「有少許狼的氣息。一棵帶著冬季味道的樹。」

「樹還分冬季的味道？」

「是的。樹最先知道氣候會帶來哪些改變。」

他已經後悔說了這些話。詠歎調咬緊嘴唇。「還有什麼？」她道。但他聞得出，所有這一切他知道而她不知道的事，對她是種打擊。

「有樹脂和釘子生鏽的味道。我聞到火災的殘餘物，可能發生在好幾個月前，灰燼的味道跟昨天炭渣引起的那場火不一樣。這一種很乾燥，嘗起來像細鹽。」

「那昨天呢？」她柔聲問道：「昨天那種灰燼聞起來像什麼？」

他盯著她看。「藍色，很空洞。」她點點頭，好像聽懂了一樣，但這是不可能的。「詠歎調，這不是個好主意。」

「求求你，阿游，我要知道這對你是怎麼回事。」

他清一下喉嚨，因為喉嚨忽然變得很緊。「這棟木屋是一家人所有。我聞到一個男人和一個女人的少許痕跡。一個小夥兒——」

「小夥兒是什麼？」

「一個即將長成大人的男孩，就像炭渣。他們有種不容忽視的味道，如果妳明白我的意思。」

她微笑道：「那也是你的味道嗎？」

他用手撫心，假裝深受打擊。「這可傷了我的心。」然後他微笑道：「沒錯，是的。對另一位靈嗅者而言，我的嗜好一定臭翻天了。」

她笑了起來，把頭偏向一側，一頭黑髮流瀉在肩上。夜晚的寒意好像就此消失了。

「如果我是個靈嗅者，就會知道這一切？」她問道。

「還有更多。」阿游如臨深淵地吸一口氣。「妳就會對我現在想要什麼有相當清楚的概念。」

「你想要什麼？」

「妳近一點。」

「多近？」

他掀起毛毯邊緣。

她讓他大吃一驚，伸臂攬著他的腰，將他抱住。阿游低頭看她把黑色的腦袋埋在他胸前。他心底某種沈重、寒冷的東西忽然變輕鬆了。雖然擁抱與他原來的想法不符，但也許更好。他不該感到意外，詠歎調竟然比他更了解他需要些什麼。

過了一會兒，她退縮回去，眼中滿是淚水。她靠得這麼近，她的氣味在他體內流動，充滿著他。他發現自己也熱淚盈眶。

「我知道我們只有這麼多時間，阿游。我知道它會結束。」

於是他吻了她，用他的唇分開她的唇。她的滋味真是完美，像新下的雨。他越吻越深，用手抱著她，把她逐漸拉近。但她忽然推開他，露出微笑。她一言不發，親吻他的鼻梁，他的嘴角，然後他下巴上的一個點。當她掀起他的上衣時，他的心停止跳動。但他幫著她，把衣服拉過頭頂。她的眼光掃過他的胸膛，然後用手指描畫他身上的異能記號。他無論如何都沒法子放慢呼吸的速度。

「阿游，我要看你的背。」

另一個驚奇，但他點點頭，轉過身。他低頭向前，同時趁機調和呼吸。他全身一震，因為她用手指描繪他皮膚上那雙翅膀的形狀，他情不自禁吐出一聲呻吟。阿游默默詛咒自己。他真是再怎麼賣力都不可能發出更野蠻的聲音了。

「對不起。」她悄聲道。

他清一下喉嚨。「我們滿十五歲的時候要紋身，所有異能者都一樣。一道橫紋代表你的感官，一個紋身代表你的名字。」

「他好雄偉，就像你一樣。」她又柔聲道。

他再也忍不住了，轉身就將她抱住，拉著她倒在地板上，總算他還有一點理智，知道要用手支撐，免得他們跌得太重。

詠歎調訝異地輕笑一聲。「你不喜歡那樣？」

「我喜歡，太喜歡了。」他動作很快，在他們身下鋪一條毛毯，又在身上蓋一條。然後她就是他的了。他吻她，沈迷在她絲般柔滑的肌膚和紫羅蘭的香氣裡。

「阿游，如果我們……我會不會……？」

「不會。」他道：「現在不會，否則妳的氣味會不一樣。」

「是嗎？怎麼不一樣法？」

問題。跟她在一起就會這樣。即使是這種時候。「更香甜。」他道。

她把他拉得更近，用手臂摟住他的脖子。

「詠歎調，」他低聲道：「如果妳不確定，我們可以不必做這件事。」

「我信任你，而且我很確定。」她說，他知道這是真話。

他緩慢地吻她。一切都很緩慢，他可以追隨她的情緒，搜索她的眼睛，逐步進行。他們結合時，她發出勇敢、強大而篤定的氣味。阿游將它吸入體內，呼吸著她的呼吸，感受著她的感受。

他相信世界上再沒有比這更合宜的事。

37 詠歎調

第二天早晨，阿游告訴她，狼的氣味已很微弱。他認為附近沒有狼群，但他們在旅途中仍須保持最高警覺，直到完全脫離那塊區域才放鬆。

他對她的態度變得不一樣。趕路時，他總是低聲跟她說話。他回答她的每一個問題，甚至她沒問到，而他認為她會想知道的事，也會講給她聽。他為她解說路上遇到的植物，哪些可食用，或有醫療效果。他指給她看他們遇到的動物足跡，並說明如何利用山巒的形狀辨別方向。

詠歎調牢記他說的每一個字，他的每個微笑都讓她回味無窮。她找出各種藉口讓他接近她，假裝對這片樹葉或那塊石頭感興趣，其實任何東西都不及他能令她著迷。當阿游告訴她，他們要花六天才能抵達極樂城，她決定不再使用藉口。六天，用來等魯明娜的消息嫌太久，用來跟他相處則還嫌不夠。

那天下午，他們在一塊巉岩露頭的區域用餐。她咀嚼的時候，阿游送上一個吻，輕拂過她的臉頰，於是她發現，世間沒有比毫無來由的吻更迷人的了，即使當下妳正在咀嚼食物。它讓樹林、永遠看不見的天空和所有的一切都燦爛起來。

詠歎調覺得這策略棒極了，她稱之為臨時起意之吻，但很快她就發現，要讓靈嗅者出其不意有多麼困難。每次她嘗試送上一個臨時起意的吻，阿游都會低眉垂眼，張開手臂。她仍然會吻他，不把他的反應放在心上，直到她想到，有朝一日他會選中一個跟他一樣的女孩。一個不知道臨時起意的吻為何物的靈嗅者。詠歎調猜測他們會知道彼此內心的每一種感受。根本還不認識一個人，就已經開始討厭她，這對詠歎調而言，是一種既奇怪又可怕的感覺。這不像是她，至少不像過去的她。

那天晚上，阿游用毛毯和繩索搭了一張吊床。兩人裹在溫暖的羊毛繭裡，緊貼在一起，他的心在她耳朵下跳得很紮實，她許了一個她在夢幻城時一直許的心願，同時活在兩個不同的世界裡。

第二天，她花了好幾個小時思考，發揮愛發問的本性，向內心尋索。她喜歡新找到的自我。那個知道要趁鳥兒身體還溫暖的時候拔毛，才好拔得下來的詠歎調。那個會用刀和一塊石英石生火的詠歎調。那個依偎在一個金髮男孩的懷裡唱歌的詠歎調。

她不知道五天後要如何安頓這樣的一個自己。回到密閉城市會怎麼樣？經歷過這段刻骨銘心的日子，如此驚心動魄又令人沈醉的生活，她怎麼能重新安於虛擬的刺激？她不知道，但想起來就讓她擔憂。她用一種新態度面對她最大的疑問——抵達極樂城後，會發生什麼事。她把所有的疑惑與恐懼暫且擱置一旁，相信時機來臨時，她會知道該怎麼做。

「阿游？」那天深夜她悄聲道。他環繞她肋骨的手臂立刻收緊，她知道自己吵醒他了。

「嗯？」

「你的感覺力是從什麼時候開始的？」

寂靜中，她真的聽得見他沈浸在回憶之中。

「先是我的視力。大概是四歲。有一陣子，沒有人覺得有什麼不同……就連我自己也不覺得。大多數靈視者在光亮的地方比較看得清楚，但我以為大家的視力都跟我一樣。後來發現我能在夜間視物，也沒人特別說什麼，起碼有我在場的時候不說。我八歲開始能聞到情緒。剛好八歲。這件事我記得。」

「為什麼？」詠歎調問道。他說話的語氣有點不一樣，她不確定自己真的想知道。

「聞到情緒改變了一切……我發現一般人經常嘴巴說一套，真正的意思卻是另一套。他們經常想要他們不可能擁有的東西。我看到每件事背後有那麼多理由……我無可避免地知道了很多別人試圖隱瞞的事。」

詠歎調的心跳加快。她摸到他燒傷的手，自從離開馬龍那兒，他在晚間就不再裹繃帶了。手背上的皮膚結了疤，有些地方太粗糙，有些又過度平滑。她把手拉過來，親吻斑駁的皮膚。她從不曾想到疤痕值得一親，但她愛他身上的每一道疤痕。她把它們一一找出來，通通吻過，然後要求聽他身上留下的每一個痕跡的故事。

「你知道了什麼？」她問。

「我父親酗酒，這樣他才能忍受跟我共處。我知道他用拳頭打我時，心情會好過一點，但也只是一下下，永遠不可能持久。」

詠歎調的眼睛滿含淚水，把他摟緊，她感覺到他靠近她時，身體繃得多麼緊。她能感覺這一點。不知怎麼回事，她早已意識到。「阿游，你做了什麼要受這種待遇？」

「我的……我從來沒跟人說過這件事。」

他吸鼻子時，詠歎調覺得一陣欷歔卡在喉頭。「你可以告訴我。」

「我知道……我在試……我母親在生我時去世，她因我而死。」

她把頭後仰，為了看他的臉。他閉上眼睛。

「那不是你的錯，你不能怪自己。阿游……你會嗎？」

「他怪我，我為什麼不能？」

她想起他提到過他曾經殺死一個女人。她這才明白，原來他說的是自己的母親。「你只是個嬰兒！那是一場意外，那是件可怕的事。你父親那麼做，讓你有這種感覺，那才是最可怕的。」

「他不過是感覺他的感覺，詠歎調。心情是無法偽裝的。」

「他錯了！你的哥哥和姊姊也都怪你嗎？」

「麗薇從來沒有。維谷的表現好像也沒有，但我始終不確定。我聞不出他的情緒，就像我也聞不出自己的情緒。但也許他是怪我的。我是唯一遺傳到她的感官的孩子。我父親為了跟她在一起，放棄了一切。他建立了一個部落，已經有維谷和麗薇，然後我跑出來，偷走了他的最愛。人家都說這是混血的報應。人家說他的報應終於臨頭。」

「你什麼也沒偷，事情剛好就這麼發生了。」

「不，不是這樣的。我哥哥也有同樣的遭遇。蜜拉也是靈視者，而且她……她去世了。鷹爪又生了病……」他吁一口顫抖的氣。「我不知道我在說什麼，我不該跟妳說這些。我最近話說得太多，也許我忘記如何停止了。」

「你不需要停止。」

「妳知道我對言語的看法。」

「言語是我了解你最好的方法。」

他的手滑到她的下巴，他的手伸進她的頭髮。「最好的方法嗎？」

他的大拇指沿著她的下巴來回滑動，這真讓人分心，她也知道這正是他的企圖。也許他所做的一切，無非就是努力向前走，盡他所能救助別人，設法彌補某件他根本沒做過的事。

「阿游……」詠歎調按住他的手，說道：「游隼……你很善良。你為了救鷹爪和炭渣，不惜冒生命危險。還有我，你甚至在根本不喜歡我的時候，也救了我。你關心你的部落。你為羅吼和你的姊姊難過。我知道你難過，每次羅吼提起麗薇，我都看到你臉上的表情。」她的聲音在發抖。她吞下喉頭一個硬塊：「你是好人，游隼。」

他搖搖頭。「妳看過我的行為。」

「我看過，而且我知道你的心是好的。」她把手放在他心上，感覺他身體裡面砰砰作響的生命力。那聲音如此強大而響亮，就像她把耳朵貼在他胸前一樣。

他的大拇指停止了動作，手移動到她腦後。他把她拉過來，直到他們的額頭靠在一起。「我喜歡妳的話。」他道。

在他閃閃發光的眼睛裡，她看到感激與信任的淚光。她也看到他們兩個都不敢提起的陰影，共處的時間只剩幾天了。但至少這一刻，至少今夜，他們已經把該說的話都說了。

38 游隼

詠歎調讓他忘了覓食。由此可見，他真的麻煩大了。他們從馬龍那兒帶出來的少許口糧已經吃完了。今天他必須狩獵。早晨，阿游利用他一路收集的嫩枝做了幾支簡易的箭，決定在途中追蹤獵物。這會拖慢他的腳程，但他不能再對腸胃的抽搐置若罔聞了。

他們走下山麓，進入低矮的小丘時，他在河流旁的沼澤裡嗅到一隻貛。這隻動物的氣味從地洞裡散發出來。是一頓大餐，他判定。

阿游找到入口，也在較遠處找到另一個洞口。他在一頭生了火，吩咐詠歎調拿一把多葉的樹枝守在那兒。「把煙扇進洞裡，牠就會向我這兒來，動物不會往火裡跑。」

貛從洞裡鑽出來時看見了阿游，牠立刻轉身做了他宣稱牠絕不會做的事。阿游向詠歎調跑去。「妳的刀！牠往妳這兒來了！」

她早已有備。阿游趕到時，她正低頭盯著洞口。但貛沒有出來。詠歎調從蹲姿改為站姿，開始走動。她每走幾步，就會停一下，密切注意著河水浸濕的泥土，調整方向。阿游大致猜到她在做什麼。從他們遇到狼那天，他就有這種想法。最後她終於站著不動，並向他望過來。

「牠在我正下方。」她道，張大嘴巴，露出一個驚訝的微笑。

阿游從肩上取下弓。

「不，我來動手，我需要你的刀。」

阿游把刀交給她，退後幾步，眼睛都不敢眨。

她等了一會兒，用雙手握緊長刀，然後高舉過頭頂，用力往下，深深插進泥濘裡。

阿游聽見一個隱約的慘叫聲，但他知道詠歎調聽得很清楚。

稍後，在同一片沼澤裡，他們坐在一個樹樁上，詠歎調靠在他胸前。火堆生起的炊煙飄入林中。這一天還剩幾小時，但阿游肚子填得飽飽的，又受到詠歎調滿足的心情感染，也放任自己躺下來。他隔著眼皮觀察流火的光芒舞動，聽詠歎調描述她聽見的聲音。

「並沒有變得比較響……我不知道怎麼解釋。它只是變得更豐富，原本很簡單的聲音變得非常複雜。就像河流，水會發出幾百個小聲音。還有風，阿游。它持續不斷吹過樹木，讓樹皮呻吟，樹葉沙沙作響。我可以精確說出它從哪個方向來。我聽得那麼清楚，就像看見一樣。」

阿游試著聆聽她聽見的一切，卻是徒勞，他對她新發現的能力卻有種說不上怎麼回事的自豪。

「你想這種事發生在我身上，是因為我在外面——在流火下面——嗎？像是我體內的外界人部分忽然醒了過來？」

阿游聽見她說話，但他滿足得開始昏昏欲睡。她捏一下他的手臂，他驚醒過來。「對不起，我體內的外界人快睡著了。」

她瞪他一眼，眼中閃爍著機靈。「你想我跟羅吼有親戚關係嗎？」

「也許好幾代以前吧。不是近親，你們的氣味太不一樣了。為什麼？」

「我喜歡羅吼。我想過，如果他找不到麗薇，你知道……我們都是靈聽者。算啦，羅吼永遠不會忘記麗薇的。」

阿游坐起身。「什麼？」

她笑起來。「你現在醒了。你想我是認真的嗎？」

「是啊。不，詠歡調，妳的話有幾分是事實，羅吼確實比較適合妳。」阿游嘆口氣，把手伸進頭髮裡。他定睛看著她。另外還有一個理由，不如乾脆告訴她，反正他已逐漸習慣什麼話都跟她說了。「麗薇說過……她說他看起來好順眼。」他想讓自己的語氣完全不帶妒忌的成分，但又懷疑這麼做會有用。現在她有分辨幾千種聲音的能力。

詠歡調微笑。她握住他那隻疤痕密布的手，用大拇指搓揉他的指節。「羅吼確實長得很帥，夢幻城大多數人都長得跟他一樣，起碼也很像。」

阿游咒罵一聲，提起這件事只能怪他自己。「而妳卻在這裡，跟一個歪鼻子的野蠻人牽著手，他被火燒過，捱過多少頓打——妳上次統計有幾個疤痕？」

「你是我見過最好看的人。」

阿游低頭看他們的手。她是怎麼辦到的？她怎麼能讓他同時覺得既軟弱又強壯？既興奮又害怕？他找不到任何方式回報她給他的一切。他沒有她運用語言的天資。他所能做的，就只是捧起她的手親吻，把它放在他胸口，希望她聞到他的心情。他唯願他們之間一切都順利。至少現在她已經開始了解感官的力量。

他把她拉進懷裡，讓她靠在他胸前。「我可以告訴妳一件有關妳父親的事。」他說，因為他知道她想知道。「他很可能來自一個強大的靈聽者家族，所以妳的聽覺才會這麼敏銳。」

她捏一下他的手。「謝謝你。」

「我是說真的。能聽見那麼厚的泥土下面的聲音，絕不是普通的小把戲。」

阿游親吻她的頭頂，他們陷入沈默。他知道她在聆聽，聽見一個全新的世界，但她的好心情不能再牽引他了。

這幾天來，他心裡一直有種坐立不安的焦慮。就像被刀割傷的瞬間，疼痛還沒開始時那種感覺。他知道什麼時候痛楚會襲來。再過三天，他們就會抵達極樂城。然後她就要回到她母親身邊。他不知道萬一找不到魯明娜怎麼辦。帶她回潮族？帶她回馬龍那兒？兩件事他都無法想像。他收緊摟著她的臂膀，吸入她的氣味，深呼吸，讓自己沈醉其中。趁現在她還在這兒。

「阿游？說句話，我想再聽見你的聲音。」

他不知道該說什麼，但他不會讓她失望。他清一下喉嚨。「從我們那次在樹上一起睡覺開始，我就一直做一個夢。我在一個青翠的草原上，頭頂上有一片藍色的天空，向四面八方展開。天空裡沒有一絲流火。微風在草上吹出波浪，驚起很多蟲子。我在走路，我的弓梢拂弄著背後的長草。我心裡沒有一點煩惱。那是個很好的夢。」

她捏他一下。「你的聲音像午夜的火焰。溫暖，清新，金黃色的。我可以一直聽你永遠說下去。」

「我絕對辦不到。」

她對著他笑。他把嘴唇湊到她耳邊。「妳的氣味就像早春的紫羅蘭。」他悄聲道。然後他笑了起來，因為雖然他說的每個字都是真的，聽起來卻像一個糟糕透頂的大傻瓜。

「維谷是一個好血主嗎？」

詠歎調急著想多了解自己的感官，睡不著，所以他們趁黑夜趕路。

「非常好。維谷很冷靜，他考慮周詳，待人有耐心。我想……我想要不是遇到這種時機……他應該是領導部落最好的人選。」

阿游覺悟，也許他遲遲不爭取血主的地位，除了怕鷹爪傷心，這個原因也同樣重要。他仍然無法相信哥哥也被俘虜了。他憶起他們上次見面的情景，說道：「他不肯去追回鷹爪，維谷說那等於拿全族的安危去冒險，我就是為這個原因離開的。」

「你想維谷為什麼改變心意？」

「我不知道。」他說。維谷從來不把任何東西看得比部落的福利更重要，但鷹爪是他兒子。

「如今他們已在一起。你還想把他們帶到外界來嗎？」

他看著她。

「鷹爪有得到照顧。」她說：「你也看到他了，他在那裡有機會活下去。」

「我不放棄。」

詠歎調把手塞進他手裡。「即使那裡對他比較好？」

「妳是說我應該隨他去？我怎麼能那麼做？」

「我不知道。我也想要解答這個問題。」

阿游停下腳步。「詠歎調……」他想告訴她，他已被她收服了。因為她，一切都變得不一樣，但那又能造成什麼差別呢？他們在一起的時間只剩下三天。他知道她一定要回家，他很清楚她有多麼需要她母親。

她牽起他另一隻手。「什麼事，游隼？」過了一會兒，她忽然露出微笑。

他發現自己也在微笑。「詠歎調，我不懂這種時候妳怎麼高興得起來。」

「我剛在想，不久你就會成為潮族血主游隼。」她邊說邊舉手在空中比畫。「我覺得這麼喊你好好聽。」

阿游大笑。「說得像一個真正的靈聽者。」

39 詠歎調

詠歎調到處都聽見歌聲。

在樹林裡穿梭，在泥土裡打滾。乘著風飄送。仍然是相同的地形，但她的眼光改變了。她望向遠處，從前什麼也看不見的地方，現在她想像父親可能就在那兒。一個跟她用同樣方式聆聽世界的男人，有無數高低起伏的音調。他是一個靈聽者，那是她對他唯一的認識。奇怪的是，她卻像是已經非常了解他了。

她發現自己能力的第二天，就注意到自己的腳步放輕了。不知為什麼，雖然沒有刻意考慮這件事，但她開始小心選擇落腳點。她告訴阿游這件事，他咧開嘴笑了。

「我也注意到了。狩獵時比較方便。」他拍拍掛在肩頭的一隻野兔說道。「大多數靈聽者都安靜得像一抹影子，其中最好的到頭來都為大部落做間諜或偵察。」

「真的？間諜？」

「真的。」

她練習偷偷接近阿游，決心要洗刷過去的失敗。抵達極樂城前一天的早晨，她撲到他身上，雙臂摟住他脖子，在他下巴的金色鬍碴上種下一吻。她終於給了他一個臨時起意的吻。她期待他會哈哈大笑，然後回吻她。但他兩件事都沒做，只張開雙臂，緊緊摟住她，然後把頭靠在她頭上。

「我們休息吧？」她問，覺得他的體重壓在她肩上。她已在地平線另一端，看見據說是極樂城所在的群山。

阿游挺起身。「不。」他道。他的綠眼睛瞇得很緊，好像今天的光線特別刺眼。「我們必須向前走，詠歎調。我不知道還能做些什麼別的。」

她也一樣，所以他們繼續走著。

午後，他們來到山腳下，爬了一座又一座的山丘，忽然之間，極樂城就出現在眼前，位於泥土山中間的一座人造山。詠歎調不曾從外界看過密閉城市，但她知道中央最大的那個圓頂就是中樞圓頂，四周衍生的結構體就是跟農六類似的維修區。她在夢幻城的中樞圓頂裡住了十七年，一直待在同樣的地方，現在想起來真是很不可思議。白晝的光線消褪，密閉城市的黑色形體很快就跟黑夜融成一片。

阿游在她身旁調節一下重心，默默把景物看在眼裡。「看起來好像要出動救援。有飛行機……大約三十架，還有一座較大的飛行器。空地上至少有五十個人。」

對她而言，他剛描述的景象只是極樂城旁邊，一個光圈裡幾個模糊的小黑點罷了。只有低沈的引擎聲傳到她耳畔。

「妳打算怎麼辦？」他問道。

「我們靠近一點。」他們悄無聲息地穿過枯黃的草叢，來到一塊突起的岩石旁。現在詠歎調看見極樂城有個巨大的四方形開口，光滑的密閉城牆上敞開一個大洞，身穿消毒衣的警衛進進出出。她知道這代表什麼，密閉的環境已受到污染。這雖在她意料之中，但還是覺得四肢泛起陣陣麻木。

阿游在她身旁低聲咒罵。

「什麼事？」她問道。

「下面有輛黑色卡車。」他說道，表情很痛苦。「某種載貨車，距密閉城市很近。」她看見了，車子非常小，但她還是看見了。「車上有人——屍體。」

她眼睛一片模糊。「你看得見他們的臉嗎？」

「看不見。」阿游伸臂抱住她。「過來。」他低聲道：「她可能在任何地方，現在還不到放棄的時候。」

他們肩並肩坐在岩石上，她強迫自己思考。她不能從黑暗中走出去，宣布自己是個定居者，必須另外想一條計策。她從袋子裡取出智慧眼罩，它在馬龍那兒沒能幫她聯絡到魯明娜，但現在它可以發揮作用。

詠歎調瞪著遠處的一個小黑點。她已經等夠了，知道現在該做什麼。「我必須到下面去。」

「我跟妳一起去。」

「不，你不能。他們一看到你就會殺死你。」

他發出呻吟，好像這些話帶給他實質的傷害。

「潮族需要你回去當血主，阿游。我必須一個人去，而且我需要你在這上面幫忙。」

她告訴他她的點子，描述她希望找到的偽裝，以及她溜進去的方法。他咬緊牙關聽她說，但他同意扮演他的角色。詠歎調站起身，把鷹爪的匕首交給他。

「不，」他說：「妳可能需要它。」

她看一眼那把刀，千萬種情緒梗在喉頭。跟他在一起沒有玫瑰或戒指，只有一柄把手上雕著羽毛的刀。這把刀是他的一部分，她不能接受。

「這在下面幫不上我的忙。」她道。她不想傷害任何人，只想回到城裡去。

阿游把刀插進靴子，但他重新站直時不肯看她。他交叉起手臂，又重新打開，最後用手背抹一下眼睛。

「阿游……」她想說話，但她能說什麼？她要如何描述她對他的感覺？他知道，他一定知道。她擁抱他，緊緊閉上眼睛，聽他心臟紮實的跳動。她想抽身時，他收緊了手臂。

「時間到了，阿游。」他放開她。她退後一步，最後看一眼他的臉。他的綠眼睛，他鼻子上的彎曲和臉頰上的疤，所有這些小小的缺陷把他組合得那麼好看。她一言不發，轉身便向山下走去。

她踏過草叢，走向極樂城，一路走來好像飄浮在草上。不要停，她告訴自己，繼續走。她不一會兒便下了山坡，藏身在一整排用反光字母寫著「中管會援救與回收」字樣的大型板條箱後面。引擎在她耳中大聲嗡嗡作響，她幾乎無法呼吸。不要回頭。她強迫自己把注意力集中在面前的場景。

架在吊車上的燈光把這個區域照得一片通明。她看到右邊有一座龐大的活動式建築，似乎是整個作業活動的核心，跟圍繞在它四周那些泛著藍色珠光的飛行機相較，這艘飛船顯得格外稜角分明，行動笨拙。左邊是極樂城弧形的灰色牆壁，向天矗立，除了她從山坡上就看到的那個大洞，全都平滑無縫。十數名警衛在兩者之間的泥土空地上走來走去。然後她看到了她的目標，停在幾架飛行機後方，端坐在黑暗中的黑色卡車。

她的母親不可能在裡面。

不可能。

詠歎調必須確認。

40 游隼

阿游的眼睛鎖定在詠歎調身上，看她縮著身體，躲在下方黑暗中的一排木箱後面。他無法呼吸，也不能眨眼睛。他在做什麼？怎麼能讓她一個人去？他知道她在待機而動，但隨著每一分鐘過去，他越來越按捺不住，有股衝動想衝下去，跑到她身邊。

警衛撤退到救援中心裡，隨著夜色漸深，他們的工作放慢了速度。阿游見那一帶燈火熄滅，只剩下通往救援中心的路上有照明，便緊繃起來。他沒預料到這一點，但這對他們有利。最後，當一切回歸寂靜，詠歎調伸直蹲伏的身軀，衝過黑暗，往黑色卡車奔去。

他注視著她，腸胃開始扭曲。阿游清楚地看見糾纏的四肢，他估計有十多個人。他看著她在死屍中找尋她母親。他看得兩腿發抖，喉嚨裡像梗了一塊石頭，隱隱作痛。就這樣結束了嗎？她會在這種情形下找到魯明娜？一具屍體，曝棄在寒冷中？

他咒罵那個但願她以這種方式找到她母親的自己。這是詠歎調重回他身邊的唯一機會。但之後要怎麼辦呢？這種發展豈不是符合他原本的心願嗎？讓她回家，他也可以回潮族？

他再也無法忍受站在那裡什麼也不做了。發生了什麼事？她的心情如何？這麼多天來，他一直對她情緒上的大小變化瞭若指掌，現在卻什麼也不知道。

詠歎調把什麼東西扔在車廂旁邊，是一套警衛穿的那種笨重制服。靴子，頭盔，然後她跳下地，快速躲到卡車底下。他看不見她，但他知道她正在那塊窄小的空間裡脫衣服，換上定居者的衣服。他知道那代表什麼，她沒找到她母親。

她穿著那套衣服從卡車底下爬出來，又是個定居者了。詠歎調戴上頭盔，在黑暗中迂迴前進，盡可能接近救援中心。阿游移動到射程之內。現在只有兩個人站在入口的坡道處。他知道這是絕無僅有的好機會，她也知道。

詠歎調匍匐得更近，距坡道只有幾步路，然後她轉身向山坡上他的方向打信號，示意她準備好了，輪到他行動了。

阿游彎弓搭箭，手臂沈穩，信心十足，瞄準高處那盞照耀入口的聚光燈。他不會射不中，這次不會。

他放開箭。

41 詠歎調

探照燈砰一聲炸裂，詠歎調頭盔內建的擴音器也發出震耳欲聾的巨響。突如其來的黑暗，令站在救援中心坡道前那兩名警衛大吃一驚。幾秒鐘內，就有十數人沿著坡道湧出，趕去查看發生了什麼事。詠歎調溜出陰影，鑽進混亂的人群，向救援中心裡面跑去，跟急著往外跑的警衛擦肩而過。

她不斷地跑，穿過金屬鋪成的長走道，從兩名警衛面前經過，他們幾乎看也不看她一眼。她穿他們的衣服，戴著頭盔和智慧眼罩，是他們的一員。

詠歎調果決地大步向前走，雖然她不知道要去哪裡。走廊兩旁有敞開的門，經過時她瘋狂地往裡面搜索。她看到病床和醫療設備。救援中心最接近入口這一區，都是三角形的房間，她對此並不意外，但房間裡闃靜無人，卻讓她很驚訝。生還者都在哪兒？

有人生還嗎？

怎樣才能找到她母親？

來到下一個房間時，她放慢腳步，先聆聽，然後才往裡面看。詠歎調走進房間，掃視四周，確認只有她一個人。

但並非如此。

排列在牆邊的重疊式床鋪上躺著人。他們沒戴頭盔，並且靜止不動。詠歎調走向房間深處，看到他們綻裂的傷口和滲透出灰色制服的黑色血漬，心跳得非常劇烈。他們都死了。每一個。

忽然她再也無法逃避纏繞在頭髮上的惡臭，來自她方才在外面不得不從中爬過的那些屍體。每一次呼吸，都吸入死亡的氣息。她已陷入絕望，開始尋找魯明娜的臉，從一排床找到另一排，從一具沒有生氣的屍體找到下一具。暴行的痕跡到處可見，斑駁的黃色淤傷，抓痕與撕裂的皮肉，咬痕。

她不禁想像發生的事。那麼多人，互相敵對，像罹患狂犬病的野獸，像農六區的索倫。她母親竟被困在這種處境裡。

她在哪裡？

詠歎調聽見一個微弱的聲音，猛然轉身。有人來了。她繃緊身體，準備藏躲，但接著她認出那聲音，反倒動彈不得。是華德大夫嗎？魯明娜的同事嗎？他走進這房間，隔著接目鏡朝她這方向望過來，隨即停下腳步。她湧起希望。他一定知道可以到哪兒找到她母親。

「華德大夫？」她道。

「詠歎調？」有一陣子他們四目相對。「妳在這裡做什麼？」他問，然後又自動回答：「妳來找妳母親。」

「你得幫我，華德大夫。我一定要找到她。」

他向她走過來，用專注的眼神看著她。「她在這兒。」他道。她想聽的就是這句話，但聲調完全不對勁。「跟我來。」

詠歎調尾隨他穿過金屬走廊。她知道發生了什麼事，她知道他要說的是什麼。魯明娜死了，她從他的聲音裡已經聽出來了。

她跟著他走，整個人天旋地轉，兩腿笨重而遲緩。這不是真的，不可能，她不能連魯明娜也失去。

他把她帶到一個光禿禿的小房間，沈重的氣密門在她身後關閉時，發出嘶嘶的聲音。

「風暴使我們無法接近。」華德道。他智慧眼罩旁邊的一條肌肉抽搐著。「我們趕到時已經太遲了。」

「我——我能見她嗎？我必須見到她。」

華德遲疑了一下。「好的，在這兒等。」

他離開後，詠歎調蹣跚後退。她的頭盔撞上牆壁，整個人滑坐到地板上，每根肌肉都在顫抖，淚水在眼睛裡面作痛。她想用手掌壓住雙眼，碰到的卻是接目鏡。她氣喘吁吁，滿耳只聽見自己沈重的呼吸聲。

氣密門滑開，華德把一張輪床推進這個小房間，床上有一個厚塑膠做的長形黑色袋子。「我在外面。」他一說完便離開了。

詠歎調站著不動。寒氣從那袋子散發出來，像一縷縷煙霧升起。她拉開手套周圍的封條，把它脫掉。她解開頭盔，任它匡噹一聲掉落地上。她必須做這件事，她必須知道。摸索拉鍊時，她的手指在發抖。她打起精神，準備面對深可及骨的割傷、淤傷。就像她在外面看到的那種可怕的傷害。然後她把拉鍊拉開，讓母親的臉露出來。

她沒看到可怕的傷勢，但魯明娜皮膚蒼白到令人更傷心，近乎純白，只有眼睛周圍有深紫色的陰影。她的頭髮亂糟糟，黏成一束束，披在緊閉的眼睛上。詠歎調把頭髮拂開——魯明娜絕不會容忍這麼亂的頭髮——母親的皮膚冰冷，讓她倒抽一口涼氣。

「哦，媽媽。」

淚水從智慧眼罩的邊緣湧出，流下她的臉頰。

她把手放在魯明娜額頭上，直到寒氣灼痛她的皮膚。她有好多好多問題。為什麼魯明娜要對詠歎調父親的來歷撒謊？他是誰？她明知道大腦邊緣系統退化症候群是多麼危險，怎麼還能丟下詠歎調，到極樂城去？但有一個答案是她特別想知道的。

「我應該去哪裡，媽？」她悄聲道：「我不知道該去哪裡。」

她知道魯明娜會怎麼說。這個問題必須由妳自己回答，歌鳥。

詠歎調閉上眼睛。

她知道自己可以回答。她知道如何把一隻腳放在另一隻腳前面，即使每走一步腳都會痛。她也知道旅途中會有痛苦，但也有絕頂的美。她曾經在屋頂上、在綠色的眼睛裡、在最小最醜的石頭裡，看到過那種美。她會找到答案。

她低頭湊近母親的臉，低聲唱起《托絲卡》裡的詠歎調，聲音顫抖破碎，但她知道這無關緊要。她曾經承諾要為魯明娜唱這首詠歎調——她們的詠歎調——所以她唱。

她剛唱完，門又滑開，三名警衛走進房間。

「等一下。」她道。她還沒有說再見的心理準備。但今生今世她能準備得好嗎？

其中一人把拉鍊刷一下拉攏，隨即把輪床推走。另兩名警衛留下。

「把妳的智慧眼罩交給我。」距離她最近的那人說道。

他後面的另一名警衛，拿著一支不斷發出滋滋聲、通了電的白色警棍。

詠歎調本能地向門口衝去。

拿警棍的警衛攔住她。

她眼前光芒一閃，一切又化為漆黑一片。

42 游隼

阿游無法離開。他留在俯瞰點上，等她回來。發生了什麼事？她找到魯明娜了嗎？她是否安好？他看著警衛修理下面的燈光。他看著他們回到救援中心，夜晚恢復了平靜。

她沒有出來，他終於明白她再也不會出來了。

他轉身狂奔，衝進黑暗。他應該往西走，那是回家的方向。但他的腿卻走向隨風吹來的煙的路徑。不久他就看到一排樹叢後面閃爍的火光，聽見低柔的吉他聲和幾個男人的說話聲。他走上前去，看到火旁圍了六個男人。

他們看見他，吉他聲停了。阿游從腰帶上取下鷹爪的刀。他托著刀，伸出手，有幾個人一見就站起身。「交易，換點喝的。」他對火旁的酒瓶示意。

「很好的刀。」一個人說道。他轉身望著一個坐在火堆對面、一直沒動的男人。那人把頭髮編成辮子，鼻子下端有一道很長的疤痕，一直連到耳朵。他盯著阿游打量了很久。

「交易吧。」他道。

阿游交出那把刀，一心只想擺脫它和所有相關的記憶。他換回兩瓶樂斯酒，比任何人一晚上該喝的量都多了一瓶。他接過酒，走到離火堆稍遠處。吉他又開始吟唱。阿游把酒瓶放在腳邊，今晚他要以父親為榜樣。

一小時後，第一瓶酒空了，空瓶在泥土地上搖晃，像被看不見的潮水推動。阿游開始喝第二瓶酒。他早該知道這樣是不夠的。他的身體麻痺，但內心深處的痛苦卻沒有麻痺。詠歎調離開了，再多的樂斯酒都改變不了這個事實。

編辮子的男人不斷隔著火堆向他望過來。**來呀**，阿游無聲地哀求，他的手指彎曲握拳。**起來。讓我們把事情解決了**。辮子又等了一會兒才走過來。他停留在幾呎外，蹲坐在腳跟上。

「我聽說過你。」他道。他體型粗壯，但阿游感覺得出來，他的反應像陷阱一樣靈敏。疤痕在他臉上切出一根深刻的線條。

「你運氣很好。」阿游大著舌頭說：「我一點都沒概念你是什麼人。不過你髮型不錯，我姊姊也那樣弄她的頭髮。」

辮子男盯著阿游燒傷的手。「離散的生活不適合你吧，潮族的？沒有大哥照顧你了？替你解決麻煩了？」辮子男一手放在泥土上，湊過來說：「你滿身悲慘的臭味。」

他是個靈嗅者。辮子男知道阿游現在的心情。他多傷心啊，怎麼連呼吸都變得這麼費力。他應該擔心才對，要跟一個擁有和他相同優勢的人對決呢。但阿游卻聽見自己哈哈大笑。

「你也很臭啊，老兄。」阿游道：「好像吃了屎一樣。」

辮子男站起身。他踢了那瓶滿滿的樂斯酒一腳，把它嘩啦啦踢進黑暗裡。其他幾個男人衝過來，他們的興奮在阿游的鼻子裡迸出火花。他早有預期，今晚非得找人打一架不可。他知道一般人看到他會有什麼反應。什麼樣的男人把他這號人物打得屁滾尿流之後，不會覺得趾高氣昂呢？

阿游拿起刀，站起身。「動手吧。看你有多少能耐。」

辮子男拉開架式，取出一件有很多鋸齒、看起來非常可怕的武器。與其說是刀，不如說是把鋸子。他外表很鎮定，行動靈活自如，但情緒中卻穿插了大量的恐懼。

阿游咧嘴笑道：「你改變心意了？」

辮子男像箭一樣撲過來。阿游覺得那把刀咬到他的手臂，卻沒感覺到它撕裂的疼痛。很紮實的傷口，湧出的血在流火的光線下呈黑色。有一會兒，他唯一能做的就是看著血從體內流出，沿著手臂往下流。

或許這不是個好主意。阿游從不曾在喝醉後跟人對打過。他的動作太遲緩，腿太笨重。也許這一招對他父親管用，是因為當年的阿游是個孩子。打一個只會站著不動，一心討打，願意做任何事彌補一切的孩子，能有多難？

他吞下一口忽然湧起的膽汁，想到一旦辮子男拿刀抵住他的喉嚨，他就必須做個抉擇。不歸順就死。簡單的抉擇。

「你一點都不像我聽說的那個人。」辮子男道：「潮族的游隼，雙料的異能者。」他笑了起來。「你連你呼吸的空氣都不值。」

現在該讓他閉嘴了。阿游拿刀在手中轉動，差點讓它掉出手。他做了個動作，刺出一刀，遠不及它原本應有的速度。他差點笑出來，刀本來就不是他擅長的武器。這動作引起另一陣噁心，來勢洶洶令他彎下腰。

辮子男趁他強自壓抑嘔吐的衝動時撲上來。他揮刀刺向阿游的臉，阿游奮力把頭轉開。太陽穴挨了一記撞擊。他保住了鼻子，卻重重摔到地上。他眼前一黑，這是昏厥的前兆。

幾下連環踢，踢中他的背部、手臂和頭部。攻擊來自四面八方。阿游的感覺遲鈍，只隱隱有點痛。他沒有阻止辮子男。這樣比較容易。保持低姿勢。阿游的頭前後擺動，因為踢勢來自後方。眼前黑影再度出現，模糊了他的邊緣視界。他勒令它出現。如果外在的感覺跟內心的感覺一樣，或許更說得過去。

「你好軟弱。」

他錯了，阿游並不軟弱，軟弱向來不構成問題，問題在於他幫不了每一個人。不論怎麼做，他愛的人都會受苦、死亡、離開。但阿游辦不到，他不能一直保持低姿勢，他不知道如何放棄。

他雙腿在地上一掃，跳起身來。辮子男被這突如其來的動作嚇得往後一縱，閃到一旁，但阿游抓住他的衣領。他把辮子男拖到面前，這動作使他的頭往後仰。阿游用手肘擊中他的鼻子，鮮血從鼻孔裡湧出。阿游用力一扭，奪下辮子男手中的刀，閃過一拳，然後一擊命中他小腹。辮子男彎下腰，單膝跪地。阿游用一條手臂勒住他的脖子，把他摔到地上。

阿游從地上撿起有鋸齒的刀，用它抵住辮子男的喉嚨。辮子男抬頭望著他，血不斷從鼻子裡流出。阿游知道這是他要求承諾的時刻。*歸順於我，否則送死。*

他深深吸一口氣。辮子男滿腔熾紅的怒火，全衝著阿游而來。他無論如何都不會降服。辮子男寧可選擇死亡，就像他一樣。

「你欠我一瓶樂斯酒。」阿游道。

然後他搖搖晃晃站起身。其他幾個人圍攏過來，他吸入他們的情緒，氣味既對勁又不對勁。他找尋下一個可能向他挑戰的對手，但沒有人上前。

腸胃猛然一陣抽搐，他當著他們的面大吐特吐起來。他抓著刀，以防他們任何一個想趁他嘔吐時下手，就像辮子男一樣。但他們沒有。所有的東西都吐清了，他站直身軀。

「也許不需要更多樂斯酒了。」

他把刀扔到一旁，跌跌撞撞走進黑暗。他不知道要去哪裡，反正也無所謂了。

他好想聽她的聲音，他想聽她告訴他他很好。但他只聽見自己追逐黑暗的腳步聲。

早晨來臨。他的頭像在一扇門砰然關上時撞上去，而且連撞很多遍。他身體的感覺更糟。阿游撕下他綁在手臂上的粗糙包紮，傷口很深，邊緣參差不齊。阿游把它清洗一番，新鮮的血再度流出時，他覺得頭重腳輕。

他撕下一塊上衣，試圖把它重新包紮起來。他的手指抖得太厲害，因為喝了酒，仍然很笨拙。他仰躺在碎石地上，閉上眼睛，因為光線太亮，此時黑暗比較好。

他在有人拉扯他手臂的意識中醒轉，霍然跳起。辮子男蹲在他身旁，他鼻子紅腫，眼睛也有紅色的淤傷。其他人則站在他身後。

阿游低頭看自己的手臂，傷口已包紮停當，綁得好好的。

「你沒有要求我歸順。」辮子男道。

「你已經說了不。」

辮子男點一下頭。「當時我是這麼說。」他從腰帶上取下鷹爪的刀，遞過來。「我猜你想拿回這個。」

43 詠歎調

詠歎調縮起膝蓋。好幾個小時前，她就在這個狹小的房間裡醒轉，舌頭上有種苦澀的味道。一只手套被扔在角落裡，她看著指套上的血跡從殷紅褪成鐵鏽色。

她的眼眶抽痛。他們趁她失去意識時拿走了她的智慧眼罩。

詠歎調不在乎。

她面前這道牆壁有一面幾乎跟房間一樣寬的黑色屏幕，詠歎調等著它開啟。她已經知道屏幕打開時，她會看到誰，但她不害怕。

她已經度過外界的考驗。她經歷過流火、食人族、狼群，依然活下來。現在她知道如何去愛，如何放手。不論接下來遇見什麼，她都一樣能活下去。

一陣輕微的劈啪聲打破了房間裡的寂靜，黑色屏幕兩旁的小擴音器發出低沈的嗡嗡聲。詠歎調跳起身，她的手懷念鷹爪的刀的重量。屏幕分開，露出厚玻璃後面的房間。另一頭有兩個男人。

「哈囉，詠歎調。」黑斯執政官說道，他的小眼睛頗感興趣地瞇成一線，整個人看起來就是一個幽靈似的、年紀較大的索倫。「妳無法想像我見到妳是多麼驚訝。」他坐的那把椅子跟他相形之下顯得太小。華德嚴肅地站在一旁，默不作聲，眉毛揪成一團。

「妳遭逢喪母之痛，我很遺憾。」黑斯執政官道。

他說出來的字句毫無同情的意味。反正她本來就不相信他，他甚至曾經把她丟出去送死。

「我們看了妳母親留下的『歌鳥』訊息。」他繼續道。他手中托著她的智慧眼罩。「妳知道，我送妳到外界去時，對妳獨一無二的基因構造一無所知嗎？魯明娜一直瞞著我們所有的人。」

詠歎調狠狠瞪了玻璃一眼。她知道，他們認為她是個帶有疾病的野蠻人，他們不願意跟她呼吸一樣的空氣。

「你已經拿到了智慧眼罩。」她道：「你還想從我這兒得到什麼？」

黑斯微笑道：「等一下會談到這一點。妳知道極樂城這兒發生了什麼事，不是嗎？妳從妳母親的檔案裡看到了。」他頓了一下。「妳在農六也親身體驗到了。」

她覺得沒有必要撒謊。「流火風暴加上大腦邊緣系統退化症候群。」她道。

「是的，沒錯。雙重攻擊。先是來自外界，一場風暴削弱了密閉城市。然後是內部，正如這場疾病顯示的。令堂是第一批研究大腦邊緣系統退化症候群的專家，她跟很多其他科學家正在研發一種特效藥。但正如妳目睹這兒發生的情形，我們沒法子解決問題，而且可能來不及找到對策。」

他看一眼華德，發出一個明顯的暗號。醫生立刻接著發言，他的聲音遠比黑斯熱情。

「大聯合以來，首次出現這麼強烈的流火風暴。極樂城不是唯一遭到毀滅的密閉城市。如果風暴這樣持續下去，所有密閉城市都會遭殃，夢幻城也會淪陷，詠歎調。我們存活的唯一希望就是逃離流火。」

她差點笑出來。「那等於沒有希望。你們逃不掉的，它無所不在。」

「外界人談到有個沒有流火的地方。」

詠歎調心頭一緊。華德知道永恆藍天？他怎麼會知道？但當然他知道。他研究外界人，就像她母親一樣。就像她母親從前一樣。

「那只是謠言。」詠歎調道。雖然她這麼說，但她知道那有可能是事實。極樂城的謠言後來不也證實是真的了嗎？

黑斯密切注意她的表情。「所以妳也聽說了？」

「是的。」

那麼妳等於已經上路了。

詠歎調的腸胃揪成一團，現在她知道他想要的是什麼了。「你要我去找到它？」她搖搖頭。「我不會為你做任何事。」

「這裡死了六千人。」華德急切地說。「六千人。妳母親也在其中。妳得了解，這是我們唯一的出路。」

悲痛貫穿詠歎調，沈重地壓著她的心。她想到卡車上的屍體，以及躺在篩檢室床架上的那些人。禍頭子和應聲蟲因大腦邊緣系統退化症候群送了命。佩絲莉也沒能幸免。接下來會輪到迦勒和她其餘的朋友嗎？

想到要重返外界，她的心開始劇跳。是想到能與阿游再見令她脈搏加快呢？或許她覺得必須繼續魯明娜的追尋才對得起她。無論如何，她就是不能讓密閉城市成為廢墟。

「妳不能回夢幻城。」黑斯道：「妳已經看到太多了。」

詠歎調怒目瞪著他。「所以如果我不答應，你就要殺死我？你已經做過那種事，這次你得做得更好才行。」

黑斯仔細看了她一會兒。「我早已料到妳會這麼說，但我想我可以用別種方式說服妳。」

玻璃上閃現一個藍色的方塊。小屏幕上出現阿游的影像，飄浮在他們之間。他在那個畫著船和老鷹的房間裡，就是他在虛擬世界裡見到鷹爪的地方。

「詠歎調……這是怎麼回事？」他狂亂地說。「詠歎調，為什麼他不認我？」

鷹爪……

畫面閃爍，換成阿游抱住鷹爪。他說：「我愛你，鷹爪。我愛你。」然後畫面靜止。

有一瞬間，他聲音的回音迴盪在小房間裡。然後詠歎調撲向那片玻璃，用力拍打它。「你敢碰他們一下試試看！」

黑斯愣住了，被她突如其來的發作嚇了一跳，然後他掀起嘴角，露出滿意的笑容。「只要妳把永恆藍天的情報帶回來給我，我就不必那麼做。」

詠歎調把手放在阿游的影像上，渴望見到他，真正的他。她望向鷹爪，她沒見過他，但這無所謂。他是阿游的一部分，為了保護他，她願意做任何事。

她看著黑斯。「如果你傷害他們兩個之中任何一人，我什麼都不會給你。」

黑斯微笑。「很好。」他道，隨即站起身。「我想我們已有共識。」門滑開，他離開。

華德跟在他身後，但走到門口，他猶豫了一下。「詠歎調，妳母親確實留給我們一個解答，她把妳留給我們。」

她跟六名警衛一起登上飛行機時，已經是晚上了。詠歎調穿著她自己的衣服——她從卡車下面取回的——還有一副新的智慧眼罩塞在她的袋子裡。

她在飛行機機艙裡的黯淡光線下扣上安全帶。警衛透過護目鏡窺視她，表情揉合了恐懼與厭惡。

詠歎調迎上他們的眼光，然後告訴他們，在死亡工廠的哪個地方放她下去。

44 游隼

辮子男的名字叫李礁。

那天晚上，阿游跟他和他的部下圍繞一個火堆而坐，他拿著一壺水，而不是一瓶樂斯酒。他告訴他們他做了什麼事。他如何闖進定居者的城堡，鷹爪和維谷如何被抓。他用簡單的幾句話為他們描述詠歎調，因為失去她的痛苦還太鮮明，最後說明他要回家去爭取潮族血主的位置。

他滔滔不絕，直到聲音沙啞，後來有人發問，他又說了一會兒。最後一個人入睡時，已近天明了。阿游躺下來，雙臂交叉枕在腦後。

他贏得了他們每一個人。不僅李礁而已，而是這小團隊全體的六名成員。他吸氣時便聞到他們效忠的氣息。也許這個機會是靠拳頭賺來的，但他用他的話贏得他們的心。

阿游望著流火的天空，想著那個會以他為榮的女孩。

接下來幾天，風暴大舉肆虐，延緩了他們趕往海邊的行程。天上的漏斗滴溜溜轉個不停。高空裡的刺目強光照亮了黑夜，卻偷走了白晝的溫暖。冬季開始了。

他們盡可能趕路，但遇到著火的田野，也只好繞道。夜間他們找到棲身之處，圍著火堆，這群男人把他跟李礁決鬥的故事講了一遍又一遍。他們加油添醋，扮演他們的角色。含混地模仿阿游的話，讓他尷尬。每次講到阿游邊吐邊舉刀防守，就會引起一陣狂笑。故事末了，李礁總是好脾氣地接受自己的挫敗，讓阿游格外敬重他。他聲稱他的鼻梁起碼得再斷個五、六次，看起來才會跟阿游一樣。

阿游只認識自己家族中的靈嗅者，麗薇、維谷、鷹爪。李礁改變了他對自己感官的認知。他們不常交談，卻對彼此很了解。他盡可能不去想，如果跟一個女孩產生這樣的聯繫會是什麼感覺。每次心思轉往這方向，都覺得像是一種背叛。

有天晚上，李礁和他站在樹下躲雨，李礁轉向他說道：「沒有流火的話，生活會大不相同。」

他的心境平穩，正在思索。

其他男人都安靜下來，所有的眼睛全轉向阿游，等他發言。

於是他告訴他們永恆藍天的故事。講完以後，有一陣子，他和李礁就站在那兒，看雨打在焦黑的原野上，聆聽它發出的嘶嘶聲。阿游知道他會跟羅吼找到那地方。李礁和他的手下可以幫忙。馬龍和炭渣也會加入。他們會知道那地方在哪裡，然後他可以把潮族帶去那裡。

「我們會找到永恆藍天。」阿游道：「只要它存在，我會帶大家前往。」話說出口，好像就會成真。就像是他對部下的承諾。

在風暴外圍走了一個星期，一個被流火照得通明的夜晚，他們終於來到潮族的村落。阿游大踏步跨過像引火棒一樣在他腳下喀吱作響的田野，一路吸入熟悉的海鹽與泥土的味道。這是他該在的地方，回家與他的部落廝守。他並不幻想會受到多大的歡迎，潮族會把鷹爪與維谷被擄的帳算在他頭上。但他希望能說服他們，他可以幫忙。現在部落需要他。

村子的邊緣亮起一支火炬，接著他聽見警告的喊聲，告訴他，夜間崗哨已經看到他們。不消幾分鐘，又有另外幾支火把出現，在藍色夜空中形成幾個亮點。阿游知道潮族以為這是一次突襲。他曾經應付過數十次類似的狀況。他會在食堂屋頂上擔任弓箭手，現在他看見小溪在那兒防守。

他等候一支箭射穿他的心臟。但小溪對下面大喊。他再次聽見自己的名字，被一個一個聲音拋來拋去。他聽見他們喊道：「游隼，游隼回來了。」他不由得腳步踉蹌。不一會兒，村民陸續走出家門，圍攏在一起，在村子邊緣聚集成群。各形各色的情緒在風中翻騰，恐懼與興奮，在空氣中劈開一道道大膽而氣味馥郁的裂縫。

「繼續向前走，阿游。」李礁低聲道。

阿游祈禱說出來的字句都正確無誤，這是他現在最需要的。因為有那麼多事需要解釋、糾正。

他走到最後一段路，人群狂亂的低語聲戛然而止。他掃視眼前每一張臉。所有的人都在場，包括睡眼惺忪、糊里糊塗的小孩。然後阿游看到維谷走上前來，血主項鍊上的銀環映著他的黑襯衫閃閃發光。

有一瞬間，他感到無比欣慰。維谷自由了，他不在定居者的密閉城市裡當俘虜。然後他記起維谷對他說的最後幾句話，說他受到詛咒，叫他去死。

阿游的腿抽搐，幾乎撐不住他的身體。他不知道該怎麼辦，他沒預料到會發生這種事。他看得出維谷跟他一樣震驚。總是那麼專注而冷靜的維谷，顯得蒼白而害怕，嘴巴張開，形成一根猙獰的線條。

最後維谷說道：「回來了，小弟？你知道這代表什麼，是嗎？」

阿游在哥哥臉上找尋答案。「你不該在這裡。」

「我不該？你是不是頭腦糊塗了，游隼？」維谷乾笑一聲，然後歪歪下巴，對李礁示意。「可別告訴我，你帶這一小群人來玩爭奪血主的把戲？你不覺得這有點以寡敵眾嗎？」

阿游努力理出個頭緒。「我見到了鷹爪。」他道：「我在虛擬世界裡見到他，他說你也在那兒，他在虛擬世界裡見到你。」

黑影掠過維谷的臉。「我不知道你在說什麼。」

阿游搖搖頭，想起鷹爪怎麼要求他證明他的身分。鷹爪不可能在見到維谷這件事上出錯，他也沒有理由就這件事撒謊。換言之，維谷在撒謊。一種噁心的感覺從阿游胃裡湧上來。「你做了什麼？」

維谷伸手從腰帶上的鞘裡拔出刀來。「你最好立刻回頭。」

阿游察覺李礁和他的部下在身後戒備，但他只瞪著維谷手中的刀，心情起伏不定。那天在沙灘上，定居者要找的根本不是智慧眼罩，他們是為鷹爪而來。

「你安排他被綁架。」阿游道：「你陷害我……為什麼？」然後他憶起定居者的圓頂，裡面有那麼多腐爛的食物，那麼多，多到可以盡情浪費。「是為了食物嗎，維谷？你已經飢不擇食到那種程度？」

阿熊走上前來。「我們的倉庫裝滿了，阿游。黑貂的第二批貨上星期運到了。」

「不對。」阿游道：「麗薇逃跑了，黑貂不可能送食物來。麗薇根本沒有到角族去。」

一時之間，沒有人移動。然後阿熊調整一下重心，濃密的眉毛打成一個懷疑的結。「你怎麼知道？」

「我遇見羅吼，他正在找她。他會在春季回來，到時候他可能跟麗薇一起回來。」

維谷的臉氣得緊繃，他最後的防禦消失了，他被困住了。「鷹爪在那裡比較好！」他咆哮道：「如果你看見他，就該知道確實是如此！」

他們周圍爆發出一陣驚呼。

阿游無法置信地搖頭。「你把他賣給定居者？」他不明白自己為什麼沒有早點看清真相。維谷也對麗薇做了相同的事，把她賣了換食物，只不過這種行為得到習俗的認可。詠歎調說它過時，阿游直到現在才明白。

維谷對他撒過多少次謊？有多少件事？

他在人群中看到小溪。「克拉拉……」他憶起小溪的姊姊，說道：「小溪，他也這麼對待克拉拉，他把她賣給定居者。」

小溪轉身對維谷尖叫，她揮舞著手臂撲上前來，但懷倫插進來，把她拉回去。

「維谷，這是真的嗎？」阿熊的聲音低沈有力。

維谷舉起一隻手指向天空。「你們不知道在這種時候要弄到食物有多困難！」然後他掃視人群，顯得很驚訝，好像他剛剛才覺悟，自己已喪失了族人的支持。他轉身背對阿游，把刀插進腳下的泥土裡。

阿游也讓刀落下。他們是兄弟，有刀這麼冰冷的東西橫亙中間，就不可能談兄弟之情。

維谷沒有等待。他俯身衝刺，撞上阿游的腰，衝撞的力道充滿爆發性。兩人相撞的那一刻，阿游就知道，維谷將是他畢生最強大的對手。阿游咬緊牙關，閃身後退，但他的腳不夠快。

他們一起倒下。維谷的肩膀逼出阿游肺裡的空氣。阿游倒地的那一剎那，下巴就挨了一拳，讓他動彈不得。他用力眨眼，什麼也看不見，拳頭如雨落在身上時，他只好舉起手臂擋住臉。阿游分不清方向。他這才第一次想到，靠打架取勝，對維谷而言就像他一樣，是件輕而易舉的事。

視力恢復後，阿游使出全身氣力翻個身。他一把抓住維谷脖子上的項鍊，用力往下扯，同時抬頭往上頂。阿游的目標原本是維谷的鼻子，卻撞上他的嘴。維谷倒下時，他聽見牙齒啪一下斷裂的聲音。

維谷翻身跪起。「你混蛋！」他吼道，血從嘴裡湧出。「鷹爪是我的！我就只剩他了，他卻只要你。」

阿游站起來，他的右眼已經腫得睜不開。維谷在吃醋？阿游覺得自己要碎了。他想起那群戴黑手套的定居者把他趕到海裡。定居者已奪走了智慧眼罩和鷹爪，卻還來追趕他。原來他們打算要阿游的命。

「你要求定居者殺掉我，是不是，維谷？那也是你們交易的一部分嗎？」

「我必須先解決你，」維谷把血吐到地上。「我只是做我該做的事。他們本來就想要你。」

阿游擦掉流進眼睛裡的血。他無法相信，哥哥瞞著他做了這些事，他對整個潮族撒謊。

維谷又對阿游衝過來，但這次阿游有了防備，閃到一旁，雙臂抱住維谷的脖子，將他推到地上。維谷臉朝下撞擊地面，他用力掙扎，但阿游把他牢牢壓住。

阿游抬頭四望，看到的都是震驚的面孔，然後他看到自己的刀在地上閃閃發亮，便撿起刀。阿游把維谷翻過來，用刀抵住他的喉嚨。他們不再是兄弟，維谷已喪失了這項特權。

「這麼做，鷹爪永遠不會原諒你。」維谷說道。

「鷹爪不在這裡。」阿游手臂發抖，視線模糊。「投降吧，維谷。對我發誓。」

維谷的身體鬆弛下來，但呼吸仍然急促，最後他點頭道：「我以我母親的墳墓發誓，阿游。我會服事你。」

阿游搜索他哥哥的眼睛，試圖讀出他聞不到的東西。他向站在幾步外，夾在他其餘部下中間的李礁望去。李礁清楚知道阿游要什麼。他上前幾步，仰起頭，鼻孔翕張，深深吸氣，從憤怒的灼熱惡臭中過濾真相與謊言。

他輕微地搖頭，確認阿游早已知道、卻不願相信的事。維谷永遠不會服事他，他永遠不可信任。

維谷看了李礁一眼，覺悟使他全身緊繃，並企圖奪刀，但阿游早已有備。他揮刀劃過維谷咽喉，然後站起身來。潮族的血主。

45 詠歎調

「到了那兒，要我跟他說什麼？」羅吼問道。

他們站在台爾菲的庭院裡。春天正對著詠歎調的耳朵唱它潺潺不絕的歌，花朵沿著牆邊怒放，映著灰色的石頭顯得格外繽紛。冬天在山上留下大片光禿禿的斑駁，空氣裡還有煙硝味。時間到了，在馬龍的城堡裡住了幾個月，羅吼和炭渣要往潮族出發了。

去找阿游。

「什麼也不用說。」詠歎調道：「什麼都不要告訴他。」

羅吼暗笑。他知道她對阿游的思念有多深。他們常花好幾個小時聊阿游和麗薇，但她還沒告訴羅吼她跟黑斯的交易。阿游成為新血主，要處理的事已經夠多了。那是她自己的負擔。

「妳完全沒有話要說？」羅吼問道。「最好給她做個檢查，玫瑰。我看她八成是生病了。」

玫瑰笑了起來。她跟馬龍一起站在台爾菲的入口，一手扶著圓滾滾的肚皮。玫瑰隨時可能分娩，詠歎調希望寶寶誕生時她還在這兒。

羅吼叉起手臂。「妳真的以為他不會有一天知道妳在這裡？」

「嗯，你不用告訴他。」

「如果他問起，我不會對他撒謊，因為即使撒謊也沒有用。」

詠歎調嘆口氣。她思考這一刻已經好幾個星期了，但還是不知道該怎麼辦。她知道阿游擔心什麼。她不是靈嗅者，她跟玫瑰或他部落裡的那個女孩沒什麼不一樣。阿游很可能又跟她在一起了。光想到這件事，她就覺得柔腸寸斷。

「羅吼！」等在大門口的炭渣吼道。

羅吼微笑：「我最好趁他發脾氣前趕緊動身。」

詠歎調擁抱他一下。如此靠近，他的臉頰貼著她的額頭，所以她用思維傳給他一個祕密的訊息。**我會想念你，羅吼。**

「我也是，混血的。」他悄聲道，聲音低得只有她聽得見。然後他對她眨一下眼睛，不疾不徐地往大門口走去。

忽然她眼角瞥見牆邊的野花，引起她的注意。「羅吼，等一下！」

羅吼回過身。「什麼事？」他問，挑起一邊眉毛。

詠歎調跑到牆邊，掃視一眼那些花，找到正確的那朵，採下來。她吸入它的香氣，想像阿游走在她身旁，弓搭在肩頭，回頭露出他嘴角歪斜的笑容。

她把花交給羅吼。「我改變主意了。」她道：「這個送給他。」
羅吼困惑地瞇起眼睛。「我還以為妳喜歡玫瑰。這是啥？」
「紫羅蘭。」

詠歎調比原訂計畫提前好幾天離開馬龍那兒。她思念羅吼的程度遠超出她的預期，她甚至想念鬱鬱寡歡的炭渣。她無法忍受在他們離開後繼續待在老地方，所以她收拾好行囊，淚眼汪汪地跟馬龍道過別，就出發走自己的路。

兩個星期後，她蹲在一個火堆前面，在木頭搭的烤架上轉動一隻兔子。她的視線越不出溫暖火光照耀的範圍，但她的耳朵告訴她，這片樹林很安全，周圍只有小動物快步跑過。

她聆聽肉和軟骨滋滋作響時，忽然想起她第一次見到真正的火的那個晚上。在農六那次，火是多麼令人害怕而震撼。現在她還是這麼覺得，而且感覺可能更強烈。她親眼目睹流火把一大片區域化為焦土，也親眼目睹火焰把一隻粗壯的大手背面的皮膚燒得焦枯扭曲、疤痕密布。但她現在也學會了喜愛火，每天都以這種方式告一段落，對著火搓手取暖，讓它喚回甜蜜與痛楚交雜的回憶。

詠歎調在夜晚的聲音裡聽見腳步聲，遙遠而微弱，但她立刻認出它們。

她飛奔進黑暗，讓耳朵做她的嚮導。她追逐他的腳落在石頭與樹枝上的喀嚓聲。聲音越來越快，越來越響亮，因為他從步行變為慢跑，又變為狂奔。她追逐那聲音，直到聽見他的心跳，然後是他的呼吸和他的聲音，貼在她耳畔，用火一般溫煦的聲調，逐字逐句對她訴說她想聽的話。

致謝

創作這本書得到很多人幫忙。我深為感激Barbara Lalicki編輯上的洞見、堅定不移的支持和無限的熱忱。Maria Gomez提供更多編輯方面的建議。Andrew Harwell用絕佳效率處理數不清的幕後工作，而且既勤快又負責。Sarah Hoy和她的團隊設計出一個到現在還讓我驚豔的封面。Melinda Weigel以專業眼光監控書中的精緻細節。

謝謝商道的黑帶高手Josh Adams，謝謝你把每件事都安排得那麼順暢。你是我心目中的第一名。

我衷心感謝全球各國對《永無天日》有信心的國際書探與出版家。看到我的書翻譯成各種語言是無上的光榮。我也感謝Stepehn Moore與Chris Gary的支持。

這本小說從發想到完成，有兩個人幫我很多忙。謹對我睿智的導師和親愛的朋友Eric Elfman和Lorin Oberweger獻上發自內心最深的感謝。還要謝謝Lynn Hightower，我已經接收了她的口頭禪「就看故事怎麼說」和「每個場景都要寫出真心」。

Talia Vance、Katy Longshore和Donna Cooner使孤伶伶的寫作變成團隊運動。認識你們是我的幸運。Bret Ballow、Jackie Garlick和Lisa Keyes都在看不見的天空下陪伴過我無數個小時。謝謝你們。

所有的朋友與家人，謝謝你們這麼多年來在逐夢的旅程中為我加油打氣。沒有你們，我一定抓不到它。尤其要感謝我那對可說是任何女兒想望中最佳角色模範的父母。也謝謝我的兒子：拉開愛心手榴彈的保險，向你們扔去。

最後要謝謝我的丈夫：生活好甜蜜，只因被你收服。

永無天日 / 維若妮卡・羅西 Veronica Rossi著；
張定綺譯. -- 初版. -- 臺北市 :大塊文化, 2013.12
面； 公分. -- (R;54)
譯自 : UNDER THE NEVER SKY
ISBN 978-986-213-467-2(平裝)

874.57　　　　　　102019859

LOCUS

LOCUS

LOCUS

LOCUS